光文社文庫

傑作推理小説

鳩笛草（はとぶえそう）

燔祭（はんさい）／朽（く）ちてゆくまで

宮部みゆき

目次

朽ちてゆくまで

1

新開橋へ続く通称「都電通り」と永代通りの交差点で、生涯で四度目の、そして致命的となった心臓発作に襲われたとき、麻生さだ子は、帰り道に商店街の八百屋でミカンを買うことを考えていた。たったひとり残された孫の智子がそれを知ることができたのは、さだ子の手のなかに握り締められていたメモに、さだ子の筆跡でそう書かれていたからだった。ひらがなで「みかん」と。

死の瞬間、ほかの何かがさだ子の頭をよぎっていたとしても、それは残らなかった。駆けつけた救急隊員が、すでに絶命したさだ子の顔に、死への恐怖心から――というだけでは片づけることのできない、ひきつったような表情を見つけたとしても、それも残らなかった。残ったのは「みかん」という言葉だけである。

発作を起こしたとき、さだ子はひとりだった。耳鼻科医のところから家に帰る途中だったのである。十年ほど前から、ひと月に一度、聴力検査と補聴器の点検を受けることが、さだ子の習慣となっていたのだ。

そのことを深刻に受け取るのはよそうと、智子は考えていた。通夜(つや)や葬儀のあいだなど、集まった親戚や、祖母の知人や、智子の友人たちのなかには、そうした考えを口にする人々もいた。あと五分、耳鼻科医のところを出るのが遅かったなら。あと五分、待合室にいたなら。もしそうだったなら、そこには、ドアひとつ隔てただけのところに医師がいた。交差点ですぐ前を歩いていたさだ子が倒れるのを見るなり悲鳴をあげて連れの男にしがみつき、しゃがみこんだまま叫び続けていたという若い女性や、横断歩道にひとが倒れていることにさえ気づかず、信号が赤に変わったのにどうして歩行者が道路からどかないのだろうと、イライラしながらクラクションを鳴らしていたという中年の営業マンなどの烏合(うごう)の衆(しゅう)ではなく、適切な処置をすることのできる医師がすぐそばにいてくれたなら、さだ子はあの発作で死ぬことはなかったのではないか、と。

そんな思いを、智子は、自分でも意外なほど早く、心の窓の外に追い払ってしまうことができた。むろん、容易には出ていかなかったし、追い出すことは骨が折れた。だが、何事にも用意のいい人だったさだ子が、二年ほど前、三度目の軽い発作を起こして半月の入院生活を送り、そこから戻ってきたときに話してくれたことが、大きな助けとなってくれたのだった。

「あたしはいつか死ぬからね、智子」と、あのとき祖母は笑顔で言った。

「そしたらあんたはひとりぼっち。そのことは心配で心配でたまらないけど、でも、どれだけ心配したって、あたしがいつかあんたを残して死ぬってことはかわりゃしない」

「縁起でもないこと言わないでよ、おばあちゃん」当時まだ高校生だった智子は言ったものだ。

「あたし、そんなこと考えたくない」

　祖母が心臓に爆弾を抱えていることはよくわかっていた。さだ子は知らなかったが、彼女の担当医の宮坂（みやさか）医師は、特別に智子だけを別に呼んで、祖母の病状について率直に説明してくれていたのだ。だからさだ子のあらたまったもの言いには、現実的な恐怖心をかきたてられた。

「そんなこと言い出すなんて、また具合がよくないの？」

　さだ子は笑顔のままで首を振った。「調子はすごくいいよ。宮坂先生に診（み）てもらってよかった」

「それならいいけど……」

「だけどね智子、それでも、いつかはあたしがあんたをおいて先に死ぬってことにかわりはないんだ。だからね、よく覚えておいてほしいんだけどさ」

「そういう話は今はやめようよ。そういう必要が出てきたときにしよ。ね？」

「そういう必要が出てきたときには、あたしは話ができないかもしれない。だからって、遺言を書いとくなんて面倒だしね。あたしは字を知らないもの。だから、思いついたときに話しとくのさ。年寄りには、こういうことも必要なんだよ」

そして、さだ子は言ったのだった。

「いいかい智子。あんたはあたしとふたりだけで暮らしてきた。あんたくらい生粋のおばあちゃん子って、ほかにはないだろうね。そりゃあたしたちだって喧嘩もするし、あんただって一度はうちを飛び出そうとしたことがあった。あたしはちゃんと、それを知ってる」

高校二年の夏、若干の衣類と、自分名義の預金通帳（残高二十万六千二百十一円）、子供のころから大事にしていたクマのぬいぐるみを詰めたボストンバッグを駅のコインロッカーに預け、家を出るチャンスをうかがっていたが、最終的には断念した——ということは確かにあったので、智子は目を伏せた。

「どうしておばあちゃんが気づいてたのかわかんないけど、あたし、ホントにうちを出ようとしたことがあったわ」

そのころの智子は、祖母とふたりの暮らしに飽きがきていた。学校も面白くなかったし、どれほど頑張っていい成績をおさめようと、早くに両親を亡くした欠損家庭の自分のような娘には、そう恵まれた将来は開けていないと悟ったような気分にもなっていた。だったら、今のうちから行きたいところに行き、やりたいことをやったっていいじゃないか、と思ったのだ。

「そうだったのかい。なのに、どうして出ていかなかったの？」

さだ子に尋ねられて、智子は思わず笑い出した。そう、あの当時はずいぶん傷ついたものだが、今は笑って話せるようになった。

「いっしょに家出して、ふたりで頑張って働いて暮らしていこうって約束してた相手がね——あのころは、あたしにとっていちばんの親友だった女の子だったんだけど——土壇場で気分をかえちゃったの」

そのときその遠大な計画がどこに流れたのかは、はっきり指摘できる。水洗トイレのなかだ。それも、その親友の家の水洗トイレだ。理由は簡単、彼女にメンスが来たからである。それで、家出の理由が幻と消えた。妊娠したらしいと打ち明けたとたん、真冬の真夜中の洋式便器の便座のように冷えきってしまったという彼女のボーイフレンドはさぞかしほっとしたことだろうが、智子は気抜けしてしまい、家を出ようという気力もどこかへ消えてしまったのだった。

さだ子はそれを聞くと、治療の痕の残る奥歯がよく見えるくらい大きく口をあけて笑った。

「おばあちゃんの知らないところで、智子もたいへんな思いをしてたんだね」

「コインロッカーからバッグを取り出してこっそりうちへ帰ってくるとき、人生最大の敗北って感じがした」

「そうだろう、そうだろう」

祖母は楽しげに笑い続けた。智子も笑った。しばらくしてようやく笑いやむと、祖母は続けた。

「でもとにかく、智子とおばあちゃんはそこそこうまく暮らしてきた。だから、あたしはあんたを残してゆくのが辛いし、あんたはひとりになるときっと寂しいと思う」

祖母はまた真顔に戻っていた。

「おばあちゃん……」

「まあ、お聞き。だけどね、あたしが死んだら、葬式だのなんだのの雑用のあいだに、あんたにいろんなことを言ってくる連中が出てくると思う。世間さまなんて勝手なもんだからね。智子がもうちょっとよくおばあちゃんの世話をしていれば、おばあちゃんはもっと長生きできたんじゃないかって、いかにも物がわかったような口つきで言い散らす人が、きっと出てくる」

祖母は嫌悪感をあらわに眉をしかめた。

「それともうひとつ、あたしがいちばん怖いと思うことは、そのとき、智子が自分で自分を責めてしまうってこと。たとえばたまたま智子が留守のときにあたしが死んだとする。すると智子は、あのときあたしが出かけてさえいなければおばあちゃんは死ななかったかもしれないなんて思っちゃう。これは困るよ。そんなことは絶対にないんだからね。人の生き死にはね、智子、運命以外の何物でもないんだ。あんたは小さいとき、お父さんとお母さんをあんな辛い形で亡くして、そのことはよおくわかってるだろう。普通の娘さんより、よおくわかってるだろう。だけどここでもういっぺん言っておくからね。運命には逆らえないよ、智子」

運命という言葉を、祖母は、一語一語くぎってはっきりと発音した。う・ん・め・い。

「あたしとあんたはふたりで生きてきた。いつだってふたりで頑張ってきたじゃないか。だから、よく覚えておいておくれね。どこでどういう形で死のうと、そのときあたしの頭のなかにあるのは、ああ智子と暮らして楽しかったな、ひとりになっても智子は頑張って幸せになってくれるだろうな、別れるのは寂しいけど、きっと智子は大丈夫だろうなってことだけだよ。それ以外のどんなこともありゃしない。信じておくれね――」

あのときの祖母の言葉を、現実となった祖母の葬儀のあいだに、祖母の遺影を見あげながら、智子は何度となく心のなかで繰り返した。おばあちゃんは、あたしが自分で自分を責めることを喜びはしない。おばあちゃんは、あたしがあのときの言葉を信じることを願ってる――そうやって、祖母の死からひと月ぐらいのあいだの、いちばん辛い時期を切り抜けた。

だが、トンネルを抜けたあとには、興醒めするくらい現実的な難関が待ち受けていた。相続税である。

祖母とふたりで暮らしてきた、築二十五年の木造の二階家と、二十坪ほどの敷地。若干の銀行預金と簡易保険の死亡保険金が五百万円。智子のもとにはそれだけの財産が残された。親戚にはいろいろとうるさいことを言ってくる者もいたが、智子は迷わず、区役所の相談窓口を訪ね、そこで税理士を紹介してもらった。

その税理士は佐々木といい、智子の亡父と同じくらいの年齢で、鼻の下に、よく手入れされたチョビ髭をはやしていた。まるで小さなブラシのような髭、世の中の煩わしい雑事を、私がこのブラシでさっさと掃除してあげましょうというような髭だ。智子はこの髭と、税理士の万事にてきぱきとしてもったいぶらない人柄が気に入ったので、うっとうしい金勘定と書類仕事をこなすことが、ずいぶんと楽になった。

彼の話では、相続人は智子ひとりということで問題はないという。土地も建物も祖母の名義になっている。もとは祖父――祖母の夫の名義だったものを、祖父が亡くなったときそっくり祖母が相続し、そのまま今日に至っているという来歴だ。

「おじいさんが亡くなられたのはいつです？」と、税理士はきいた。

「わたしが生まれる前だそうです」

「そうですか。当時はね、この地区の路線価はまだ低かったから、おばあちゃんも充分相続税を払うことができたんでしょう」

「本当なら、祖母が相続したこの土地を、わたしの父が相続して、それからわたし――という順番だったんでしょうけど」

「御両親は、あなたがおいくつのときに亡くなったんです？」

「八歳のときに。交通事故でした」

「そりゃお気の毒に」

ハンドルを握っていたのは父、助手席にいたのは母。深夜の京葉道路を時速百キロで飛ばして中央分離帯に激突して、ふたりとも死んだ。智子はあやうく打ち明けそうになった。そのとき後部座席には、わたしも乗っていたんです。わたしだけが生き残ったんですよ、先生。

だが、その言葉は口には出されなかった。話せば、相手はきっと目のやり場のないような顔をするだろう。智子のあまりの不幸、家族との縁の薄さに。気のいいこの先生に、おそらくは平和で豊かで明るい家庭を築いているに違いないこの人に、これ以上同情してもらいたくはなかった。

だが、心のなかでそっと呟いた。だからわたし、こういうことには慣れてるんですよ、先生。

最終的な計算が終わり、佐々木税理士がちょっと顔を曇らせて、どうやらこの家を売ってしまわないと、相続税を払うことはできないようだと教えてくれたときにも、思っていたほど大きなショックは受けずに済んだ。

「覚悟はしてました」と、うなずいて言った。「どれぐらいの猶予期間をもらえるんでしょう？　次に住む場所を探さないとなりませんし、片付けもたいへんだと思うんです」

「半年あります」と、税理士は答えた。「ゆっくりお探しになるといい。それに、税金を払った残りのお金で、小さいマンションくらいなら買うこともできると思いますよ」

智子はちょっと目を見張り、それから微笑した。「それって、今年二十一歳になるしがないOLにしては、すごいお金持ちになるってことですね？」

佐々木税理士は黙って微笑した。智子が次に口にする言葉を察していたようだった。

「だけどわたしは、ひとりぼっちのお金持ちだ」

「麻生さんは、まだお若いんだから」と、税理士は言った。

家やマンションの売買については、佐々木税理士が懇意にしている不動産会社に依頼することになった。智子は、いい買い手が現われたらいつでも明け渡すことができるように、少しずつ家のなかを片付け荷物を整理しておけばいい。

その日、税理士が帰ったあと、智子は、家の南側にある形ばかりの小さな庭に出た。祖母のサンダルをつっかけて、しばらくのあいだぼんやりしていたが、やがて、庭の隅に据えてある小さなロッカー式の物置に歩み寄り、そのなかから小型のシャベルと、空っぽの植木鉢をひとつ取り出した。

祖母は植木が好きだったが、手入れは苦手だし下手でもあった。花屋の店先や縁日の露店で、ふっと気紛れにシクラメンやカランコエの鉢を買ってはみるものの、愛でるのはその花が咲いているあいだだけ。花が散れば、なかの土をきれいにかき出して庭に捨て、空っぽの植木鉢を物置にしまう。その繰り返しだった。だから、物置のなかには、大小の植木鉢が十個近く重ねてしまってある。智子はそのなかでも大きめの鉢を選んで持ってきた。そして、シャベルで庭土を掘り、鉢のなかに詰め始めた。

そうしていると、気持ちが安らいだ。新しいマンションだかアパートだかに落ち着いたら、そこでこの鉢に何かの苗を植えよう。おばあちゃんが好きだったツツジがいいかもしれない。いや、それよりも――

(ミカンにしようかな)

ミカンの苗を植えてみようか。うまく育てることができるように、花屋さんに教えてもらって。

祖母が最後に買おうとしていたミカン。手のなかに握り締められていたメモは、救急隊員の手から救急病棟の看護婦の手に渡り、病院に駆けつけた智子の手に渡された。祖母の遺言。ミカンを買ってうちに帰ろう。

買って帰って、あたしといっしょに食べるつもりだったんだ。食べたら、皮を乾かしてお風呂に入れる。種は庭に捨てておく。こうしておくといつか芽が出るかもねって言いながら、一度だって本気にしたことはなかった。でも今度は、本気で苗から育ててみようか。マンションのベランダではもてあますくらい、大きな木に育ててみようか。

シャベルで庭土を掘りながら、智子は初めて、誰はばかることなく心から泣いた。

2

佐々木税理士といっしょに不動産会社の担当者が訪ねてきたのは、さだ子の葬儀からふた月ほど経ったころのことだった。

意外なことに、やってきたのは女性だった。四十にさしかかったばかりというぐらいの年齢だが、すらりと背が高く、智子にはとても着こなせそうにないシャープなラインのスーツを身に付けている。長い髪は無造作な感じで頭のうしろにまとめてあり、ところどころに、黒い絹糸の束のなかに金糸を混ぜたような感じで白髪が光っていた。イエローのヘアマニキュアをかけているのだろう。

「須藤と申します」と名乗った声は、ほんの少ししゃがれていた。アメリカ映画で観るように、智子に手を差し出して握手をした。さらっと乾いた、でも力強い手だった。

差し出された名刺には、「須藤逸子」という名前の脇に、会社名がすり込まれているだけだった。肩書きなしか、という驚きが、智子の顔に出たのだろう。逸子はそれを素直に受け取って、にこっと笑った。

「実をいうと、わたしの会社なんですよ」

「須藤さんの？」

では、社長というわけか。

「社員は五人しかいないんですけどね。佐々木先生に麻生さんのことをうかがって、担当者は女性のほうがいいと思ったんだけど、あいにく、うちの女性社員はコンピュータ要員の子がひとりいるだけなんです。それでわたしが出てきたということで」

もしもご心配なら、費用はこちら持ちで、いろいろ調べていただいてもけっこうですよ、という。

「麻生さんの土地を扱わせていただくのは、うちにとっても大きな商売ですから、それぐらいのサービスはいたしますし、信用も勝ちとりたいと思っています」

「不動産売買は初めてでしょうから、不安を感じられるのは当然ですが」と、佐々木税理士が口をはさんだ。「麻生さんがもし私の仕事ぶりを気に入ってくださっているなら、須藤さんのことも気に入ってもらえると思いますよ」

逸子の名刺を見つめ、彼女の仕立てのいいスーツを観察し、五センチヒールをはいた格好のいい脚の線を鑑賞してから、智子はにっこり笑った。

「よろしくお願いします」

どうせいつかはどこかで誰かを信用し、任せなければならない作業なのだ。やってくる人とその人の仕事を、そのまま受け取ろう。

その日、逸子は家の内外を検分し、古い権利証を確認し、途中でとってきたという土地と建物の登記簿謄本を智子に見せ、これからの手順を話してくれた。このあたりは都心にも近いし、公道に面した角地でもあるし、かなりいい値で売れるだろう、という。彼女のはきはきした口調や、業者の用語を使うときは必ずそれに解説をつけるという説明の仕方に、智子は好感をもった。

次の約束があるからと、佐々木税理士が引き取ったあとになって、茶の間の古ぼけたテーブルをはさんでコーヒーを飲みながら、逸子が言い出した。

「麻生さんには、今度の土地の売買について、誰か個人的に意向をきかなければならない人はいますか？」

個人的に、というところにアクセントがおかれていたので、すぐに、逸子が本当に尋ねたいのがどういう意味なのかわかった。親戚縁者の類をさしているのではあるまい。

「残念だけど、そういう付き合いの男性はいません」微笑して、智子は答えた。「会社の先輩とか友達とか、いろいろ心配してくれてはいるけど、わたしも詳しくは話してないし」

そういう存在に近い男性がいたこともある。だが、半年前に彼は転職してしまい、そこで付き合いは絶えてしまった。近い距離にあってこそ実ったタイプの恋愛だったのだろう。

「わたしとしては、それはよかった、と言いたいわ」

初めて、くだけた口調になって逸子が言った。

「結婚してれば話は別ですけどね、麻生さんのような立場の女性に男がくっついていると、たいていの場合、よくない結果になることが多いんですよ。物件は高く売れたけどふたりのあいだがまずくなるとか、ふたりの仲を壊さずにおこうと思うと売買取引がまとまらないとか。大きなお金がからむと、人間て変わりますからね。それに、ひどい場合は、お金目当ての男に振りまわされちゃうケースもあるし」

智子はゆっくりうなずいた。実際、会社のなかでも、遠回しながら、智子の今の身の上について探りをいれてきた男性がいる。これまでは、まったく付き合いのなかった男だ。智子が独り身の家付き娘になったということで、急に興味を持ったのだろう。

「わたし、恋愛のほうは、全部済んで落ち着いてからゆっくりやります」

逸子は白い喉をそらして笑った。「それは賢明ですね」

そういう逸子の手にも、結婚指輪が見えない。智子がよほど素直なのか、それとも逸子が読心術を身に付けているのか、彼女は智子の視線の意味をちゃんとつかんでいた。

「わたしはバツイチなの。小学生の子供がひとりいます」と、にこやかに言った。

「何年生？」

「来年三年生になるの。生意気でね、女の子だからかしら、もう口達者で」

考えるより先に、智子は言っていた。「それなら、わたしが両親を亡くしたときと同い年だわ」

逸子はコーヒーカップをソーサーに戻し、ちょっと首をかしげて智子を見た。

「麻生さんは、それからずっとおばあさまとふたり暮らしだったそうですね」

「ええ。うちの父はひとりっ子で、母は早くに親を亡くしてましたからね。それでも親戚とかはいろいろいるけど、生活は祖母とふたりっきりでした」

智子はちょっと笑った。

「うちの祖母のことは、『おばあちゃん』とか『さだ子さん』て呼んでくださってけっこうですよ。『おばあさま』なんて呼ばれると、少女小説みたいで照れ臭いもの」

逸子は笑ってうなずいた。「じゃ、そうさせていただきます」

打ち解けた気分になって、ふたりはいろいろおしゃべりをした。智子は逸子の着ているスーツのブランド名をきいたが、教えてもらってもとうてい手の届かないほど高価なものであることも、同時に知った。

「見掛けだけよ、見掛け」と、逸子は笑う。「女手でこんな商売をしていると、見掛けだけでもバリッとしてないとなめられちゃうのね。そういう点じゃ、男の人はいいと思うわ。わたしも男に生まれたかった。家事とか、女らしいことはみんな苦手だし」

逸子は台所のなかを見回した。

「古い家なのに、きれいに住んでいらしたのね。おばあちゃんも麻生さんもきれい好きなんでしょう」

「古い家だから、きれいにしとかないとダメだったんですよ。ホントにおんぼろボロ屋だもの」

「障子があるのよね。うらやましい」

逸子の言葉で、毎年暮れになると、祖母とふたりで障子張りをしたことを思い出した。当たり前のようにこなしてきた習慣なのに、思い出になってしまうと、なぜこんなに重いのだろう。不意に目尻に涙がにじんできて、逸子に悟られないために目をそらした。

「もう、荷物の片づけを始めてるんですね」

智子の涙に気づかないふりをして、逸子が言った。

「二階なんか段ボール箱だらけになってたけど……そんなに急がなくてもいいんですよ」

「どっちみち、いろいろ整理しなくちゃならないので」

智子は言って、コーヒーのお代わりを入れに立ちあがった。

「あと残ってるのは、階段の下の物置に入ってる荷物だけなんです。これはホントにびっくり箱でね。両親が亡くなったとき、今のわたしと同じようにして、祖母が両親の荷物を整理したの。で、捨てられないものを全部そこに入れちゃったのね。このあいだ、ちょっと戸を開けてなかをのぞいてみて、すぐにそれがわかったから、バタンと閉めちゃった」

逸子の目が、少し曇った。「おばあちゃんのことだけでも辛いのに、亡くなった御両親の思い出も、いっしょに掘り出さないとならないんですものね」

智子はちょっと笑った。「ううん……それはそうでもないの。両親のことについては、辛い時期はもうとっくに過ぎたから。ただ、本当に言葉どおりのびっくり箱なんですよ。わたし、両親のことほとんど覚えてないから」

逸子は驚いたようだった。「亡くなったとき、麻生さんは八歳でしょ？」

「普通だったら、その歳で親と死に別れても、記憶は残る――ものですよね？」

逸子はぎくしゃくとうなずいた。「ええ、たぶん」

「だけどわたしの場合は違うんです」

智子は、両親を失った事故の次第を説明した。

「わたしは後部座席に乗っていて、ひとりだけ生き残った。だけど、大怪我をしたの。おまけに頭を強く打って、そのときまでの記憶をなくしちゃったんですよ」

逸子は目を見開いた。「記憶喪失っていう意味かしら」

「そうですね……今でも、なくした記憶は戻りません。お医者さまの話だと、わたしみたいに事故とかで頭を打った場合、その直前までの——一日分とか、数時間分ぐらいの——記憶が消えてしまうってことは、よくあるんですって。『逆行性健忘』っていうんだそうですけど」

「うん、そういう言葉を聞いたことがあるような気がするわ」

「ただ、わたしみたいに、頭を打ったことでそれまでの八年間の人生の記憶のほとんどをなくしてしまうっていうのは、珍しいケースだそうです。でも、まったく無いことじゃない。現にここにいるしね」

智子は片手で自分の頭をポンと叩いてみせた。

「だからわたしは、自分の赤ん坊のころのことはもちろん、親の顔さえ覚えてないの。写真で見ないとわからないの。情けないけど」

おかわりの熱いコーヒーをいれたカップを受け取りながら、逸子はしげしげと智子の顔を見つめた。

「まったく、かけらも覚えてない？」

智子はちょっと両手を広げた。「断片的に、ちらちら思い出せることはあります。だけど、まとまったものは何も」

「そうなの……」

「でも、いいことを思い出すと、それを失ったことまで思い出しちゃって、あんまり辛くて悲しいから、心がそれを押さえこんでるのかもしれないと思って。それならそれでいいんです」

「おばあちゃんは、話してはくださらなかった？」

「事故以外のことは話してくれました。智子が赤ちゃんのときこんなことがあってとか、ね。でも、祖母にとっても、過去を振り返るのは辛いことだったんじゃないかな。息子と嫁をいっぺんに失ったわけだから。だから、わたしのほうでせがまない限り、あまりしゃべってはくれませんでしたね」

そう――おばあちゃんは、昔のことはほとんど話さなかったと、智子は思った。今さらこんなことに気づくなんて妙な話だが、祖母といっしょにいるときは、意識して考えてみたことはなかったのだ。それで当たり前だと思っていたから。が、今こうして逸子に話してみると、祖母の気持ち、祖母が過去について寡黙（かもく）だったことの理由がよくわかる気がしてきた。

「だから、階段の下の物置に、両親の遺品がしまってあるなんてことも、わたし、今まで全然知らなかったんですよ」

逸子は、あらためて家のなかに目をやった。ひとわたり見回すと、小さくため息をもらした。

「麻生さんにとって、この家を離れることは、とっても大きな損失になるのね」

逸子のいうとおりだ。でも、仕方がない。

「家を売らずに済ませるためには、わたし、現金輸送車を襲ったり、麻薬を売ったりしなくちゃならないですもの」

逸子はしかめっ面をした。「相続税の制度って、無茶苦茶よ」

「話には聞いてたけど、これほどとは思いませんでしたね」と、智子は笑った。「でもいいの。この家から、持ち出せるかぎりの思い出は持ち出していきますから。悲しいことだけは残して」

智子の笑顔に、逸子も少し安心したらしい。

「くれぐれも、荷物の整理は急がないでいいのよ」と、優しく言った。「びっくり箱も楽しみながらのんびり開けてね」

「ええ、そのつもりです」うなずいて、智子は言った。

3

その箱は、物置のいちばん奥に押しこんであった。

ミカン箱よりひとまわり大きいくらいのサイズの段ボール箱である。その箱にたどりつくまでのあいだに、幼かったころの自分の子供服を詰めた茶箱や、数冊のアルバム、母が昔使ったであろうホウロウ鍋など、大小の思い出のかけらを発見していた智子は、この箱にもまた、それらのものが詰められているのだろうと思った。

階段の下のこの物置を開ける作業をしていると、胸の奥がつんつんと痛んだ。ようやく歯が生え始めたばかり――というくらいの赤ん坊の指で肌をつねられたときのようだ。少し快く、くすぐったくもあり、でも、ときどきはびっくりするほど強くつねられて、目尻に涙がにじむことがある。ただ、この赤ん坊の爪は鋭くない。だから、強くつねられても血は流れない。そんな感じだった。

段ボール箱には、布製のガムテープで蓋がしてあった。これは、ほかの箱には見られないことだった。それに、引っ張り出したときに感じたのだが、この箱は妙に安定がよかった。形のそろわないものを詰めてあるというより、たとえば本のように、角かどのきっちりきまったものをびっしり詰め込んである、というような感触があった。おまけに、相当な重さだ。

ガムテープの縁には、十二年分の埃がくっついて、ところどころ糸状になっている。蓋を開ける前に、智子はまず掃除機を持ってきて、箱の上に積もった埃をきれいに吸い込んだ。それでも、いざガムテープをはがし始めると、鼻のなかがむずむずしてきてクシャミが飛び出した。

蓋を開けたとき、最初に目に飛び込んできたのは、一面の「黒」だった。

これ、なんだろう？　一瞬わからなかった。手をのばして触れてみて、それらのひとつひとつは小さいものであり、それがみんな、こちら側に黒い背中を見せて並べられているのだとわかったとき、やっと得心がいった。

ビデオだわ。　思わず声に出して呟いた。それも、こんなにたくさん。

智子は箱を廊下から座敷のほうへとひきずって移動し、広いところで、詰めこまれているビデオテープを、一本一本取り出していった。取り出した順に、右から左へと並べてゆく。テープは箱のなかに二段重ねで詰めこまれており、一段目のものは全部ラベルがなく、大きさも、智子が見慣れたVHSサイズのものばかりだったが、二段目の底に近いほうには、サイズの小さいテープもたくさん混じっていた。そう、ベータのテープなのだ。

それにもうひとつ、違いがあった。一段目のテープは十五本、そのどれにもラベルがついていないが、二段目のテープ十七本（VHS七本、ベータ十本）は、すべて背中にラベルが貼られているのである。

いちばん最後に取り出したベータのテープを手にとって、明るい窓のほうへ向けてみた。端のほうがちょっとめくれ、「SONY」のマークも褪せてみえるそのラベルには、ごく小さな線の細い手書きの筆跡で、

「1977、8、12〜8、13」と書きこまれている。

ラベルが貼られているほかのテープも調べてみると、すべてに同じ筆跡で、同じようにして

様々な日付が書かれていた。ただ、それぞれの日付には関連性がなく、あっちこっちに飛んでいる。

なんだろう？　何が映っているのだろう？

あいにく、智子の手元には、ベータのビデオデッキはない。だから、とりあえず十本のベータのビデオはあきらめて、ＶＨＳのなかから一本を選んで、テレビとビデオのある茶の間のほうへと駆け戻った。

そのビデオのラベルには、「１９７９、４〜」と書いてある。カセットを挿入し、再生ボタンを押す。はたしてこんな古いビデオが映るだろうかという不安を抱く間もなく、ぱっと映像が出た。

ピントのずれた、不安定な映像だった。それでも、そこに何が映っているのかは、はっきりとわかった。

（これ、あたしだわ）

一九七九年四月、六歳のときの智子である。

この家だ。この家の台所の椅子に、智子は座っている。もうずいぶん前に、脚のがたつきがひどくなって粗大ゴミに出してしまった椅子だ。それに座り、六歳の智子は両足をぶらぶらさせている。赤いジャンパースカートに、白いシャツブラウス。右の膝小僧に大きなかさぶた。髪は肩までくらいの長さ。幅の広い赤いヘアバンドで、額(ひたい)に垂れかかる前髪をおさえている。

そして——智子はベソをかいている。

目を赤くして、鼻をグズグズいわせている。椅子から降りたそうな様子だ。叱られているところだろうか?

するると、画面の外から声が聞こえてきた。

「智子、泣かないの。すぐよくなるから。もうすぐよくなるからね。いつもそうでしょう?お話したら、すぐよくなるからね」

ビデオを前に、今年二十一歳になる智子は、かすかにくちびるを開けた。ほとんど反射的に手がリモコンにのび、一時停止のボタンを押した。画面が止まった。

あれは、お母さんの声だ。

顔さえ覚えていない。事故の衝撃といっしょに、風呂場の窓を開けたとたんに消えてしまう湯気のように、あとかたもなく消えていた母の記憶。だがそれなのに、今はわかる。この声はお母さんの声だ。

「泣かないのよ、いい子ね、智子」

あやすように、なだめるように、ビデオのなかの母の声が続ける。六歳の智子はその声にうなずくが、目尻からはポロポロと涙がこぼれる。

「痛いよぉ」という呟きが、小さな口のあいだからもれる。智子はぽっちゃりした右手を持ち上げ、こめかみのあたりを押さえてみせる。

頭が痛いと泣いてる、六歳のわたし。そのわたしをビデオに写しながら、母は何かお話をしようと言っている——

これはいったいなんだ？　智子は画面に見入った。同じ画面で、言葉のやりとりが続く。

「そうね、いつも痛くなるの、イヤね」と、母が言う。「だけど、お話して、そのあとでお昼寝すれば、いつもよくなるでしょう？」

母の言葉に小さな智子はもう一度うなずく。

「怖い夢も怖くなくなるしね？　いつもそうでしょう？」

「うん」

「じゃあ、どういう夢を見たかママにお話してくれる？」

ここで、母の手とおぼしきものが、一瞬画面を横切る。

「あっちのね、パパがビデオ持ってるでしょう、あっちを向いてね。いつもやってるでしょう？　さ、頑張って」

「こっちだよ、智子」と、今度は男の声が応じる。「こっちを向いてな」

ああ、お父さんの声だ。

ビデオのリモコンを握りしめて、幼い自分の姿から目を離すことができないまま、二十一歳の智子は、出しぬけに涙が頬を伝うのを感じた。生暖かい涙の粒が頬を走り、手の甲にぽつんと落ちて冷たくなる。

六歳のときのわたしを、父がビデオで撮ってる。母が脇にいてわたしを励ましてる。お話をしようと。

父と母が、このなかにいる。

「トモちゃんね」と、ビデオのなかの智子が、それを観ている智子と同じように頬を涙で濡らしながら話し出す。「夢でね、見たの」

「どんな夢みたの?」と、母の声。

「あのねえ、ドラえもんの夢」

「そう、ドラえもんだったの」

ここでちょっと、母が笑う。ビデオを撮っている父も笑ったようで、画面が軽くぶれた。

「ドラえもんと遊んだの?」

「遊んでくれなかったの」

「そう。ドラえもん、どこにいたの」

「テレビのなかにいたの。のび太くんもいたよ」

「怖い夢じゃなかったのね?」

「怖くなかったよ。あのね、みっちゃんといっしょにドラえもん見たの」

それから、六歳の智子は、椅子のうえで身体を軽くゆすりながら、おしゃべりの口調にわずかに音楽を加えたという程度の、つたない歌を歌った。

ビデオの前で、大人の智子は思わず口元をほころばせた。その歌なら、智子も知っている。二十一歳のお年ごろの娘でも、テレビのチャンネルをかえる途中で、あの丸まっちい身体の愛すべきネコ型ロボットの番組に出会えば、ちょっと手をとめて、今週はドラえもんがどんな秘密をポケットから取り出してみせるのか、ほんの二、三分ではあっても、興味を持って見ることがあるからだ。そしてあの番組のテーマソングなら、鼻歌で口ずさむことができる。

六歳の智子がビデオのなかで、べソをかきながら歌ってみせたのも、その歌だった。

「そう、今日はそういう夢を見たのね」

ビデオの画面の外からそういう母の声が聞こえてくる。

「じゃあ、智子、ママといっしょにいって、もう少しお昼寝しましょう。そしたら頭痛いのも治るからね」

六歳の智子は椅子からずり降り、近づいてきた母のほうに手をさしのべて、だっこしてもらう。画面に近づいてきたとき、その小さな顔がひどく青白く、こめかみのあたりで血管がぴくぴく脈うっている様子を見てとることができた。

チェックのスカートに、デニムのエプロンをかけた母が身をかがめ、智子を抱きあげる。残念ながら、顔は見えない。ふたりが画面の外に出てしまうと、父の手のなかのビデオは、空っぽの椅子を離れて移動し、傍らのテーブルの上を映す。そのテーブルは、今でもこの家で使われているものだ。かわっているのは、上にかけられているビニールクロスだけ。

父のビデオカメラは、テーブルの上にたたんでおかれている新聞のほうへ寄ってゆく。朝日新聞。うちはずっと、この新聞しかとったことがなかった。

朝刊だ。父のカメラは、一面の見出しや写真には近づかず、ぐっとアップにして枠外に印刷されている発行年月日を映し出す。

「1978年（昭和53年）9月20日」

そこで、映像が切れた。智子は急いでテープを巻戻し、もう一度新聞の日付を確かめた。間違いない。一九七八年だ。

ということは、このビデオのなかの智子は六歳ではなく五歳だということになる。

ビデオを取り出して、ラベルを確認する。ここには、「1979、4〜」と書いてある。撮影日から、半年以上ずれた日付だ。撮影日をはっきりさせるためにわざわざ新聞を撮っているのに、どうしてまたラベルには、半年もずれた、なんの関係もない日付を書いておいたのだろう？

いや、それだけじゃない。頭が痛いと泣く五歳の子供をビデオの前に座らせて、今さっき見た夢の内容を話せという。話せば頭が痛いのもなくなるからね、などとなだめながら。そしてそれを記録にとる——そのこと自体が変だ。普通の親だったら、絶対にやりそうにないことではないか。

智子はビデオの箱のほうへとって返し、両手に抱えられるだけのVHSのテープを持って、テレビの前に戻った。ラベルを確かめ、日付のついたものを選び出してデッキに入れた。

今度もまた、智子は台所の椅子に座っている。手編みの白いセーターに、膝のところに可愛いアップリケのついたズボンをはいている。髪はショートカット。額のところで前髪がまっすぐ切り揃えられている。

最初のビデオのときよりも幼い顔だ。まだ三歳ぐらいかもしれない。

「トモちゃん、こっち見てね」と、母の声が聞こえる。どうやら、今度は母がビデオカメラを持ち、智子に声をかけながら撮影もしているらしい。

ビデオのなかの智子の顔は、まるでろうのように白い。目のまわりには、子供らしくない青黒いくまができている。しきりに右手の親指をしゃぶりながら、落ち着きなくまばたきを繰り返している。

「トモちゃん、すぐ済むからね。ママにお話してくれる？　ゆうべ、ねんねしたときどんな夢みたの？」

このパターンは前と同じだ。具合の悪そうな智子。それをなだめ慰めながら「お話して」という母。

「クサイクサイの」と、智子が言う。

「臭い匂いがするの？」

「まっくらなの。それでね、どーんて、大きな音がするの。トモちゃん怖くて泣いちゃったの。

わあーって、いっぱい泣いてる人がいるの」

　母の手が揺れ、ビデオの画面がぶれた。

「そう。怖い夢だったねえ。その真っ暗なところ、どういうところだったか覚えてる？」

　心なしか、前回の「ドラえもん」のときより、母の声が真剣な響きを帯びているように聞こえる。気のせいだろうか？

「まっくらなの」

「ずっと真っ暗なの？」

「わかんない」

「人はいっぱいいる？」

「……うん、いっぱいいっぱい」

「そこにはおもちゃ屋さんとかあった？　トモちゃんの知ってるところだった？」

「わかんない」

「行ったことのあるところじゃなかったんだね」

「わかんない。よく見えなかったもん。だけど、電車があったよ」

「え？　じゃあ駅なのかな？」

「えき？」

「ヒロタさんのおばさん家に行くときに、電車に乗るでしょう？　あそこが駅っていうのよ。

ああいうところだった？」

「電車とまってた。シンカンセンも。トモちゃんシンカンセン大好きだもん。ママ、またシンカンセンのごはん食べにいこうよ」

「うん、行こうね」

そのあと、母はあれこれ言葉をついやして智子から「夢」の内容を聞き出そうとするが、智子の答えは同じようなことの繰り返しになり、ビデオは十分ほどで終わった。今回は、智子を椅子に残したままカメラが動き、テーブルの上の新聞を写した。

「1976年（昭和51年）3月25日」

しかし、このビデオのラベルに書かれている日付は、「1980、8、16」だ。四年もずれている。

智子は次から次へとビデオを取り出し、デッキに入れて再生してみた。どのビデオも、椅子に座った青白い顔の智子を映していた。ビデオのなかの智子の年齢はまちまちで、季節もバラバラ、服装も様々だ。ただ、例外なく身体の具合が悪そうで、たいていの場合泣きベソをかいており、ひどく脅えたような顔をしている。

ビデオの写し手は、母であったり父であったり、ふたりでいっしょに智子と話している場合もあった。どうやら一定の撮影パターンを決めていたらしく、映像は、いつもその日の新聞の日付をアップで映して終わるし、智子以外の人物の顔が映ることもない。

そして、そんなふうにして正確に映し出され記録されている撮影日と、ビデオのラベルに書き記されている年月日とは、いつもまったく食い違っている。ひとつの例外もない。

ただ、そうして多数のビデオを扱っているうちに、ビデオテープのカセットの窓のところにはられているラベルに、番号が書き込んであることに気づいた。ビデオの背中にラベルの貼ってないものでも、この窓のところのラベルには番号をうってある。早送りで二十二本のＶＨＳビデオの撮影日を確認していくと、その窓のところのラベルに書き込まれた番号が、そのまま撮影日順の通し番号になっているということがわかった。１１から３２までだ。そこでベータのほうを調べてみると、こちらも窓のところのラベルに番号があり、１から１０までとなっていた。

つまり、この不可思議な「智子の記録」を撮るために、両親は最初ベータマックスを使い、ビデオが十本を数えたところで、ＶＨＳ式に切り替えた、というわけだ。

(だけど、それがなんだっていうの?)

この記録はいったい何なのだろう? おばあちゃんはこのことを知ってたんだろうか? そういえば、ビデオのなかにはおばあちゃんは一切登場してこないけど……。

まわりじゅうにビデオテープを散らかし、ほっとため息をついて、髪についた埃をはらいながら、智子は、ひとりぼっちの家のなかで、ちょっと声をたてて笑った。

わたしの親って、変人だったのかしら?

気のせいか、頭が痛くなってきたような気がした。智子はデッキの電源を切り、立ち上がった。

4

翌日、会社の帰りに、駅前のショッピング・モールに立ち寄ってみた。入口の近くに大きなビデオショップがあって、そこではベータのテープをVHSに移すサービスをしていたことを思い出したのだ。

店員にきいてみると、通常のダビングと同じ料金でやってくれるという。智子はテープを取りにいったん帰宅した。すると、留守番電話の用件録音ランプが赤く点滅していた。祖母を亡くしたあと、真っ先にしたのが、この留守番電話を買って取り付けることだった。そのとき、ひとり暮らしになるというのは、それまで人手に頼っていたことを機械に任せるようになる、ということなのだと思った。祖母は耳は遠くなかったけれど、社会生活から離れてしまっていたので、電話の取り次ぎや伝言については、いささか不正確なところがある人だった。それでも、点滅するランプを見ていると、「えーとね、ナントカさんとかいうひとから電話があったよ」という祖母の声が懐かしくなった。

電話は逸子からのものだった。物件を店頭に出してみると、もう反応があったという。智子は折り返し電話をかけた。逸子は在席していた。

「あまりに反応が早すぎると思って、逆に及び腰になってしまうかもしれないけれど、不動産売買というのは縁のものだから、こういうことも珍しくないんですよ。先方は麻生さんの土地に大いに興味を持っていて、かなりの好条件を提示してきてます。お目にかかって詳しい話をしたいんだけど、お時間はどうかしら」

「わたしのほうは大丈夫ですけど」

じゃあ、夕食をいっしょにどうかと逸子は言う。

「お子さんはいいんですか？　ひとりでご飯食べるのかしら」

逸子は笑った。「うちにはジイジとバアバがいるのよ」

智子も笑って、駅前のショッピング・モールのなかにある店を指定した。電話を切ったあと、ふと、名前も顔も知らない逸子の娘のことを思った。その子も、忙しい母親にかわって、おばあちゃんに育てられる――あたしみたいな、これ以上ないくらいのおばあちゃん子になるのだろうか、と。

料理の皿がさげられ、食後のコーヒーを飲むころには、逸子の説明の大半は終わっていた。そして智子の鼻は、コーヒーの香りといっしょに、逸子の持ってきた売買話の放つ爽やかな芳香を感じていた。

先方は個人ではなく、ふたりの公認会計士が共同で開いている会計事務所だった。麻生家の土地を買い、そこにこぢんまりしたビルを建てて、今は小さな賃貸事務所にぎゅうづめになっているコンピュータから帳簿から何から何まで一切合財を移したいという希望を持っているのだ。

「テキさんは、この世に法人とか税金とかいうものがあるかぎり、けっしてすたれることのない商売ですからね」と、逸子は笑った。

「お金のことにかけてはプロだし、もちろん、銀行の融資を取り付けることについても、かなり有利な立場の方たちだと思います。どうかしら」

智子はゴー・サインの意味でうなずいた。

「話を進めてみてください」

「じゃ、先方から購入申し込み書をもらいましょう」満足げな顔で、逸子は手にしていた細長い煙草をもみ消した。彼女が煙草を吸うのを見たのはこれが初めてだった。

「須藤さんはあわてないでいいっておっしゃったけど、やっぱり、家のなかの片付けに取り掛かっていてよかったみたい」

「あら、だけど、それは本当にあわてることないですよ。値段の交渉だってこれからなんだし、何より、麻生さんの新しいお住まいが決まらないうちは、あの家は先方には引き渡さないんですから。それが条件なんですからね」

智子はカップを持ち上げ、くちびるに当てた。逸子の言葉の半分くらいは、頭のなかを素通りしてしまっていた。家の片付け——あのビデオテープ。思いはそこへ戻っていた。

「本当に、急がなくていいんですよ」と、逸子に言われて、はっと目をあげた。逸子はなだめるように微笑していた。

「思い出が残っていて辛いからと、不幸のあった家から逃げ出すようにして引っ越す方もいます。でも、麻生さんはそういう性格じゃないみたいだから。無理をしないでね」

智子は急いで首を振った。「いいえ、そういうことじゃないんです。片付けは順調に進んでるし、段ボール箱に囲まれて泣き暮らしてるなんてこともないし。ただ、ちょっとね、古いものを見つけて——それがどうもよくわからないものだったから」

初めて、逸子の目が個人的な好奇心で輝いたようだった。「骨董品でも？」

智子は吹き出した。「とんでもない。ビデオテープなの。しかも、映ってるのは子供のころのわたし」

「あらまあ、ホームビデオってやつね」逸子はちょっと昔を懐かしむような目をした。

「わたしも、娘が生まれたばっかりのころにはよく撮ったわ……。いえ、ホント言うと、撮ったのはわたしじゃなくて別れた亭主だけど。わたしはああいうものはからきし駄目。ついでに言うとわたしの親もその方面の才能がなくてね、今年の春の運動会で、娘がリレーの代表選手に選ばれて、すわこそっていうのでビデオを買って持っていったんだけど、どうしても撮り方がわからないんだって」

「じゃ、お嬢さんの雄姿は撮れなかったんですか？」

「いちばんたくさん映ってたのは、青空ね」

逸子はクスクスと笑った。

「うちの父ときたら、ビデオカメラを前後逆さまに持ってたの。しかも、歳で足が弱くなってるから、しょっちゅうフラフラしてるでしょう。あっちを撮ったりこっちを撮ったり。あとで、家のテレビで再生して観てみたら、十分もしないうちに家族全員が船酔い状態になっちゃった」

その光景が目に浮かぶような気がして、智子も吹き出した。と同時に、そう——ホームビデオというのは、やっぱりその種のイベントを記録するためにこそあるものなのだな、と、あらためて思った。

もしも、物置に残されていたあのビデオが、あんよをし始めたばかりの智子の姿や、幼稚園の入園式に行くときの智子と両親の姿などを映したものだったならば、なんの不思議もない。運動会でビリになり、おまけに転んで泣き顔をしている智子を小さく映しながら、にわかカメラマンの父が、「あいつはオレに似ちゃって、足が遅いんだなあ」などと呟く声が入っていたりしたら、それは楽しい。もしもあれがそういうビデオだったなら、智子は、頭のなかから消えてなくなってしまっている両親の面影を追って、テープが擦り切れるまで何度も何度も再生し、それこそ目に涙をいっぱいにためて画面に見入ることだろう。

だが、あのビデオはそういう種類のものではない。まだほんの一部を再生しただけだけれど、
それでも、あれが「まっとうな」子供の成長記録ではないということだけは、はっきりわかる。

「どうかしたの？」

逸子が、広いテーブルごしに、わずかに身を乗り出すようにして、智子の顔をのぞきこんでいる。智子はあわてて表情を緩めた。

「すみません。そのビデオのこと考えてたものだから」

「何か不審なことでも？」逸子は軽い口調できいた。「たとえば、飼っていた記憶のない犬がいっしょに映ってるとか——」

言いかけて、逸子はあわてて口を閉じた。

「ごめんなさい。麻生さんには、子供のころの記憶がないんだったわね」

「いいんですよ。気になさらないで」

気まずそうな顔の逸子に、智子はきいた。「煙草、一本いただけますか？」

逸子は箱ごと差し出してくれた。「どうぞ。煙草のみだったとは嬉しいわ」

「めったに吸わないんだけど」

逸子が細身の金色のライターで火をつけてくれた。咳込むと困るので、ゆっくりと、かすかにメンソールの香りのする煙を吸いこみながら、智子は慎重に話した。

「そのビデオのなかでね、わたし、ドラえもんの歌なんかうたってるんですよ」

「麻生さんは、ちょうど『ドラえもん』がテレビアニメになって放送され始めたころに、子供時代を送ってるでしょうからね」

「そうなんでしょうか」

智子は、ビデオのなかの子供の自分が歌っていたテーマソングを、ひと節くちずさんでみせた。

「そうそう、その歌」と、逸子がほほ笑む。「その歌で始めるアニメ版の『ドラえもん』が始まったのは――えーと、いつだったかな」

「須藤さん、そういうことに詳しいんですか？」

「いえいえとんでもない。だけどほら、ちょっと前に、いろんなマンガとか劇画とかの謎を解明する本がヒットしたでしょう？『磯野家の謎』とかね。ああいうのなかに、『ドラえもん』のもあるのよ。娘が買ってきて、わたしもちらっと読んでみたんだけど……いつだったかな。このごろとんと記憶力が落ちてね」

今度は、智子のほうが乗り出した。「それ、教えていただけませんか」

「え？」

「いえ、本屋さんが開いてれば、帰りがけにでも買って、自分で調べてみるんですけど、もうこの時間だと無理だろうから。ご自宅に帰れば、それ、わかりますよね？」

逸子は目をパチパチさせた。「それはおやすい御用ですよ。だけど、そんなに大事なことなの？」

「大事ってほどのことじゃないです。ホントに。ただ、わたしってせっかちだから」

逸子はまだ驚いたような顔をしている。智子は、いつのまにかずいぶん短くなってしまった煙草を灰皿に捨てる仕草に隠して、彼女から目をそらした。

五歳の智子が歌う、『ドラえもん』の歌。その光景を撮ったビデオの収録年月日と、ビデオのラベルに書き込まれてある年月日とのずれ。それを思うと、不意にそして急に、テレビアニメの『ドラえもん』の放映が始まった年月日を確かめることが、とても大事なことのように思えてきたのだった。

智子が帰宅して三十分ほどすると、逸子から電話がかかってきた。待っているあいだじゅう、問題のビデオを繰り返し再生していた智子は、ちょうど五歳の自分が青ざめた顔で身体をゆすりながら『ドラえもん』の歌をうたっているところでビデオ画面をとめて、受話器をとった。

「お待たせしてごめんなさい」逸子の声には、まだ当惑の色が残っていた。「調べたら、すぐわかったわ。基本的なデータの頁に載ってたから」

「ありがとうございます」一時停止のために、画面全体がボケた感じになっているビデオを横目に、智子はきいた。「いつでした？」

逸子は答えた。「麻生さんが歌って聞かせてくれたテーマソングのアニメ版『ドラえもん』の放映が始まったのは、昭和五十四年の四月からですって」

「昭和五十四年――」

「ええ。一九七九年ね」

昭和五十四年。一九七九年四月から。その数字には覚えがある。

智子は受話器を電話の脇に置き、リモコンでビデオの再生を「停止」にすると、テープを取り出した。

がちゃりという音とともに、智子の手のなかにテープがすべりこんできた。その背中のラベルには、こう書かれている。

「1979、4〜」

このビデオに撮られた当時五歳だった智子は、翌年の四月に初めてテレビ放映されることになるアニメ『ドラえもん』のテーマソングを、その半年も前に歌っている。そして、それを記録した両親は、それを知って、ビデオのラベルに「1979、4〜」と書き込んだ――

「もしもし?」

受話器の向こうで、逸子が呼びかけている。智子はしばらくぼうっとしていたが、唐突に、つっけんどんともとれるくらいの早口で彼女に礼を言い、電話を切った。それから、急いで階上にあがった。

二階のさだ子の使っていた部屋には、旧式だが頑丈な硝子扉のついた書棚があった。中身の大半は、亡くなった智子の祖父が持っていた小説のたぐいばかりだが、そのなかに、あるものがあったことを思い出したのだ。

本は重たいが、その割には簡単に整理できるので、書棚はまだ手付かずの状態だった。智子はすぐに、目的の、どっしりと分厚い本を探し当てることができた。

背表紙には、太字で「昭和史全記録」と書かれている。昭和天皇が亡くなったあと、さだ子が、文字通り「激動」だったその時代を生き抜いた人なりの思い入れを持って、本屋で買い入れてきたものだった。

(懐かしいような気がするね)

ときどきパラパラとめくっては、そんなふうに言っていた。

重たい本を片手に、智子は階段を駆け降りた。昨日再生した、もう一本のビデオ。

(クサイクサイの)

(どーんて、大きな音がするの。いっぱい泣いてる人がいるの)

そのビデオの収録年月日は一九七六年三月二十五日。そのとき智子は三歳。だが、ビデオのラベルに書かれている年月日は、「1980、8、16」だ。

智子は急いで「昭和史全記録」をめくった。一九八〇年八月十六日に、何か起こっているのか? 起こっているとしたら、いったい何が?

智子の震える指は、その頁を開いた。細かい段組の文章のなかには、ゴシック文字の見出しで、こう書かれている。

「国鉄・静岡駅地下街でガス爆発」

死者十四人、重軽傷者二百人を出した大惨事だった、と。

(電車とまってた。シンカンセンも)

静岡駅の地下街で。新幹線のいる駅で。

(まっくらなの)

ビデオのなかの三歳の智子は、四年後に発生する静岡駅地下街のガス爆発事故を知っていた。

そして、ビデオを撮った両親も、そのことを知っていた。

だからこそ、記録に残した。

冷水を浴びせられたかのように、智子の両腕に鳥肌がたった。

5

テープを持ち込んでから五日後、ショッピング・モールのビデオショップから、ダビングができたという電話がかかってきた。寒風をつき、道ゆく人々と視線をあわせないようにうつむきながら、智子は駅前へと歩いた。

テープを受け取り、支払いをするとき、店員が話しかけてきた。

「お客さん、ずいぶんたくさん、古いテープを持ってたんですねえ」

顎ひげをまばらに生やした若い男だった。かすかにいぶかるように眉をひそめている。

「ベータのテープのダビングなんて、うちじゃ久しぶりでした」

「へえ、そうなんですか。でも、おかげで助かりました」

智子はご愛想程度にほほ笑み、テープの入った重い紙袋を持ちあげた。カウンターを離れ、出口に向かい、自動ドアを踏んで外へ出る。そのあいだずっと、店員のしつこい視線が追いかけてくるのを、背中で感じていた。

それほど大きな店ではない。店員なんて、せいぜい二、三人くらいしかいないだろう。智子のテープのダビングをしたのは、あの店員だったのかもしれない。そして、若い女の客が持ち込んだ大量のビデオに興味を持ち、ダビング作業をしながら盗み見したのかもしれない。

そして、そして——あれを何だと思っただろうか？

奇妙な印象を受けなかったはずはない。泣きべそをかく幼女のアップばかりが延々と続くビデオだ。しかも、わけのわからないことばかりしゃべっている。撮影者が親であることは見当がつくだろうけれど、第三者の目からは、親のやっていることだからこそ余計に異常に映ったかもしれない。

だからこそ、あの店員は、もの問いたげな顔をしたのだろう。何かきっかけがあれば訊いてきたかもしれない。お客さん、あれは何です？　なんであの小さい女の子は泣いてるんです？　あのビデオを撮った人は、あの子にいったい何をやらせてるんですか？　彼は、今にもそう尋ねてきそうな目をしていた。そこには、かすかにではあるけれど、好奇心と同じ程度の嫌悪の色があったような気もする……

逃げるように早足で歩き続けていると、投げかけられることのなかったその質問が、想像のなかで次第に大きくふくらんできた。駅前の雑踏のなか、木枯らしに吹かれながら、智子は突然くるりと踵(きびす)を返し、ビデオショップに駆け戻って、あの店員にも、あたりにいるすべての人たちにも、はっきりと言ってしまいたくなった。あのテープに映ってるのはあたしよ、あたしの父と母が、子供のあたしを撮ったのよ、記録をとるために、証拠を残すために。

なぜなら、あたしは、八歳のとき、交通事故で頭を強打してその能力をなくすまでは、日本で――いえ、おそらくは世界でいちばん幼い予知能力者だったのだから、と。

今や、智子はそれを、逃れることのできない事実として確信していた。

この五日のあいだに、手元に残してあった二十二本のＶＨＳビデオを何度も何度も見直し、調べあげていた。

会社には、いろいろと後始末などがあると言い訳して、長期の欠勤願いを出した。このまま辞めることになるだろうけれど、それでいいと思っていた。今の智子には、自分の過去を突き止めることのほうが、どんなことよりも大切なのだ。すべてを知らないうちは、もう外の世界に出てゆくことができないような気もする。

父母の手でラベルに日付が書きこんであるものについては、年表や新聞の縮刷版を頼りに、それらのなかで智子が口走っている言葉にあてはまる現実の出来事が、実際に、ラベルに記載されているとおりの年月日に、確かに起こっているということを調べあげた。それらの大半は、社会的な事件や事故、自然災害についてのものだった。昭和五十三年六月の宮城県沖地震、五十八年二月に死者十一人を出した山形・蔵王観光ホテルの火災——

両親がラベルに何も書きこんでおらず、智子の手で書きこむことができたビデオも、数本あった。ほかでもない、昭和六十四年一月の昭和天皇崩御や、昭和六十年八月の日航ジャンボ機墜落などがそれだ。それらのテープのラベルには日付を書きこみ、覚え書きをつくる。そして、傍らに積んである、ラベルが空白のままのテープのなかで自分が語っている事件や出来事が、いつ、どんな形で起こってくるのかと、つい考えてしまう。

それらはみな、あまりにとりとめがなくて、解釈の手がかりもない断片的な予言だ。地名や人名などをはっきり言っているものなどほとんどない。子供の知識で子供の言葉で、夢で見たことを語っているのだから仕方がないのだが、歯痒くてならなかった。ノストラダムスより始末が悪い——などと思って微笑をもらす。でも、笑みはすぐに消える。白いラベルそのままの、寒々とした空白だけが残る。

それだけに、ごくまれに、麻生家にかかわる小さな出来事を予知したビデオにぶつかると、心がほっと温かくなった。数は少ないが、そういうビデオもないことはない。

たとえば、こんなふうだ。五歳の智子が、あの台所の椅子に座り、例によってベソをかきながら、目をこすりこすり呟いている。また、夢を見たのだといって。

「あのね、孝子(たかこ)おばちゃんが、赤いドレスを着てたよ。笑ってるの。まっ白い服着たおじさんと、お手てつないでるの」

孝子というのは、智子の母の三歳年下の妹である。智子が七歳の春に結婚した。

ビデオのなかの両親にも、それが妹の結婚についての予知であることが、すぐにわかったらしい。智子をいたわりつつも、比較的明るい口調で、「孝子おばちゃん、きれい？」とか、「いっしょにいるおじさんはどんな人？」などと問いかけている。それだけでなく、母が父に話しかけている声も残されていた。

「孝子、お色直しで赤いドレスを着るのよ。お婿(むこ)さんは白いタキシードってわけね」と。

「いつのことかねえ」と、父が応じる声も聞こえた。

すると幼い智子がこう続ける。「そのおじさん、帽子かぶってた」

両親は、ちょっと面白いくらいにびっくりした口調で、また会話を交わす。

「帽子？　結婚式で婿さんが帽子なんかかぶるかい？」

「どうかしら……そういう趣向もあるんじゃないの」

「それとも――ねえ、孝子の結婚相手が自衛隊の人だってことかもよ」

「そうかなあ」

父が困惑したような「うーん」という声をあげ、「ホントに孝子ちゃんの結婚のことかね、これは」と呟く。母が何か言う。自分をつまはじきにして話に夢中になっている両親に焦れて、智子が泣き出す。頭が痛いと訴える。母があわてて駆け寄り、智子を抱きあげて画面から消える。父がその日の新聞の日付を映して、そのビデオは終わる。たしかに、叔母の孝子の結婚から二年以上も前の日付を映して。

帽子をかぶった花婿の正体を、今なら智子も知っている。叔母の孝子の伴侶となった男性は、商船会社の一等航海士だったのだ。だから披露宴のお色直しでは、制服を身につけ制帽をかぶった。そして叔母はたしかに、赤いドレスを身にまとって、幸せな笑顔を浮かべていた――

そのときのことは、無論、智子の記憶にはない。事故と共に消えてしまったものだからだ。だが、叔母の結婚式の様子と、義理の叔父となった人の制服姿が凛々しかったことは、祖母のさだ子から何度か聞かされたことがあった。式には両親が出席したから、写真も残っている。だからわかるのだ。ビデオのなかで、幼い自分が夢に見たといっていることが当たっているということが。

叔母夫婦は今、叔父の勤務の関係で、海外で暮らしている。ロンドン郊外の、映画や小説のなかでも名前を耳にしたことのないような小さな町だ。それでもさだ子の葬儀には、叔母が来てくれた。葬儀の前後、あれこれと口うるさかったさだ子の兄弟や、麻生家側の遠縁の人たちから、智子を守ってくれたのもこの叔母だった。

　あたしがこんな過去を見つけたということを、もし孝子叔母さんに報せたなら、いったいどんな反応が返ってくるだろうか。おばさん、あたしね、おばさんが結婚する二年も前に、おばさんがどんな人を選ぶか知ってたのよ。おばさんの着るドレスの色まで知ってたのよ。あたしはそういう力を持ってたの。

　だけど、それを予知してからたった三年後には、その力をなくしてしまった。そして過去のすべてもなくしてしまった。だからあたしは、両親の葬儀にさえ出られず、病室に閉じ込められていたあたしの手をしっかり握ってくれたおばさんの手の温もりは覚えているのに、退院の日に、おじさんがあたしを車椅子から抱きあげて車に乗せてくれたことも、そのときおじさんの背広からかすかにナフタリンの匂いがしていたことも覚えているのに、今の今まで、このビデオテープを見つけるまで、子供のころの自分にそんな力があったことなんて、全然知らなかったのよ。

　すると叔母は驚き、若いころから今も変わらない、あの人の善さそうな丸顔に困惑の表情をいっぱいに浮かべて、まずこう言うだろう。だけど智子、もしそんな力があんたにあったのだとしたら、どうして麻生さんのおばあちゃんが、もっと早くに教えてくれなかったのかしらね？

そう――そのことを考えると、智子の心の歯車が止まる。

さだ子がこのことを知らなかったはずはない。智子が生まれたときから、ずっとひとつ屋根の下で暮らしてきたのだ。さだ子に何も知らせず、内緒にしたままで、これだけの量の記録を残せたはずがない。さだ子は知っていたのだ。知っていて黙っていた。このビデオも隠していた。ひた隠しに。

なぜだろう？

考えこむまでもなく、答えは自然に出てきた。

さだ子は恐ろしかったのだろう。智子の持つこの能力を恐れていたのだろう。そしてそれと同じくらい、嫌悪してもいたのだろう。その嫌悪は、あの店員の目のなかにあったものと、よく似ていたかもしれない。あるいは、もっともっと激しいものだったかもしれない。もっともっと根本的なものだったかもしれない。

あんたたち、智子に何をさせるんだい？

あんたたち、智子にそんなことをさせて何になるんだい？

「無理矢理やらせてるわけじゃないんだよ」と応じる、父の声が耳に聞こえるような気がする。その当時、両親とさだ子とのあいだに何度となく交わされたに違いないやりとりが、智子の頭のなかに浮かんでくる。

「これは、智子が持ってる能力なんだ。未来の出来事を夢に見る。それも、この子にとっちゃ怖い夢だ。聞き出してやらなきゃ、この子は頭がおかしくなっちまうだろうよ」

「だけど、いつも泣いてるじゃないか」

「それは、こういう夢を見るといつも頭が痛くなるからだよ。話を聞き出して落ち着かせてやれば、それも消える。だから、放っておくほうが可哀想なんだ」

「お義母さん、お願いします」

「辛くて見てられないよ」

「あたしたちだって気持ちは同じです。どうしてこの子が、こんなものを持って生まれたのか……」

　幼い智子は、そのころ、祖母と両親とのあいだに、自分をめぐってそんな確執があったことに気づいていただろうか？

（子供だったものね……）

　何も知らなかったろうと、大人になった今の智子は考える。いやそれ以前に、子供のあたしは、自分にどんな能力があるかということ、自分がどれほど異常なことをやってのけているかということにさえ、まったく気づいていなかったことだろう。

　さだ子はきっと、智子を不憫に思っていたに違いない。智子の知っているさだ子は、そういう人だった。だけれど――

　そうなると、別の疑問が出てくるのだ。

智子はその能力を失った。自分がそういう能力を持っていたというおぼろな記憶も残ってはいない。すべては消えた。それなのになぜ、十二年間も、さだ子はそのことを隠し続けてきたのだろう？　昔のことだ。大人になった智子に、そういう過去に直面することができる程度には成熟した智子に、なぜ打ち明けてくれなかったのだろう？

ビデオは残っている。保管してあった。だから証拠はあるわけだ。とんでもない話だと、智子に笑い飛ばされる気遣いはない。だったら、話してくれたってよさそうなものだったのに。もう終わったことなのだから。それが不思議で仕方なかった。

それに、考えてみれば、そのこと自体が矛盾している。それだけ堅く口を閉ざす一方で、さだ子はどうして、証拠品であるビデオを処分せず、後生大事（ごしょうだいじ）にしまいこんでいたのだろう？

だが、昨夜、ビデオを見直し、整理する作業をしているとき、その謎がふっと解けたのだ。さだ子の気質――さだ子が、ビデオテープとかカセットテープのようなものを捨てることを、とても嫌う人だったということを思い出したときに。

そうだった。さだ子は以前、智子が、テレビドラマやテレビ放映の映画を録画したビデオテープを何本か、分別ゴミとして捨てようとしたとき、嫌な顔をしたことがあった。

「重ね録（かきど）りばっかりして、画質が悪くなっちゃって、もう使えないのよ。とっといてもしょうがないよ」

「誰が拾って見るかわからないんだから、みっともないよ、そんなもん捨てたら」

「誰も見やしないわよ」

「わからないよ、こればっかりは」

「見られたって恥ずかしいもんじゃないのに……」

誰が拾って見るかわからないんだから。

誰の目に触れるかわからないんだから。

そう思ったら、数十本の、しかもこんな怪しげなビデオを捨てることができたはずがない。かといって燃やすわけにもいかない。祖母にできたのは、このビデオを抱え込み、家の外に出ないように、ひたすら隠して隠して隠し抜くことだけだった。それでいて、智子にも、隠していることを話すことさえできない。

それほど怖がっていたから。それほど恐れていたからだ。

智子が過去を知ることを。

さだ子が秘密を守り続けていたのは、たとえ過去のことでも、智子がそれを知ったらひどく傷つくと思ったからではないか。

それはいったいどんなことだろう?

考えると、心臓がどきどきしてきた。頬が冷たくなった。ビデオのリモコンを握る手がじっとりと汗ばんだ。

あたしは、自分の両親の死をも予知していたんじゃないか？　それが、このビデオのどこかに残っているのじゃないか？

考えれば考えるほど、ありそうなことに思えてきた。あたしは見たのじゃないか。両親の死を。叔母の結婚を予知したように。自分には何の縁もない、静岡の駅のガス爆発を予知したように。

ただ、予知と言っても、あのとおり、幼い子供の言葉で語られるものだ。解釈しなければ、何について、何を指して言っているのか、皆目わけがわからないもののほうが多かったことだろう。智子の両親も、智子が話した内容に添った出来事が実際に起こるまでは、何がなんだかわからなかったのではないか。だから、何事かが起こってから、それについて智子が語っているビデオの背のラベルに、日付を書きこんだのだ。いや、それしかできなかったのだろう。

後説の予知能力者。それが幼かったころの智子だ。そして、そういう子供が、自分でも何を言っているかわからないうちに両親の交通事故死を予知し、聞いた両親も何のことかわからず記録だけを残した。事故は起こり、ふたりは死んだ――

その場合、孫とふたり、残されたさだ子はどうするだろう？

隠すだろう。ひたすらに隠すだろう。大人になり、その能力をなくした智子にさえも、打ち明けることができるわけがない。あんたはね、お父さんとお母さんが事故で死ぬことを知ってたんだよ。だけど――

だけど食い止めることはできなかった、防ぐことはできなかった、ふたりを助けることはできなかったんだよ、などと、さだ子がどうして言えるだろう?

　手元にあったVHSビデオのなかには、両親の死を暗示するようなことを智子が話している——という内容のものは見当たらなかった。智子の「予知夢」は、時間を追って順序正しく、というのではなく、あっちへ飛んだりこっちへ戻ったり、不規則でランダムな現われかたをしていたもののようだ。VHSのほうにないならば、ベータのほうに残されているのだろう。

　それを見つけよう。どうせここまで来たのなら、逃げ出すまい。

　覚悟を決めて、智子はダビングされてきたベータのビデオを手に取った。通し番号1。

　智子の心の震えに応えるかのように、古い家の木製の窓枠を揺るがせて、一陣の夜風が通り過ぎていった。風に巻かれた木の葉が、乾いた音をたてて窓硝子を打った。

　不意に、さだ子のことを思い出した。毎年冬になると、箒(ほうき)を手に庭に降りて、落ち葉を掃いていたさだ子の姿を。

　今、振り向けば、青みを帯びた夜の窓硝子の向こうに、白い前かけをして箒を手にしたさだ子が立っているのが見えるかもしれない。硝子を叩いたのは木の葉ではなくて、さだ子の指だったのかもしれない。窓を叩いて、智子に注意を呼びかけている。こっちをごらん智子。あたしをごらん。手遅れにならないうちに、そんなものを見るのはおやめ。長いこと、あたしはそれを隠してきた。あんたのために、智子。あんたを悲しませないために。

　だが、忍びこんでくるすきま風に身震いしながらも、智子はとうとう、振り向かなかった。

一日じゅう家に閉じこもり、ビデオを見続けた。食事や入浴が、ときには睡眠をとることさえもが面倒くさく思えた。ビデオの一本一本は短いものだが、流して見ただけではよくわからないものも多く、繰り返し繰り返し、神経を張り詰めて画面を見つめ、耳をそばだてなければならない。

6

VHSのテープに残された記録より、こちらのほうが、子供の智子の言っていることの「解読」に、倍以上の手間と時間とを要した。考えてみればそれも当たり前のことだ。ベータのテープのなかの智子は、VHSのときよりも、もっと幼い。恐ろしいことに、せいぜい二歳ぐらいではないかというあたりから、記録が始まっているのだ。

時折、疲れた目をなだめ、顔をこすりながら、初めて智子にこの種の能力があると気づいたときの両親の驚きや、その後の苦労を考えた。そして、もしもこの能力が、生まれた直後から備わっていたものだったとしたら、それを言葉で表現することのできないうちには、自分はどれだけ手のかかる赤ん坊だったことだろうかと思った。不可思議な夢を見るたびに、頭の痛みを訴えて火がついたように泣く赤ん坊。そんなあたしを抱え、わけもわからないまま、若い日の母は、どれほどおろおろしたことだろう。

最初は、ビデオを通しで見る。次に、画面のなかの智子の言葉や仕草、父の言葉、母の言葉をひとつひとつノートに記録してゆく。それが終わると、記録に間違いがないかどうか、もう一度通して点検する。

須藤逸子が、土地の購入希望者を連れて下見にゆくと連絡してきたのは、そんなふうにして、智子がベータのビデオのすべてをチェックし終え、それぞれのビデオについて、詳しい記録を作り終えたころのことだった。

「少しお痩せになったんじゃない？」

訪ねてきた土地購入希望のふたりの公認会計士は、敷地のぐるりを見て回っている。須藤逸子は、麻生家の茶の間で智子とふたりになると、そう声をかけてきた。気づかわしげな様子だった。

逸子とは、前回の打合せのあと、「ドラえもん」のことで妙な問答をして、一方的に電話を切ったままになっていた。その後の智子は、ずっと、自分のことしか考えることができないような状態にあったので、こうして逸子と顔をあわせると、今さらのようにきまり悪い気分を味わった。

「やっぱり、ちょっと疲れが出たんだと思うんです。たいしたことはないけど」微笑して、智子は答えた。「この前はすみませんでした。すっかりごちそうになってしまって」

逸子は笑ってその言葉をしりぞけた。「この取引がまとまったら、もっと美味しいものを食べにいきましょう。祝杯をあげなくちゃね。どう？　なかなか良さそうな先生たちでしょう？」

「いくら小さくても、持ちビルを建てようという方たちなのに、お若いのでびっくりしました」

「やり手なのよ、おふたりとも」

そろって三つ揃いの背広を着込み、きっちりとネクタイをしめたふたりの公認会計士は、上機嫌で下見から帰ってくると、智子のいれたコーヒーをうまそうに飲んだ。交通の便もいいし、郵便局が近くていいとか、大きな文具店がありますねとか、楽しそうに話している。

ふたりともまだ三十代の後半だ。それぞれかなり大きな借金を背負っての買い物ということになるのだろうが、不安げなところは感じさせなかった。売り主の智子の前だから、意識してそうふるまっているということはあるにしても、自分たちのこれまでの実績や、将来あげることができるであろう業績に対して、やはり、それだけの自信を持っているのだろう。ふと、うらやましいような気持ちになった。

建物の施工を任せるところはもう決めてあるのだそうだ。予算の関係もあり、三階建てのヘーベルハウスにするつもりだという。

おふたりとも、もうそれぞれマイホームはお持ちなのですかという智子の質問に、ふたりはそろって破顔した。

「どっちも賃貸マンション暮らしですよ」

「これから建てようというビルは、あくまで我々の会社の建物ですからね。個人の財産にはならないわけで」

逸子がからかうように口をはさんだ。「だけど、そうしておくことが、近い将来、両先生がそれぞれ大きな邸宅をお持ちになるための布石になるんでしょう？」

「いやあ、かなわないなあ須藤さんには」

気さくな笑い声を残し、ふたりが麻生家を出るとき、逸子は智子をちょっと脇へ呼び、小声でささやいた。

「値段の交渉の、本番はこれからです。先方は大乗り気ですから、シビアに、積極的にやりますからね」

智子は玄関まで出て、逸子の運転する車が、ふたりの前途有望な会計士を乗せて走り去るのを見送った。角を曲がって車が見えなくなると、急に力が抜けたようになった。

陽だまりのなかで、智子は家を振り仰いだ。冷たい風と、澄んだ陽差しに目を細めた。

ここにどんなビルが建つのだろう。あの先生たちは、ここでどんな仕事をするのだろう。この場所で、これからどんな未来が開けてゆくのだろう――と、とりとめもなく考えた。

どちらにしろ、それはもう智子とは係わりのないことなのに。

上着を着ていないので寒かったが、すぐには家のなかに入る気になれなかった。好天の青空と比べて、家のなかがあまりに暗すぎるように感じた。そこで待っているものが、智子の肩には重すぎるような気がした。

ずいぶんと熱を入れて、それこそ必死で調べたつもりだが、ベータのビデオテープのなかから、智子が両親の死を予知していたとわかるような言葉を記録したものを見つけることはできなかった。

VHSのほうを調べたときと同じように、現実に起こった事故や事象を予知したと解釈することのできるものが、数本出てきた。だが問題は、それ以外の、ラベルが空白のものだ。そしてそれをどれだけ繰り返し見ても、どれほど食い入るように見つめても、激突事故とそれによる両親の横死を推察させるような言葉は残されていなかった。

考え過ぎだったのだろうか……と思う。幼い智子は、意識して未来を見ていたわけではない。夢になって、勝手に見えてくるものについて、両親に促されてしゃべっているだけだ。つまり、選択的・意識的に予知能力を使っていたわけではない。

だから、実際には、予知できることよりも、予知できないことのほうが多かったのかもしれない。それがたとえ、子供にとっては、おそらく自分自身の死よりも恐ろしいはずである「親の死」についてであっても、気まぐれな能力が働いてくれなければ、まったく何も見えず白紙のままだったのかもしれない。

（ただ……）

これまで、あの事故について、誰も詳しいことを話してはくれなかった。辛い思い出につながるし、不幸中の幸いで智子がすべての記憶をなくしているのだから、わざわざ掘り返すこともないと、みんな思っていたのだろう。わずかにさだ子の口から、その日は日曜日だったということ、とても天気がよくて、両親は智子を連れ、房総のほうまで日帰りのドライブに行ったのだということ、その帰り道、空いていた道路でスピードを出し過ぎ、父が運転を誤ったがために事故に遭ったのだということを聞かされていただけだ。そのことを話すとき、さだ子はいつも、悲しそうに眉毛を下げて、あんたのお父さんには、ちょっとばかり運転が乱暴なところがあって、あたしはいつも心配してたんだよ、と言ったものだった。そんなさだ子を見るのが辛くて、智子も、強いて事故の様子を聞き出すことはよそうと思っていたところもあった。

（だから、材料不足ではあるのよね……）

事故の様子とか前後の事情とか、そういう細かいことを知っていれば、ビデオのなかにそれに当てはまるものがあると、すぐにわかるのかもしれない。今はただ、単にこちらの知識が欠けているから、事故の予知だとわかるビデオを見落としているだけなのかもしれない。

孝子おばさんなら、もう少し詳しいことを教えてくれるかもしれない——そう考えて、智子は壁の時計を見た。ロンドンとの時差は、どれぐらいだっけ？

海を越えて聞こえてくる叔母の声には、懐かしい響きがあった。

電話そのものは音声も明瞭で、市内電話をかけているのと変わりないくらいなのに、最初の「もしもし?」というところでは、思わず声を張りあげるような感じになってしまった。叔母のほうも、相手が智子で日本からの電話だとわかると、ちょっと声のトーンがあがった。智子がそれを指摘し、ふたりで笑いあった。

「おばさん、国際電話には慣れてるはずなのに」

「そうでもないわよ。うちのひとは、会社でしょっちゅうかけたり受けたりしてるでしょうけどね」

その後どうしてる? 元気? 困ったことはない? 矢継ぎ早の叔母の質問に、智子は言葉を選びながら答えた。家を売ることになったこと、いい買い手がつきそうなこと、かわりに小さいマンションを買うことになりそうだということを話すと、叔母は一応ほっとしたようだったが、不動産屋の社長が女性だということを知ると、急に渋い声を出した。

「大丈夫かしらねえ。なんだかんだいったって、不動産取引なんていうせちがらいことは、女には無理なんだけど」

「それって差別じゃない?」

「だけど本当のことだからね。トモちゃんも、おばちゃんぐらいの歳になったらしみじみわかるわよ」

　智子は笑い、須藤さんは大丈夫よと切り返した。そんな話をしているあいだにも、どうやったら、不自然さを感じさせず、話題を両親のことのほうへ持っていけるかと、頭をめぐらせていた。

「いろいろ処分しなくちゃならない古いものが出てきたんだけどね」と、言ってみた。

「アルバムとか？」

「ううん、写真は捨てたくない。全部とっとくわ。おばさん、今度こっちに来たときに、見てみて。ほしいのがあったら、持っていってよ」

「そうね、そうさせてもらおうかな」

「ねえ、おばさん」受話器を握り直して、智子は言った。「写真って言えばね、あたし、久しぶりにじっくりと、お父さんとお母さんの顔を見たわ」

　叔母はちょっと黙った。それから言った。「余計に悲しくならなかった？」

「それは平気。懐かしいなって感じだけ……記憶がないのは情けないけど」

「そんなことは考えないの。いい？　あんなひどい事故に遭って、あんた、一週間も昏睡状態だったのよ。命が助かってよかったんだから」

　生死の境目の、その長い眠りのあいだに、あたしのなかから消えてなくなったものは、記憶だけじゃなかったのよ、おばさん。口に出してそう言いたくなる気持ちを抑えて、智子は続けた。

「写真を見たせいだと思うけど、いろいろ、事故のことも考えたわ」

「そんなこと、やめなさい。もうどうしようもないんだし、十二年――そろそろ十三年か、それぐらい昔のことよ」

「うん。だけど、やっぱりね。思い出してみようともしたの。駄目だったけど」

「考えかたによっちゃ、それで幸せだったかもしれないよ、智子」

叔母は「トモちゃん」でなく、「智子」と呼びかけてきた。お説教口調になる前触れだ。ぐずぐず言ってみても、話をそらされるだけだろう。思い切って、智子はきいた。

「ねえおばさん、あの事故、どういうふうだったか知ってる？」

一瞬、沈黙があった。「どういうふうって？」

「お父さんがスピードを出し過ぎて、ハンドルをとられて、中央分離帯にぶつかったんだって聞いてるけど」

「そういうことでしたよ」

「現場を見ていた人とかいなかったのかしら。いっしょに走ってたほかの車は大丈夫だったのかしら」

「何を気にしてるの？」

「べつに。ただ、わたし、親を亡くした事故のことなのに、あまりにも何も知らなさすぎるなあって思ったから」

できるだけ気楽な声を出そうと思った。でも、失敗だったらしい。叔母は黙りこんだ。気詰まりな沈黙で、智子は息苦しくなった。叔母を怒らせてしまったかと思った。それで、こう言おうと思った。こんなこと知りたがるようになったのは、わたしがそれだけ大人になったっていう証拠よ、おばさん。

だが、智子が口を開く前に、叔母はこうきいた。「あの事故のことで、誰かに何か言われたの？」

陽気な叔母にはふさわしくない、低く抑えた声だった。たとえば人の安否を問うときに、重病人の容体を尋ねるときに、人が意識して出すような声だった。ひょっとしたら悪い答えが返ってくるかもしれないと思う質問を投げるときにだけ使われる声音（こわね）だった。

あの事故のことで、誰かに何か言われたの？

意外な言葉に、智子はちょっと返事ができなかった。その沈黙を、叔母は返事と受け取った。早口になって、半ば毒づくように言った。「おばあちゃんのお葬式があって、麻生さんの家の人たちが集まったからね。そうなの？　今ごろになって、急にこんなことを訊いてくるのは、誰かに何か言われたからなんだね？」

おばさん、何か錯覚してる。でも、この錯覚はそのままにしておいたほうがいい。そのままにしておけば、真実を聞き出すことができる。そう思ったから、智子は答えた。

「ええ。いろいろ言われて、考えこんじゃった」

遥か海の彼方、智子がまだ訪ねたことのない異郷の町で、叔母が深くため息をもらすのが聞こえた。

「いつかは、そういうことが智子の耳に入るときがくるだろうって、半分覚悟はしてたんだけど」

「……そう」

「それは根拠のないことだからね。信じちゃ駄目よ、いい？　警察の人は、あれは事故だって言ったんだから。ひょっとしたら、お父さんが疲れて居眠り運転してたのかもしれないって。だから、あんなふうにまともに分離帯にぶつかってしまったんだって。そういう事故は、けっして珍しくないんだって言ってたのよ」

受話器を握る手が汗ばみ、身体全体が、ぐうっと沈みこむように重くなってくるのを、智子は感じた。

叔母が、何を指して「根拠がないから信じるな」と言っているのかわかるような気がしてきた。恐ろしいほどにはっきりとわかるような気がしてきた。

「でもわたし……やっぱり気になるわ」

かすれた声で、やっとそう言った。叔母は、智子がかまをかけているということには気づかず、慰めるような声で続けた。

「気にしちゃ駄目。どうして智子のお父さんお母さんが、そんなことをするもんですか。そりや、あのころ、あんたが身体が弱くて、しょっちゅう頭が痛いって泣いてることがあってね、その原因がわからないって、あんたのお父さんもお母さんも心配してた。とっても心配してたのよ。だけど、それだからって、どうしてそんなことするもんですか」

叔母の言う、「そんなこと」とは――

ゆっくりと、智子は言った。「自殺なんて……親子心中なんて、考えたはずなかったわよね？」

叔母は力強く答えた。「もちろんですよ」

智子は黙っていた。叔母は、その短い断言だけでは心もとなくなったのだろう。急に、つっかえていたものがはずれたかのように多弁になり、まくしたてるようにしてしゃべった。

「智子のお父さんお母さんは、智子を大事にして、元気な子に育てることだけを考えてたんだからね。あんなふうな事故だったから、無責任にあれこれ憶測したがる人はいたけど、あたしはそんなこと――あれが心中だったなんて、一瞬だって思ったことなかったわよ。そんなことをしなくちゃならないような理由なんて、これっぽっちもなかったんだもの。だから、そんな下らない話が智子の耳に入らないように、ずいぶん気をつけてきたつもりだったんだけど……」

「わたしは平気よ、おばさん」自分でもおかしいくらい快活な声を出して、智子は言った。「そんな話、信じてないもの」

叔母の声が震えを帯びた。「それならよかった。ホントによかった。いつかこういうことがあるんじゃないかって、ずっと心配してたんだけどね。よりにもよって、あたしが智子からこんなに遠く離れてるときに、そういう時がくるなんてね」

「わたしも、もう大人よ。大丈夫」

「本当ね？　信じていい？　ヘンに考えこんだりしないって、約束してよ」

「約束するわ」

最後まで、智子は芝居をし抜いた。叔母には悟られることがなかった。ちょくちょく連絡してね、こっちからもかけるからと言って、叔母は名残り惜しそうに電話を切った。

受話器を置いたとたんに、智子の身体から力が抜けた。その場にべたりと座りこみ、宙を見つめて、どれぐらいのあいだそうしていただろう。

ふと我にかえり、自分が泣いていることに気づいた。

理由はあったのよ、おばさん。心のなかで、そう呟いた。大きな理由があったのよ。ただ、誰にも打ち明けることができなかっただけで。

あのビデオ――ところどころ暗記してしまうほど繰り返し見たビデオのなかの場面が、頭のなかで蘇(よみがえ)った。どの場面でもどの場面でも、幼い智子は泣き、苦痛を訴え、夢に出てくる、理解することのできない未来の映像に脅えていた。助けを求め、途方にくれていた。頭のなかにある、子供には大きすぎるその能力に押(お)し潰(つぶ)されそうになっていた。

（痛いよぉ）

頭を押さえて泣く幼子を、父は、母は、どんな気持ちで見つめていただろう。

あの大量のビデオも、言ってみれば、智子をそこから救い出そうとする、両親の空しい抵抗のひとつだったのではあるまいか。とにかく智子の抱えているものの正体を突き止めようとした、必死の努力の痕だったのではあるまいか。

智子の発した断片的な言葉に符合する事件が、天災が、事象が、あとから起こってくる。それを確認し、ビデオのラベルに日付を書き込むとき、両親の胸に去来した感情は、いったいどんなものだっただろう。

無力感だ。今の智子が感じているのと同じ、どうしようもない無力感だ。それには終わりがない。募ってゆく一方だ。しかも苦痛が伴う。痛みを訴えて智子は泣く。それを見つめながら、抱きかかえながら、添い寝しながら、父も母も何度泣いたことだろう。

いつか智子が成長して、その能力に追いつくことができる日がくれば――両親は、それだけを心の支えにしていたかもしれない。あるいは、成長過程のどこかで、智子のなかからその能力が抜け落ちてくれることを期待していた――必死で期待していたかもしれない。消えてなくなってくれ、この子から出ていってくれ、お願いだ、この子を自由にしてやってくれと念じながら。

そしてふたりとも、その闘いに疲れてしまったのだろう。

まともに分離帯にぶつかった。そのほうがいい、この子にとっても、そのほうがいっそ幸せだと思ったから。

親子で一日楽しく、最後のドライブ。そのあとで、いっしょに死のうと、両親は決めていたのだろう。

今まで何度か、両親を失った事故のことを考えるたびに、「あたしひとりが生き残った」と思ってきた。それは違っていた。本当は、「あたしひとりが生き残ってしまった」のだ。両親は、智子のために、智子を哀れんで、智子と共に死のうとしてくれたのに。

あたしは両親を苦しめ、死に追いやっただけの子供だった。それなのに、ひとりだけ生き残っている。

壁に手をついて、智子はゆっくり立ち上がった。ふらつく身体を支えて室内を見回すと、茶の間の隅に積み上げてあるビデオの山が目に入った。

こみあげてきたのは、怒りだった。

怒りだけだった。ただ怒りの一色に染めあげられた真っ赤な布が、智子の身体の内側ではためき、狂暴な風を起こした。

智子はビデオをひっつかみ、壁に向かって投げつけ、足で蹴とばし、積み上げられた山を崩して部屋じゅうに撒（ま）き散らした。ケースのひとつが割れてプラスチックの破片が飛び散り、テープが飛び出す。それを引っ張りだし、手で引き千切（ちぎ）ろうとしても切れない。へらへらとしなりながら指に巻きついてくる。しつこくまとわりついてくるテープに、智子は泣きながら逆らい、だがもがけばもがくほどテープは腕に巻きつき、やがて智子は両手で顔をおおって座りこんだ。

「……どうしてよ」

誰もいないひとりきりの茶の間の、静まり返った空気のなかに、智子は問いかけた。

「どうしてよ。どうして？　あたしが望んだわけじゃないのに」

どうして、あんな力を持って生まれてくることになったんだろう？

飛び散らかったたくさんのビデオのケースと、真っ黒いテープの波のなかで、今、智子が思うことはただひとつだけだった。

あたしはひとりだけ生き残ってしまった。乗り遅れてしまった。そして今、やっとそのことに気づいた。

それなら、これから追いつこう。

ぼんやりと室内を見回す。指にからむテープを見おろす。そして思った。この記録も、いっしょに連れていくんだ。

物置のなかには、石油ストーブ用の灯油が、ポリタンクに丸々いっぱい残っていた。

これだけあれば、この古い家をきれいに燃やしてしまうには充分だろう。幸い、空気も乾燥している。またたくまに、炎がすべてを清算してくれるにちがいない。

近所の家には、できるだけ迷惑をかけたくない。だから深夜は避け、朝まで待った。勤め人たちが会社へ行ってしまい、子供たちが学校の建物のなかへ吸い込まれてしまうまで待った。

正午近くになって、行動を起こした。

この時刻なら、発見されやすいだろう。この麻生家だけは焼けても、ひどい延焼は、消防署が食い止めてくれるに違いない。

一度外へ出て、強い風が吹いていないことを確かめた。冷えた空気は静かに凪ぎ、頭上には青空が広がっている。最後の最後になって、運命も、少しは智子に親切にしてやろうという気を起こしたのかもしれない。

茶の間の中央にビデオを積み上げ、そこから灯油をかけていった。畳にまき、カーテンにぶっかけ、廊下にも階段にも、強い刺激臭にときおり咳込みながらも、丹念に灯油をまいて回った。

そして茶の間に戻り、ビデオの脇に立った。火をつけたマッチを投げるのは、ここだ。

心は決まっている。むしろ気が楽になった。それなのに、マッチを握る自分の指が震えているのが、情けないような気がした。

目を閉じ、大きく息を吸い込んだとき、須藤逸子のことを思い出した。

さぞ驚くだろう。智子が死んでしまえば、売却話も御破算だ。親切にしてもらったのに、迷惑をかけて死んでゆくことになる。

だからといって思い止まることはできないが、せめてひと言、詫びておきたいと思った。

命綱を握るようにマッチを握り締めたまま、智子は電話に近寄った。呼び出し音が二度鳴り、男性の声が応じた。麻生と名乗ると、すぐに逸子にかわってくれた。

「麻生さん？　おはようございます」

逸子のてきぱきした口調。深みのある、少しハスキーな声。それを耳にすると、ほんの少しだけ、心が揺れ戻った。それを押し返しながら、本当にひと言だけ、智子は言った。

「須藤さん、ごめんなさいね」

そして電話を切った。マッチを一本取り出した。シュッという音をたてて生まれた炎に、智子はほほ笑みかけた。浄化の火だ。

ビデオの山に向かって、智子は優雅に手をのばし、マッチを放った。

ビデオの山を包みこみ、巨大な花が咲いたかのように、炎が音をたてて立ち上がった。智子は熱風を頬に感じた。髪が焦げ、目に涙がにじんだ。灯油の筋をたどって、生き物のように炎が燃え広がり走り抜けるのを見た。

熱い。

退路などないことを知っていながら、智子はゆっくりとあとずさった。だがそれは、逃げるためではなかった。ビデオが確かに燃え尽きるのを、この目で見届けるためだった。

7

震動。

身体が揺れている。小刻みな揺れが伝わってくる。

智子は横たわっている。いや——床のようなところに横になっているのではない。頭はやわらかいものの上に乗っている。

そして震動——リズミカルな、心地好いこの揺れはなんだろう？　頭の下にある、やわらかくていい匂いのするものはなんだろう？

これは夢だ。あたし、夢を見てる。

死んでゆくときには、誰でもこんなふうに夢を見るものなんだろうか。夢のなかを通り抜けて、死へと進んでゆくのだろうか。

痛みはない。苦しみもない。とても安らかで、温かい。どうしてだろう？　不思議な気持ちだ。そして身体が揺れている——規則的に、どこかへ運ばれてゆくかのように。

ここは——車のなか？

夢のなかで、智子は目を開けてみた。そう、車のなかにいた。智子は後部座席に横になっている。運転席に父が、助手席には母がいる。会話は聞こえない。音はない。ただ、車が滑らかに道路を滑ってゆく、その震動だけ。そして頭の下にしかれているいい匂いのするやわらかなものは——

(お母さんのセーター)

古い記憶のなかに、消えていた記憶のなかに、智子はいた。蘇ってきた場面のなかに、八歳の子供に戻って。

お父さんお母さんと、海を見に行ってきた帰り道。潮の匂いがした。ちょっぴり陽焼けした。灯台の見えるレストランで、サンドイッチを食べた。チョコレートパフェも食べた。生クリームが多すぎて残してしまった。砂浜を歩いた。風が強かった。貝殻を拾った。桜貝だと、お母さんが教えてくれた。ちぎれた海藻が波間に浮いているのを見付けた。それにむかって、お父さんといっしょに石を投げた。靴も靴下も脱いで、膝まで波につかった。お花畑で遊んだ。一面の菜の花のお花畑で。

楽しい一日だった。また来ようねと約束した。今度は泳ぎにこよう、水着を持って。智子はうんと陽に焼ける——

そのとき、声が聞こえた。「あなた!」

母の声だ。大きな声、喉の奥から発せられた驚愕(きょうがく)の声。

夢のなかの智子は、その声に頭をあげる。助手席の母の横顔を見る。ハンドルを握る父の横顔を見る。ふたりとも目を見開き、父の手がハンドルを握り直そうとする。その手は空しく滑る。母の口が開き、悲鳴のような声が喉から溢れ出る――

「危ない！　智子、とも――」

そこで暗黒がくる。夢のなかの智子を暗闇が包みこむ。夢を見ている智子も、闇のなかに溶けてゆく。

意識を取り戻し、最初に目にしたのは、金属製の台に乗せられた機械と、青白く光るモニタ
ーの画面だった。

それからまた意識をなくし、次に目を覚ましたときには、周囲は真っ暗だった。そんなふう
にして、電灯のようについたり消えたりする意識のなかに、智子はながいあいだ閉じこもって
いた。

初めて、あ、あたしは目を開いていると意識したとき、目に入ってきたのは、まぶたの上に
おおいかぶさる黒い影だった。鼻のところにも、その影がある。軽い圧迫感もある。

そうか、顔に包帯が巻かれているのだ。

あたしは助かったのだ、とわかった。また助かってしまった。

「麻生さん、気が付きましたか」

頭の上のほうから声が聞こえる。いつのまにそばに来たのか、医師の白衣が見えた。

「火傷（やけど）がひどかったけれど、もう大丈夫ですからね。時間はかかりそうですが、きれいに治り

ますよ。いいですか、あなたは助かったんですよ。よかったね」

智子は目を閉じた。

助かったんですよ、よかったね。

その声にだぶって、死につながる宙空のなかで見ていた夢のなかで聞いた声が、蘇ってきた。

危ない！　智子——

母の声だった。あれは衝突の直前の光景だった。母は、危ないと叫んでいた。智子と呼んでいた。後部座席で熟睡している我が子に危険を知らせようとして。

死に瀕した事故で失った記憶の断片が、再び死に直面したとき、戻ってきたのだ。地震で止まったきりになっていた柱時計が、次の地震で動き始めるみたいに。

戻ってきたのだ、過去が。

そして智子から、死んでゆく理由を取り去っていった。最後のぎりぎりの瞬間になって降りてきた、救いの縄梯子。

あれは事故だった。おばさんの言ったとおりだった。あれは不幸な事故だった。

両親にとって、死は不本意なものだった。ふたりとも、生きようとしていた。

あたしといっしょに。

面会を許されるようになるまで、半月以上かかった。そして、警察や消防署の関係者を除き、個人的に智子を見舞ってくれた最初の人物は、須藤逸子だった。

彼女は何やら白いかっぽう着のようなものを身につけて、触ってはいけない展示物でも見るように、智子を見おろしていた。まぶたを開いた智子の目と目があうと、大きく顔をほころばせた。

「あたしは得したわ。いちばんのりね」

ほんの少し智子のほうに身を屈めると、彼女は穏やかな声で言った。

「ついさっきまで、ここにおばさまもいらしたのよ。先生に呼ばれて、たった今出ていらしたところ」

両手をちょっと広げて、

「まだ細菌感染の危険があるから、こういうものを着てないと、あなたには会わせてもらえないの。娘が生まれたばっかりのころのことを思い出すわ。別れた亭主は、こういう格好をしないと新生児室に入れてもらえなかったのよね」

智子は何か言おうとしたが、声が出なかった。くちびるも動かなかった。

逸子が、ゆっくりと言った。「何も言わないでね。今はまだ無理だって。麻生さん、怪我がよくなったら、いろいろとトレーニングさせられるわよ。脅しじゃなくてね」

逸子の目がキラキラしている。しばらく見つめて、やっと、それは彼女が涙ぐんでいるからだとわかった。

「あなたの邪魔をしたのは、あたしよ」と、逸子は言った。「自殺しようとしたのよね。家は全焼。あなたをおいて、あの家はあの世へいっちゃったわ」

では、ビデオも燃えたのだ。智子は目を閉じた。あれはなくなったのだ。

「どうして死のうとしたのかなんて、きかないわ。ただ、あなたがだんだん元気をなくして、顔色も悪くなっていって、遠いところを見るような目つきばっかりしてることに、あたしは気づいてたんですよ。だから心配してたの。だから、あなたから電話をもらったときに、すぐにピンときたの。こりゃ、様子がおかしい、何か悪いことが起こるかもしれないってね」

逸子の顔からは笑みは消えていたが、声音は優しいままだった。

「で、あたしはどうしたかと言いますとね、麻生さんの御近所の、酒屋さんに電話をかけたのよ。あたしは不動産屋よ。麻生さんの家の売買話を引き受けてから、何度お宅の近所を歩いたことか。どこにどんな店があって、どんな人が住んでて、近所の雰囲気はどういうふうか、足で調べなきゃならないからね。で、その酒屋さんのご主人とも、二、三度話をしたことがあったの。ご主人は、おばあさまのことも、麻生さんのこともよく知ってたわ。いいおばあさまだった、ひとりぼっちになって、お嬢さんたいへんでしょうねって言ってた。ホントに実直な商売人って感じの人だった。だから、あなたからの電話を受けたとき、まっさきにそこへ連絡したの。後生だから、麻生家の様子を見にいってみてくれないかって。走って二分の距離のところよ。で、酒屋のご主人は窓から薄く煙が出てるのを見て、勝手口から家のなかに飛び込んで、倒れてるあなたを引っ張り出したってわけ」

逸子は目尻をぬぐった。

「でも、危ないところだったのよ。火のなかから引っ張り出されたとき、あなたはもう呼吸もしなくて、心臓も止まってて。窒息と、火傷のショックのせいでね。蘇生措置をしてくれた救急隊の人たちも、一度は諦(あきら)めたって」

逸子の顔がくしゃくしゃになってゆく。

「だけどあなたは戻ってきた。ちゃんと生き返った。三途(さんず)の川(かわ)を渡りかけて、途中で気が変わったって感じだった」

死の淵で、あたしは昔のあたしと出会ったのかもしれないと、智子は思った。そうして、失くしていた記憶をもらって、回れ右をしてこの世に戻ってきた——

「智子さん、今はあなた、あたしのこと恨んでるかもしれないね。きっと恨んでるでしょう。どうして死なせてくれなかったのかってね。怪我がよくなってきて、辛いリハビリが始まれば、ますます恨むことでしょうね。須藤逸子、余計なことをした女だって」

ちょっと笑って、目尻にしわを寄せた。

「だけどね、賭けてもいいわよ。そう——三年かそこら経(た)ってごらんなさい。あなたはきっと、あたしに感謝するようになる。ああ生きててよかった、死ななくてよかったって思うたびに、この須藤逸子さんに感謝するようになるわよ。だから、それまでは憎まれ役を引き受けてあげる。いっぱい恨みなさい。うーんと恨みなさい」

最後のほうは、声が震えていた。

智子は、逸子に笑いかけたかった。あのね、須藤さん、あたし、記憶が少し、戻ってきたのよ。それで、わかったの。あたしの親は、あたしに生きてもらいたがってたらしいってことがね……

(人の生き死になんて、運命以外の何物でもないのさ)

さだ子の声が蘇り、耳の奥に聞こえた。見つめている逸子の顔がぼやけ、智子は目を閉じて眠った。


ゆっくりと、呆れるほどゆっくりとした回復への道をたどりながら、智子は様々な夢を見た。それらはみな、失われていた記憶の断片を、音や映像にしたものだった。七歳の七五三のお祝いのとき、せっかく着物を着たのに大雨にたたられて、ふくれて母に叱られたこと。昔、祖母に買ってもらった、ビニール製の丸いプールで水遊びしたこと。父のライターをいたずらして、こっぴどく叱られて泣いたこと。遊園地で、初めてジェットコースターに乗ったときのこと――

話すことも動くこともできず、流動食をとりながら、包帯の透き間から外の世界を見る。そんな毎日のなかにありながら、智子は、自分のなかに、確実に癒えてゆくものがあるのを感じた。

ようやく、面会者があの白いかっぽう着みたいなものを着ないでもよくなったのは、放火と自殺未遂から、一カ月後のことだった。病室も普通の個室に移り、時には外気を感じることもできるようにもなった。

そんなある時、あれ以来つききりでいてくれる叔母と、見舞いに来た須藤逸子が話をしているのを、智子はぼんやり聞いていた。逸子は、家屋が焼け落ちたあとも進められている、麻生家の敷地の売却話について、叔母に説明しているのだった。

薬の効き目か、智子は眠気を覚えていた。どのみち、一日の大半は、まだうつらうつらしているようなことが多い。逸子と叔母の会話を子守歌に眠ってしまおう——と、目を閉じた。

そのとき突然、右のこめかみに、針で突かれたような痛みを感じた。火傷の痛みとはまったく違う。脳のなかから何かが外に飛び出そうとしたかのような、内側からくる激痛だった。

それは一瞬で去ったが、智子は身を堅くした。包帯の下で、鼻の頭に汗が浮くのを感じた。

これは……もしかしたら……

まぶたを開いてみる。逸子と叔母は、熱心に話しこんでいる。ふたりの声が聞こえる。だが、眠気は強くなる。眠い、眠い。引きこまれるような眠気。

意識の外側で逸子の声を聞きながら、智子は浅い眠りのなかへ漂ってゆく。そして、そこで——

夢を見た。

逸子だ。病室のなかに逸子がいる。でも、この病院ではない。部屋のつくりが違っている。大きな硝子窓がある。おまけに逸子は、ここではもう必要のないはずの白いかっぽう着みたいなものを身につけている。そして、両腕に何かを抱いている。

あれは――赤ちゃんだ。

逸子は笑っている。こぼれるような笑顔だ。両腕で、これ以上大事なものはないとでもいうかのように、赤ん坊を抱いている。

そして彼女の髪に、白いものが目立つようになっている。

「マコちゃん、ほうら、おばあちゃんですよ」と、逸子が腕のなかの赤子に語りかけた。

あの赤ちゃんは、逸子の孫なのだ――と気づいたとき、夢のなかからすくいあげられるようにして、智子は目覚めた。

目を開いた。こめかみの痛みが、まだ残っている。何か針のようなものが右から左へと突き抜けたかのような、鋭い痛みだ。

だが、心臓の鼓動が静まってゆくのとともに、次第にそれも薄れていった。

逸子と叔母は、まだ話し続けている。笑っている。何事も起こっていない。ふたりは何も気づいていない。

だが、智子は悟った。自分が今見たものが何を意味するのかを。

記憶といっしょに、あれも——あの力も戻ってきたのだ。再び揺れ始めた振子。時を刻み始めた時計。動き始めた歯車。

なかばは、これを予期していたような気もする。いや、待っていたような気もする。恐れ脅えながらも、これが戻ってくることを、あたしは知っていたような気がする。

(でも、あたしはもう子供じゃない)

ここまで生き延びてきた。もう、あの力に痛めつけられるばかりではない。両親が望んでいたように、生き延びてここまで成長してきた。

二度も命の危険にさらされ、二度とも助かった。そのうちの一度は自分から死を望んでいたのにもかかわらず、今もあたしは生きている。

それはきっと、運命があたしに死をもたらすまで、生きるしかないということなのだ。この力、不確かな未来を見通すという力を身体の内に抱えこんだまま。

いつかこの身が朽ちてゆくまで。本当に死ぬべきときが訪れるまで。

あの力とどうやって共存してゆくか。どうやって折り合いをつけてゆくか。そして、あの力を何かの、誰かの役に立てることができるのか。それはわからない。今はまだ。そして今は、それを考えるべきときではない。

今はただ、生きてゆくことを考えよう。明日のことを考えよう。

身体の内側にひたひたと寄せてくる静かな力を感じながら、智子は目を閉じた。逸子と叔母の明るい声が、小鳥のさえずりのように、耳に心地好い。

もしも逸子に、あなたは将来、「マコちゃん」という女の子のおばあちゃんになるんですよと話したら、彼女はどんな顔をするだろうか。それを思うと、智子のくちびるに、微笑が浮かんだ。

そう、誰も気づかなかったけれど、智子はたしかに、ほほえんだのだった。

燔祭

夕刊を開くと、その見出しが目に飛びこんできた。

事件自体がセンセーショナルだから、見出しの文字も大きく太い。だが、その日は、ある大規模な汚職事件に関わった政治家の初公判が開かれた日だったから、社会面の中央部分は、そちらの記事に占められていた。問題の記事は、メインディッシュの付け合わせのような形にまで格を落とされて、紙面の左隅に追いやられていた。

だがそれでも、彼は真っ先にその見出しに気がついた。ずっと、いつかきっとこういうことが起こる、こういう見出しを目にするときが、あるいはテレビのニュース番組のヘッドラインで報道されるのを耳にするときがやってくる――そう思い続けてきたからだ。心のなかの、長いあいだ開け閉て（あたて）することはなかったが、けっして鍵をかけることもなかった引き出しのなかに眠っているファイルを、いつかまた開けねばならなくなるときが来ると思ってきたからだ。

帰宅して、上着を脱いだばかりのところだった。外は雨、ハンガーにかけた上着には、まだ水滴がくっついて光っている。濡れた靴下を脱いで洗濯カゴに放り込み、煙草に火をつけ、コーヒーをいれるためにやかんに水を満たし、ガスコンロにかけて、ソファにどすんと腰をおろした。そして夕刊を手に取った。すると、紙面に見出しが躍っていた。そこに彼女がいた。

いつもこうだ、と思った。彼女は出し抜けの人だった。唐突に現われて、唐突に消えて——

部屋に備え付けのエアコンは、スイッチこそ入れたものの、まだ温風を吐き出し始めてもいない。テーブルの上には、今朝使ったコーヒーカップと皿が一枚、端の方にパンくずをくっつけたまま放置してある。いつもの部屋、あたり前の日常。

彼は新聞の見出しを見つめ、大きくひとつ息を吐いてから記事を読み始めた。

「荒川河川敷に男女四人の焼死体」

今朝早く、荒川の河川敷で、軽乗用車が一台、火災で全焼したのか全体が真っ黒に焦げた状態で発見されたという。スリードアの、後部がハッチバックタイプの車だが、運転席側のドアが半開きになっていただけで、あとのドアはすべてきちんと閉まっていた。そしてそのなかに、一見して性別もわからないほどに焼けただれた人間三人の焼死体があったという。車の内部も焼けており、金属部分が溶けて変形している状態で、火災時の車内が、一時的にせよ非常な高温になった様子がうかがわれる。

死体は後部座席にふたつ、助手席にひとつ。ほとんど炭化に近い状態にまで焼けており、まだ年齢も身元もわからない。ただ、骨格からの推定により、三つの内のひとつ、後部座席の右側の死体が、女性のものであろうという。

四つめの死体は、問題の車から十メートルほど離れたところにあった。川へ向かって前のめりになり、両手を前方に投げ出すような姿勢で倒れているという。この死体も真っ黒に焼け焦げており、頭蓋骨（ずがいこつ）の一部が砕けて陥没している。

死体の周辺にも車内にも、彼らの身元を探る手がかりになるようなものは何ひとつ残されていない。死因もまだ特定されてはいない。車もナンバープレートが溶けて判読不能の状態なので、持ち主を特定することができないというのが現状である――

早朝の事件であったためか、新聞記事は、第一報の割には詳しい内容のものだった。彼には、これでもう充分と思われた。

新聞を握ったまま両手を膝におろし、彼は宙を見つめた。がらんとした部屋の、ほとんど装飾品もない白い壁。テレビの脇に銀行の名入りカレンダーがかけてあるだけ。当世、若い男がおしゃれになったと言っても、安月給のひとり暮らしのサラリーマンの部屋など、この程度のものだ。

――彼女が帰ってきた。

帰ってきた。やっと。やっと。いつのまにか、声に出してそう呟いていた。

台所で、やかんがピイッと鳴った。湯が沸いたのだ。その音にびくりと飛びあがり、新聞を足元に落としてしまった。「焼死体」の活字が、カーペットの上から彼を見あげてきた。意味ありげに、わずかに右に傾いて。

あの日——二年前のあの夜、あの立ち上がりの悪いエアコンの下で濡れた髪を拭きながらこちらを見あげた彼女の目を、彼は思いだした。焼死体。あの夜の彼女の目の中にも、そういう文字が書かれてはいなかったか。

(本当に後悔しないの?)

そう尋ねた彼女の声が、耳の底によみがえってきた。

やかんはうるさく鳴り続ける。彼は立ち上がった。ガスの炎の青白さに、しばらく見入ってから、やっと止めた。それから頭をあげて、窓際に据えてある小さな本棚の方に目をやった。

本棚の中身は、車の雑誌が何冊か、残りの大半は、不動産関係の法規についての書籍ばかりだ。およそ色彩のないその本棚の上に、場違いに明るいピンクと白の縞模様の、ねじり飴のようなものがひとつ、ぽつりと置いてある。目のいい人なら、遠くからでも、そのてっぺんに短い芯がのぞいているのを認めて、その正体不明のものがキャンドルであると知るだろう。

ほんの数回火を灯したことがあるきりで、埃に薄汚れてしまったそのキャンドルの胴体には、ひらがなの子供こどもした書体で、「かずき」という名前が書いてある。彼の名だった。妹が、修学旅行先で見つけて買ってきてくれたものだった。

（京都のおみやげなんて、お兄ちゃん、ほしくないでしょう？）

笑いながら、そう言った。

（だからこれ、ファンシーショップで買ってきたの。これなら、停電のときぐらいは、役に立つもんね）

あとで両親に、いくら決まり切ったものしかないと言っても、旅先からはやっぱりそれらしいものをみやげに買ってくるものだと言われて、（そんなら、高校の修学旅行のときには、そうするわ）と、また笑った。

だが妹に、その機会はなかった。派手でおかしな名前入りろうそくが、最初で最後のおみやげになった。

見つめていると、それに火を灯した夜のことが、昨日のことのように鮮やかによみがえってくる。それもあの夜だった。濡れた髪を拭いたあと、彼女が火を灯したのだった。マッチもライターも使わずに。

（妹さんのために）と、呟(つぶや)いて。

彼女が帰ってきた。あの夜の言葉どおりに。

（新聞を見ていて。そこに載れば、あなたにはそれがわたしだってことがわかる。元気で生きてるってことがわかる）

装塡(そうてん)された一丁の銃として生き続けているということが。

彼は大股に部屋を横切ると、さっき脱いだばかりの上着に袖を通した。本棚に近寄り、キャンドルを取り上げると、ちょっと見つめた。裏返すと、そこにはひと回り小さな手書きの文字で、妹の名前が書いてあった。「ゆきえ」と。雪の日に生まれた、色の白い女の子。

まだカーテンをしめていない窓のガラスを、降り続く雨が銀色の糸になって滑り落ちてゆく。妹のことを思い出すときは、きまって雨だと、ふと思った。

キャンドルをそっともとの場所に戻し、明かりを消して、部屋を出た。行き先はわかっていた。記憶は今も、鮮やかだったから。

1

正確に言うなら、彼女と初めて出会ったのは五年前の四月一日、彼が東邦製紙(とうほうせいし)に入社して業務部に配属された、その日のことであるはずだった。少なくとも彼女はそう言っていた。午前の便で彼に郵便を届け、そのとき、とても丁寧に礼を述べられたから印象に残ったと話していた。

だが、彼の方には、その日に彼女の顔を見た記憶も、彼女に礼を述べたという覚えもない。当時の業務部には、女性の正社員が五人いて、事務関係の補佐的な仕事を請け負ってくれている彼女たちの名前と顔を覚えるだけでもひと苦労だなと思ったくらいだったから、余所(よそ)の部署の女性――しかも、ただ郵便を届けに来ただけの女性のことなど、頭に残らなくても仕方がなかっただろう。

　そのうえ、入社後すぐに、彼は社内研修に行くことになり、与えられたばかりの自分の机を離れてしまった。戻ってきたのは一カ月後。そのときには、まだ仕事らしい仕事など何も始めていないのに、留守のあいだに早くも郵便物が溜まり、机の上に積みあげられているのを見つけて、なんだか混乱した覚えがある。が、それらの郵便を机まで運んできて、日付順にきちんと仕分して積んでおいてくれた彼女のことは、やはり意識していなかった。

　その後も、外回り中心の仕事に追われる一年生の彼には、社内で郵便の仕分と配布という地味な仕事をこなしている彼女とのあいだには、つながりのできる機会も時間もなかった。同期の社員たちや先輩たちと飲みにゆくことは多かったし、社員寮の寮祭や、他の会社の女性社員たちも混ぜてのコンパなどで、知り合いも増えたし人間関係も広がった。取引先の銀行の女性とデートしたことだってあった。が、メイル部の女性とは、そういう場で顔をあわせることもなかった。そもそも、メイル部そのものが、東邦製紙のなかでは正規の部課として認識されていなかったから、これもまた仕方のないことなのだろうけれど。

　時たま、たくさんの封書や小包や宅配便のパッケージを乗せたワゴンを押しながら、通路を歩いて行くメイル部の女性と廊下ですれ違ったり、エレベーターで乗り合わせたりすることはあった。そんなときでも、彼女たちは彼にとって、極端に言えば会社の備品のひとつみたいにしか感じられなかった。業務部のドアの脇にある「本日配送」の郵便箱に郵便を投げ込んでおけば、彼女たちが回収しにきて、それを郵便局に持っていってくれる。自分宛の郵便物が来れば、彼女たちが机まで持ってきてくれる。ただそれだけのことだ。彼女たちが生身の女性ではなく、たとえばロボットだったとしても、彼はなんの変化も感じなかっただろう。実際、言葉を交わすこともなく、静かに移動して郵便を持ってきたり持っていったりするだけのメイル部の女性たちは、彼だけでなく東邦製紙の社員たち全員にとって、すでにロボット的なものだったのだ。

入社して丸二年で彼は社員寮を出て、都下の賃貸マンションに引っ越した。同僚たちには、結婚でもするのかと冷やかされたが、当面はそういう予定もなかったし、だいいち、そのころは恋人さえいなかった。引っ越しの理由は単純で、大勢でわさわさと暮らすのに嫌気がさしたというだけのことだ。どうかすると冷たいと思えるほどに物静かな両親と、歳の離れた妹と四人の家庭で育ってきた彼には、良くも悪くも常ににぎやかで込み合っている寮の生活は、根本的なところであわなかったのだ。通勤時間は長くなったし家賃の負担は馬鹿にならなかったけれど、ひとりの空間を得ると、やっぱり心底ほっとしたし、本当にくつろぐことができるようにもなった。

それでも、その引っ越しのすぐあとに開かれた寮祭には顔を出した。急に付き合いを悪くするのも変だし、寮祭には女性たちが大勢遊びにくる。そういう機会まで棒に振ることはない。

その寮祭に、彼女も来ていた。メイル部の女性たちが参加したのは、その年が初めてのことだった。総務部の女性たちのなかから、いくら正社員でないとは言っても、日ごろはいっしょに仕事をして世話にもなっているメイル部を仲間外れにするのは気の毒じゃないかという声があがったのだそうだ。そんな事情も、ずっとあとになって聞いたことだったのだけれど。

寮祭で、彼は焼きそばの屋台を受け持った。入社した年から、これは彼の持ち場だった。寮祭といっても実質はただの飲み会みたいなものなのだが、酒や料理を、「模擬店」という形で寮生の男性社員たちが用意するというところだけが、普通のコンパとは違っている。そこで、共働きの両親に鍛えられて育ち、ひととおり料理のことを心得ていた彼は、ずいぶんと重宝がられることになったというわけだ。

「おまえが入社してきて、焼きそばやお好み焼きの味が良くなったっていう評判なんだよ」と、当時の寮長に言われたものだ。

それはなまじなおせじではなく、実際に、鉄板の前に立っているとき、遊びにきた女性社員たちに、寮を出ても寮祭にだけはずっと参加してくれるように、ずいぶんと声をかけられたものだ。そうして、彼がそんなふうに女性社員たちとしゃべっているとき、彼女もそこにいたという。彼の側には記憶がないが、ひと言ふた言、話もしたという。

総務部に、有田（ありた）というベテランの女性社員がいる。彼女こそ、メイル部の参加を求めた女性社員のまとめ役だったのだが、そのために、遠慮がちなメイル部の女性たちを、寮の男性社員たちに紹介したり、会話の橋渡しをしたりしていたという。その有田女史が彼女を彼に紹介し、「業務部のメイルを担当してくれてる子よ。業務部は大きな荷物が多くてたいへんなんだから。今日はよくサービスしなさいね」

というようなことを言ったという。

「そしたら多田さん、メイル部にもこんな可愛い娘がいたんだなあって、そう言ったわ」

と、彼女は言った。だが、彼の方には記憶がない。お祭り騒ぎのなかの、愛想のいい受け答えのひとつでしかなかったのだろう。

だからそのときも、彼女のことは知らなかった。顔さえ覚えていない。印象に残らないということは、とりたてて美人でもなく、特徴もないということでもあり、彼の好みのタイプの女の子でもなかったということだ。

人が人に会うということの、定義はなんだろう。どの時点をもって、ひとりの人間がもうひとりと「会った」と決めればいいのだろう。もしもそれを、双方が双方の顔と名前をきちんと覚えるということとするならば、彼は長いあいだ彼女とは「会って」いなかった。そういう意味では、彼女はメイル部のごくかぎられた部員たち以外の社員とは、誰とも会っていなかったと言っていいかもしれない。

彼女は呼吸する幽霊のようなものだった。毎日彼女に郵便を届けてもらっている東邦製紙の社員たちは、彼女の顔よりも、彼らがそれぞれ毎朝通過する駅の改札口にいる駅員や、社員食堂で働いているパートタイムの職員たちの顔の方を、ずっとよく覚えていた。駅員の動作や、食堂のおばさんのその日の機嫌は気になっても、メイルワゴンを押してやってきては通り過ぎて行くだけの彼女の機嫌など、誰も気にしたことはなかった。

それは彼も同じだった。彼女の姿を目にすることはあっても見てはいない多くの社員たちと同じだった。彼の時間は彼女の時間とは別のところを流れていた。そして、そのまま何の差し支えも不自由も感じることなく、ずっと東邦製紙で働き続けていたことだろう。

あの事件さえ、起こらなかったならば。

千葉県市川(いちかわ)市内にある彼の実家には、今でもまだ一家四人の名前を書き並べた表札が掲げてある。父と、母と、彼と妹。ちょうど十年前、家を建て替えたとき、本職に頼んでつくってもらった表札だった。

「なんか、時代劇みたい」

表札ができてきたとき、檜(ひのき)の板の上に手彫りで彫られた自分の名前を見て、妹はそう言ったものだ。当時七歳、小学校二年生だった彼女のこの言葉に、両親も彼も笑ってしまった。なんで時代劇なんだよと訊いてみると、妹は無邪気に答えた。

「『大岡越前(おおおかえちぜん)』の奥さんの名前が『雪江(ゆきえ)』っていうんだよ」

おじいちゃん家(ち)に泊まりにいくと、いつもおつきあいで時代劇を観るから知ってるんだ、とも言った。

なるほど、正楷書体(せいかいしょたい)で彫り、墨を流してつくったその文字は、なかなか重々しくも仰々しくも見えた。「多田一樹(かずき)」という彼の名前も、一介の学生のものというよりは、昭和初期の若手政治家か財界の風雲児のそれのように、りりしいものに見えた。

大学を卒業し、東邦製紙に入社するまでの都合六年間を、一樹はこの家ですごした。彼の部屋と雪江の部屋は二階の南側、狭い廊下をはさんで向き合っており、妹の部屋に友達が遊びに来たりすると、かしましい話し声が、彼の部屋までよく聞こえてきたものだった。

彼と雪江とは、九歳離れている。妹は両親にとっても遅く恵まれた子供で、しかも欲しくてたまらなかった女の子だったから、赤ん坊のころからそれこそなめるように可愛がられて育った。年齢差がもう少し狭かったなら、一樹はいくぶん、ひがみっぽい兄に育ちあがってしまったかもしれない。

彼が九歳の冬に、ぽんと生まれてきた妹。当時の彼にはまだ、赤ん坊がどこから来るのかということに関する正確な知識はなかったけれど、生まれてきた赤ん坊が、きわめて手のかかる存在だということは、すぐにわかるようになった。夜中でも泣くし、おしめ換えは大変だ。雪江を風呂に入れるなどといったら父も母も大騒ぎだし、おっぱいを飲んだあとげっぷをしないなどという程度のことにでも、母は心配をする。彼が食卓でげっぷをすると、「行儀が悪い」と怒るくせに。

赤ん坊の雪江は寝てばかりいた。一樹が学校から帰ってくると寝ているし、ご飯を食べているときも寝ているし、夜寝る前も寝ていて、朝起きてもまた寝ている。

「なんでこんなに寝てばっかりいんの？」

するとなは、眠るのが赤ん坊の仕事だと言った。

「赤ん坊っていいなあ」

「バカなこと言ってるんじゃないの」と、母は笑った。「眠ってはいても、まわりの音とか話し声とか、ちゃんと聴いてるのよ。お兄ちゃん、雪ちゃんに話しかけてあげてね」

「話しかけたって、返事しないじゃん。寝てばっかで」

「そのうち、こっちを目で追いかけてくるようになるよ。笑うようにもなるから」

周囲を見回しても、さすがに九歳も離れた弟や妹がいるという友達はいなかったが、同じクラスに、五つ下の、しかも双子の弟がいるという男の子がいた。彼に言わせると、赤ん坊ほど「邪魔くさい」ものはないという。

「今はまだいいけどよ、そのうち離乳食とか食べるようになるとさ、クサくってしょうがないぜ、おしめが」

そんな知恵を授けられると、ますます赤ん坊とは退屈なうえ面倒なものに思えてくる。だいたい、妹というのもツマラナイ。弟ならいっしょに遊べるようになるのに。なんであんなのが生まれてきたんだろうと、当時の一樹はけっこう真面目に考えた。

雪江を産んだころ、母はいったん勤めを辞めていたので、一日中家にいた。一樹が学校から帰ってくると、きまって「雪ちゃんの顔を見て、ただいまって言っておいで」と言った。育児に疲れ気味の母はいくぶん機嫌をそこねやすくなっていたので、たいがいの場合、彼は素直に言われたとおりにした。それに、もちろん父にも母にもこんなことは言えなかったけれど、赤ん坊の発している甘酸っぱいようなお乳の匂いには、なにかとても懐かしい感じがして、それだけは彼も好きだった。

でも、いつベビーベッドに近寄っていっても、雪江はすやすや寝ているだけだった。

「ばーか」

見おろして、小声で言ってみても、やっぱりほの赤い顔をして眠っている。実に、手応えがない。こいつホントに生きてんのか？　と、疑いたくなる気がした。

あとになって、彼がそれを理解できる年頃になってから聞いたところによれば、雪江は未熟児ぎりぎりの体重で生まれ落ち、もしも発育がよくないならば、設備の整った産院へ逆戻りする可能性があったのだという。とりわけおとなしい赤ん坊だったという彼の記憶は、あながち間違ってはいなかったわけだ。

雪江が生まれて一カ月ほどのあいだは、兄妹仲はこの程度のものだった。今日は雪ちゃんが笑った、などと父や母は喜んでいても、一樹はその現場を見たことがなかった。ベビーベッドをのぞくと、目をぱっちり見開いて起きている――ということは増えたけれど、顔の前で手を振ってみても反応がないのは相変わらずだ。ホント、赤ん坊なんてつまらない。

だが、まもなく、そんな気持ちに変化を起こす出来事がおこった。

ちょうど年末の、終業式の日のことだった。朝礼のとき、周囲の友達とちょっとおしゃべりをして列からはみだしたら、折悪しくそれを学年主任の教師に見つかった。体罰がきついということで、一時ＰＴＡでも問題視されたことがある先生で、このときも、校長先生が話をしているのを聞きもしないでへらへら笑っている多田一樹の顔を見つけた以上、手加減はしなかった。おまけに、その日は何かの具合で先生自身の機嫌もよくなかったのだろう。一樹は列から引っぱり出され、最後尾に連れて行かれて、いきなり顔を殴られた。一度ならず、二度。三度目に叩かれそうになったとき、担任の教師が走ってきて止めてくれたのだが、一樹は驚きと恐ろしさで、ほとんど口もきけないほどの状態だった。

多田一樹は、学校でそれほど目立つ生徒ではなかった。いい意味でも悪い意味でも、教師から何か特別に働きかけられた経験は、ほとんどなかった。それが、いきなりの殴打である。担任の教師は学年主任の行き過ぎに怒りに震えている様子だったが、一樹としては、こんなことはただもう一刻も早く忘れてしまいたい、なかったことにしたいと思うだけだった。殴られたあと生徒の列に戻されたとき、友達がみんな、心配そうな、あるいは面白そうな顔でじろじろ見つめてくるのも嫌だった。それが、何より耐え難く思えた。

そんなわけで、教室に戻り、二学期の通知簿を受け取ると、一樹はひとりで一目散に走って家に帰った。冬休みのあいだに、みんな今日のことなど忘れてくれるだろうと思った。
家が近づいてくると、遅れてやってきたショックと傷心とで、鼻の奥がツンツンしてきた。泣きべそなどかいていると、母に見とがめられる。喉を鳴らして唾を飲み込みながら、一樹は涙を押し戻した。なかなかうまくいかなかった。だから、ただいまと声をかけずに、そっと玄関のドアを開けた。

運良く、母は階下の部屋にいなかった。洗濯機が動いている。どうやら、ベランダで干し物をしているらしい。一樹はキッチンの椅子に腰掛け、まだ立ち去ろうとしない涙っぽい感情を一生懸命に押し隠そうとしたが、やっぱりうまくいかない。

母が階段を下りてくる足音が聞こえてきた。とっさに、一樹はキッチンを走り出て、隣の部屋に飛び込んだ。そこは両親の部屋であり、赤ん坊の雪江のベビーベッドのある部屋でもあった。

ちょうどいい。ここにいれば、もしかあさんに見つかっても、赤ん坊にただいまを言っていたところだと言えばいいから。一樹はベッドに近づき、柵に両手をかけて雪江の顔をのぞきこんだ。

今日も今日とて、雪江は寝ていた。ピンク色のほっぺたに、冬のやわらかな陽差しがさしかけて、つやつやと光らせていた。

「ただいま」と、一樹は言ってみた。妹に言ったつもりはなかった。母に向かって、学校で何かあったことを悟られないよう、普通に挨拶できるかどうか試してみたつもりだった。涙を含んだ声にならずにしゃべれるように、稽古(けいこ)しただけのつもりだった。

が、一樹が声を出したとたん、赤ん坊が、眠ったままで、にこりと笑った。

口の端に、小さなくぼみができた。つやつやの頰が、ちょっぴり動いた。閉じたまぶたの線もまあるくなった。

赤ん坊が笑うのを、一樹はそのとき初めて見たわけだった。眠ったまま、何という理由もなくにっこり笑う──生後間もない乳児にはよくあることで、これを「赤ちゃんのむし笑い」と呼ぶのだということなど、まったく知らなかった。

一樹には、赤ん坊の雪江が笑いかけてきたように感じられた。まるで、彼を慰めようとするかのように。

ちょうどそこへ、背後のドアが開いて、母が入ってきた。一樹がそこにいるのを見つけ、ちょっと声をあげるほど驚いた。

「ああ、びっくりした。帰ってたの？」

一樹はまだベビーベッドにしがみついていた。雪江はもう笑っていなかったが、声をかければもういっぺんにっこりしてくれるのではないかと思った。

「おかあさん、雪江が笑った」

また、べそをかきそうになっていた。

その日の午後、担任教師が多田家を訪れたので、朝礼での出来事は、結局両親の耳に入ってしまった。が、不面目な思いはさておき、その日を境に、一樹はなんとなく赤ん坊が好きになってきた――

初めて雪江が歩いたときのことも、一樹はよく覚えている。友達と遊びに行って帰ってきたら、雪江が玄関のあがりかまちのところに立っていた。暖かな日でドアを開けっ放しにしてあったので、一樹のいるところから、クリーム色のロンパースを着た雪江があぶなっかしい格好で廊下の壁につかまって立っている様子がよく見えた。

しばらく前から、雪江はひとりで立ち、伝い歩きはするようになっていた。今も、表にいる一樹を見つけて、にこにこしながらこっちにやってこようとした。そしてどういうわけか、ひょいと壁から手を離した。離した拍子に身体が揺れて、彼女はよちよちと歩き出した。三歩も進めば、その先はあがりかまちで、その下にはステップが三段ある。頭の重い雪江は、廊下の端まできたらまっ逆さまに玄関へ落ちてしまうだろう。

一樹は自転車を蹴り倒すと、自分でも信じられないような、歩幅が二メートルぐらいになったかと思うほどのスピードで庭を横切り、雪江が玄関に転がり落ちる寸前で抱き留めた。勢い余って彼の方がステップでしたたかおでこを打ち、目から火が出た。その音の大きさと、落下しかけたショックで雪江がわあっと泣き出した。

何事かと、奥から母が飛んできた。泣いている雪江を抱いて、目をしばたたかせながら、一樹は思わず笑い出してしまった。

「おかあさん、そろそろ、廊下に柵をつけなきゃ駄目だよ」

母は目を丸くしている。

「雪江が歩いたよ」と、一樹は言った。


妹と共に育った十五年間。

近所の人たちは、多田さんとこの雪江ちゃんはお兄さん子だと、よく言った。そんな言葉が耳に入ると、照れくさいし何か格好悪いような気もして、嬉しくはなかった。が、別段それで、雪江とのあいだが遠くなるということもなかった。

雪江が中学に入学し、課外活動や稽古事などで帰りが遅くなると、一樹はよく車で駅前まで迎えに行った。雪江の友達は、うらやましがったり、からかったり、実にいろいろな反応を示したそうだ。家の近い友達もいっしょに乗せて順番に送り届け、先方の親にひどく珍しがられ、あげくにはちょっと怪しげな目で見られたこともあった。あとで聞いたら、一樹たちが引き揚げた後、その友達は母親から、「あれ本当に多田さんのお兄さんなのか」と、しつこく尋ねられたそうだ。

「お兄ちゃんが妹を迎えにくるのが、そんなにびっくりするようなことなのかな?」と、雪江は大笑いをしたものだ。

後に、一樹が寮に引っ越すとき、雪江はひょいと、「お兄ちゃんがいなくなると、夜道を帰るのが怖くなるなあ」と言った。口調は明るかったけれど、冗談ではなさそうだった。五月の連休に、一樹が実家に顔を出すと、近所のおばさんたちに「お兄さんがいなくなっちゃって、寂しいでしょう」と、しょっちゅう声をかけられると、笑って話した。

そういう言葉のひとつひとつを、深く考えることは、そのときはなかった。雪江もまた、軽い気持ちで口にしているのだと思ったし、それは真実だったろう。彼女も一人立ちの年頃になってきていた。母と激しい口喧嘩をすることも、父に逆らうこともあった。そんなとき、どちらの肩も持たないでいる一樹は、下手をすると両方から恨まれた。

九歳という年齢差は、長ずるに連れて、ある意味ではかえって広くなった。これが兄と弟ならそうでもなかったのだろうけれど、一樹にとっては雪江は、いくつになっても、どれほど大人びてきても、依然としてやっぱりまだ頬のつやつやした赤ん坊のままであるような気がした。あやせば笑う、よちよち歩きの幼児の部分が、かわいらしいだけでなく美しくなりつつあるティーンエイジャーの妹の顔のなかに、だまし絵のそれのようにして隠れているような気がした。

それだけに、これから先は、現実の妹との距離は、かえって離れてゆくのかもしれないと思ったこともあった。

一樹が家を離れて三年目の春、雪江は無事に志望の高校に合格し、進学した。どうやらボーイフレンドができたらしいという話は、母から聞いた。一樹も自分の生活に忙しく、たまに実家に帰っても、妹とすれ違いになってしまうこともあった。だんだんこうなってゆくのだし、これが当たり前だと、今さらのようにふっと思ったりもした。雪江は案外早くに嫁に行ってしまうかもしれないし、英語が得意のようだからひょっとしたら留学したがるとか、単に通勤の便を考えた一樹とは違って、自立のための独り暮らしをしたがるときが、思ったより早くくるかもしれない……。

様々なことを考えた。いろいろの可能性を思ってみた。だがしかし、多田雪江は、父も、母も、一樹も、誰ひとり予想もしなかった形で、彼女の家族から、ひとり離れてしまった。殺されたのである。二年前、雪江が高校二年生の夏のことだった。

2

電車を待つのもまどろっこしかったので、一樹はタクシーに飛び乗った。記憶のなかの地図をたどって運転手に行き先を説明したのだが、そこに着いてみると、二年前、彼女とふたり、彼女に連れられて訪れた時にはなかったビルが、目的の店の斜向かいにできていて、一瞬場所を間違えたかと思った。

店は開いていた。ガラスのドアも、「パラレル」というネオンの、最初のPの字が消えているのも変わっていなかった。雨足は強くなってきており、張り出したキャンバス地の日除けから、雨が音をたてて流れ落ちている。

　街路に向けて、古風な木の枠に囲まれた窓が五つ。それぞれの窓の向こうに、テーブルがひとつずつ。それぞれのテーブルの上にキャンドル立てがひとつずつ。今は、五つのうちの三つのテーブルが埋まり、キャンドルも三つだけ灯っていた。奥のカウンターにはカップルが一組、とまり木に腰かけて肩を並べている。彼らのあいだにも、キャンドルがひとつ揺れていた。

　彼女は来ていない。

　一樹は傘を閉じ、ドアを押した。雨滴が傘から落ちきらないうちに、制服のウエイターが近づいてきた。あとから連れが来るからテーブル席にしてくれと告げると、軽快にうなずいて案内してくれた。

　窓際のいちばん奥のテーブル。偶然にも、彼女と訪れたときと、同じ席だった。こんなささいなことでも、さい先がいいように感じた。

「お連れ様はおひとりでございますか」と、ウエイターが訊いた。

「ひとりです。あの……ここは何時まで？」

「午前二時までございます。お料理のほうは零時でオーダーストップですが」

　とりあえずコーヒーを頼んで、一樹は腕時計を見た。十時半だった。

　おしぼりとミネラルウォーターの入ったグラスを持って、ウエイターが戻ってきた。テーブルのキャンドルに火をつけようとしたので、一樹は止めた。

「連れが来てから、つけてください」

ウエイターは慇懃に承知した。一樹の申し出に、妙にロマンチックなものを感じたのか、彼は薄く微笑した。

連れが来たら――もしも彼女が来たならウエイターに火をつけてもらうまでもない。ベネチアン・ガラスの美しい燭台に、一本だけぽつりと立てられたキャンドルを見つめて、一樹はぼんやりと思った。

雨は降り続き、窓ガラスの上を流れ落ちて行く。もしも彼女がやってきて、窓のすぐ向こう側に立ったなら、すぐにわかるだろうか。雨にぼやけてしまってわかりにくいのではないか。彼は変わっていないけれど、彼女は変わってしまっているかもしれない。この二年のあいだに。何があったかわからない二年のあいだに。

あるいは、たった一日前に経験したばかりの、殺人という行為のために。

それでも一樹は窓の外を見つめ続けた。もともと、冷静に考えたならば、彼女が今夜ここへやってくるという理由はどこにもない。一樹の直感に、根拠は何もない。だが、それでもどうしても来ずにはいられなかったし、彼女がここに姿を見せるという希望から目をそむけることができなかった。

来るかもしれない。彼女には、どんなことだってあり得る。あの彼女には。

それを、一樹はこの目で見せてもらった。二年前の夏、雪江を葬った、わずか半月ののちに。

高校で、雪江は演劇部に入った。そのことを初めて聞いたとき、あいつにそんな芝居っ気があったかなと、かなり驚いたものだった。小さいときから、雪江は絵を描くのが好きだったし、中学では軟式テニスをやっていたから、美術部かテニス部かどちらかを選ぶだろうと、漠然と考えていたのである。

しかし、よく聞いてみると、雪江は演劇部で女優の真似事をするというのではなく、舞台美術を担当しているという。たかが高校の演劇部で舞台美術もないもんだと、そのときも一樹は笑ったが、一年生の秋の文化祭の公演のときに撮ったという写真を見せてもらうと、なかなか手のこんだことをやっていた。そのときの演目はなんとシェイクスピアの『じゃじゃ馬ならし』で、衣装をそろえるのに本当に苦労をしたし、やりがいもあったと、雪江は熱をこめてしゃべった。

「古着屋さんに行って、ふるーい着物を安く仕入れてきて、それをドレスに仕立て直したりしたの。ネグリジェも使ったし、お父さんのお古のワイシャツの襟と袖口にレースをつけて、男の人の礼装につくりなおしたりもしたのよ」

将来は和田エミさんみたいに映画の方で仕事ができたらいいなどと、夢みたいなことも口走りつつ、雪江は楽しそうだった。

高校二年生の夏休み、雪江は、その年の秋に上演する予定の『ラ・マンチャの男』の準備に忙しかった。お盆の休暇には旅行の予定が入っていたので、一樹が実家に戻ったのはたった一日だけだったのだが、そのときにも、雪江は夜八時すぎにくたくたに疲れた顔で帰ってきて、夕食をとりながら、どうしてうちの部員たちはコスチューム・プレイみたいなものばっかり上演したがるのだろうと、ひとしきり嘆いてみせた。

「そんなこと言ってても、じゃあ来年は現代劇をやりましょうなんてことになったら、おまえが真っ先に反対するんじゃないのか？」

からかってやると、雪江はちらりと舌を出して笑った。

「来年はあたしたち受験でそれどころじゃないもん」

芸大はとても無理だけど、なんとか私立の美術大学へ行かせてくれと、両親と話し合いをしていると言った。

「美術なんてやっても就職がないぞ」

「そんなの、女の子はみんな同じだよ。理科系の子じゃない限り、女子はいつだって就職難よ」

妹とふたり、ゆっくりと話をした、それが最後の機会だった。あとになって思い出してみると、あのとき、雪江は将来のことばかりしゃべっていた。彼女にはやりたいことがたくさんあった。見る夢も、両手にあふれるほどあった。声をたてて笑い、一分と黙っていることがないほどに忙しくしゃべり、くるくると表情を変えて。いつのまに、こんなに活発になったのかと、一樹はちょっと意外に思った。よほど演劇が——舞台美術が好きなのだろうと思った。

その夏休み、衣装づくりに明け暮れる日々を、雪江は過ごしたらしい。それは最後の一日、八月三十一日に至るまでそうだった。

その日、演劇部員たちは校内の部室で一日を過ごした。書き上げてないレポートや宿題のある部員たちが、部室の隅の机に頭を寄せあっているあいだも、雪江は、ドン・キホーテが空想のなかの騎士に扮したときに着せるべき衣装の製作に没頭していたという。あとで調べてみると、彼女もひとつ、書くべきレポートを残していた。が、そんなことなど頭に浮かばなかったらしい。

雪江と、彼女と協力しあって美術を手がけている四人の女生徒は、夕方七時すぎまで製作を続けた。それでもやり残した仕事が出てしまったので、分担を決めて家に持ち帰ることになった。あれこれと手配をし、材料を分け合って、部室を出たのが午後七時半。職員室にいた当直の教師に挨拶をして、気をつけて帰れと声をかけられた。

気をつけて帰れ。

むろん、いつだって気をつけていたろう。十代の娘たちが、陽が落ちてから外を歩こうというとき、まったく「気をつけず」にいられるほど、今は平和な時代ではない。だが夏の陽は長く、まだ七時半だった。家の最寄りの駅に帰り着いて、やっと八時すぎという時刻だった。テレビではまだナイター中継をしている時刻だった。バスも走っている。人通りもある。雪江はなんの具体的な危険も感じないまま、駅前からバスに乗り、いつものバス停で降りて、街灯が照らしている住宅街の道を、家まで歩き始めたことだろう。

十分とかからない距離だ。途中で一カ所、左右を公園と造成中の住宅地に挟まれた、歩道もない狭い道を通り抜けなければならないけれど、ちょっと足を早めるなら、そこなど二、三分で通り抜けてしまうことができる。家は目と鼻の先だ。

気をつけて帰れ。そう、雪江は充分気をつけていたはずだった。

九時を回っても雪江が帰宅しなかったとき、母は最初に、演劇部の友達の家に電話をかけた。その家は多田家よりも遠方にあり、娘はまだ帰ってないと返事をしてきた。母はそこでいったん心配の目盛りを進めることを控えた。夏休みの最後の日、熱が入りすぎて部室を出るのが遅くなっているのだろう。今までても、いちばん遅くなったときは、九時半をすぎていたことがある。

だけどあのときは、駅前から電話をかけてきた――

時計を眺めながら、母はそんなことを考えていたという。父はいつも帰宅が遅く、十一時をすぎないと帰らない。ひとりきりで、ぼんやりとテレビの音を聞きながら、母は玄関のドアの開く音を待ちかねて耳を澄ませていた。

十時になったとき、母はまた電話の受話器をあげた。さっきかけてみた友達は、もう帰宅していた。七時半に、みんなそろって部室を出ましたという。母はその言葉を最後まで聞き終えないうちに電話を切り、別の友達のところにかけた。そこでも同じことを言われた。次の友達も、その次も。

学校に電話するころには、母の膝は震え始めていた。当直の教師が出て、多田さんは七時半にこちらを出たと言った。

「まだ、帰らないんです。ほかのお友達はみんな帰ってるのに」

母の言葉に、教師は言った。「すぐにそちらに向かいます。道みち、心当たりのところを探してみます」

電話を切ると、母は家を飛び出した。バス停までの道を走った。だから、行きのときには気づかなかったのだ。気づいたのは、バス停でバスが通過するのを三台まで数え、熱帯夜のどんよりとした空気のなかを、空車のランプを光らせたタクシーがむなしく通過してゆくのを、心の底が焦げ付くような思いで見送った後、入れ違いに帰っているかもしれないという思いに引っ張られるようにして、家へと引き返す帰り道でのことだった。

右手が公園。左手が造成地。二車線の道を、青白い街灯が見おろしている、あの道。年頃の娘を持つ母親の想像力の、いちばん暗い場所に通じている道。

そこに、雪江の靴が片方落ちていた。

その場面を、一樹はもちろん目で見たわけではない。だが、思い描くことはできる。

真夏の夜のアスファルト——日中の太陽に照りつけられてため込んだ熱気を、一晩中かけて吐き出し続ける舗装道路の真ん中で、靴を見おろし、母は立ち尽くす。靴を拾い上げるのと、母の口から悲鳴がこぼれ出るのと、どちらが先だったろうか。

そして一樹は思い出す。そのとき自分がどこにいて、何をしていたのかということを。

仕事を終え、会社を出たところだった。暑い日だった。同僚たちと誘い合わせて、近くのホテルが夏のあいだだけ庭を開放して営業しているビヤホールに出かけていこうとしているところだった。

「雪江が帰ってこないの。警察には知らせたけど、とにかくすぐに連絡をください」

留守番電話に録音された母の乱れた声を耳にしたのは、日付も変わった午前一時すぎ、飲んだビールの大半が汗になって流れ出してしまった時刻のことだった。

そのときのことは、今でもよく覚えている。帰宅してすぐに、留守番電話の赤いランプが点滅しているのを見つけた。よくあること。当たり前のこと。日常のことだった。だが、再生のボタンを押して聞こえてきた声が、これまで一度も聞いたことのない、母のうわずった声だったのだ。

とるものもとりあえず、一樹は実家へ飛んでいった。それから三日間、多田家の三人は、雪江を待ち、雪江を探し、雪江を案じ続けて過ごした。魂が宙づりになったような気分で、眠りも浅かった。だが、所轄警察署の刑事から、そんな辛い待機を終わらせる電話がかかってきたとき、一樹は、これからあと何年でもこうして待ち続けるから、この電話は嘘(うそ)であってくれ、夢であってくれと願った。

気の毒そうに声を押し殺して、刑事は言ったのだ。雪江の遺体が、江戸川(えどがわ)の河口近くの水面に浮かんでいるのが発見された、と。

ドアが開いて、新しい客が入ってきた。若いカップルだった。女が濡れたレインコートを脱ぎ、男の背広の肩を、バッグから取り出したハンカチでぬぐってやっている。

時計の針は十一時を回った。一樹はまだひとりでテーブルに向かい、キャンドルは消えたままだ。

そういえばあの日も雨だった。雪江の遺体発見を告げる電話を受けたあと、一樹は、実家の台所の窓ごしに、夏の終わりの曇った空から降ってくる大粒の雨を眺めたのだった。この雨が流れこむ川の水の中に、雪江はいつから漂っていたのだろうと考えながら、窓枠に手をついて。

それだからなのだ。雪江のことを思い出すとき、いつも雨が降るのは。今でもあの子の魂が雨に濡れているから。今でも水のなかに漂ったままになっているから。

検死の結果、雪江は溺死(できし)していることがわかった。腰骨と左の大腿骨(だいたいこつ)が折れているという。両親には、それの意味するところがすぐにピンとこなかったようだったが、一樹にはわかった。一樹だけにわかったということが、担当の刑事にもわかった。

「どういうことなんでしょう」

途方に暮れた表情で、母が呟く。刑事はふっと迷った目をして、一樹の顔を見る。一樹は声が凍ってしまったような気がして、口を開くことができなかった。

「雪江はどこかで川に落ちたっていうことなの？　それであんなところまで流れて行ったっていうの？」と、母は訊いた。「そうなの？　ねえ、そういうことなの、一樹」

だけどどこで川にはまるっていうのよ……駄々をこねる子どものように、母は呟き続ける。うちの近所に川なんかないじゃないの、と。

そのとき父が、目を伏せたまま無言で手をのばし、母の手を握った。ああ、親父にもわかったんだと、一樹は思った。俺たちの、普通の人間の想像の域を越えている出来事だけれど、あまりにも残酷で考えたくもない出来事だけど。

「もっとよく調べないと、詳しいことはわからんのだろう」父は言って、母の肩を抱くようにして席を立った。「とりあえず今日のところは、これで。家内は少し休まないと」

父は刑事に言って、母を部屋から連れ出した。出ていくあいだも、母はずっと、小声で呟いていた。ねえ、雪江は溺（おぼ）れたの？　どこで川にはまったんですか——

両親がドアを閉めて立ち去ったのを確かめて、一樹は訊いた。「車ですね？」

刑事はうなずいた。「おそらく」

雪江は車にはねられたのだ。あの道で。そしてはねた運転者は、雪江を病院に連れてゆくかわりに、一一九番通報するかわりに、人目のないのを幸いと、彼女を車に連れ込み、どこかへ走り去った。そして、さらに人目のないところまで行って、雪江を川に投げ捨てた。

溺死だということは、川に投げこまれたとき、まだ生きていたということだ。

「なぜ、そのまま逃げなかったんだろう」

思わず、そう呟いていた。

「そのまま放り出して逃げれば、それで済んだことじゃないですか」

雪江は気を失っていたかもしれない。けれど、腰骨と大腿骨の骨折ならば、大怪我ではあっても、その場ですぐに絶命するということはなかっただろう。そこに放置されたままになっていたならば、母がバス停まで走っていったときに彼女を見つけ、すぐに病院へ運ぶことができたはずだ。

「ナンバーを見られたとでも思ったのかな」

回答が欲しかった。そんな非道なことをする人間にも何か理由があるはずだ。それが知りたかった。それに納得ができれば、怒りのぶつけどころが見えてくる。

刑事はじっと一樹の顔を見つめながら、ごつい両手の指先を、組んだりほどいたりしていた。何かとても扱いにくいものを持ち上げて一樹に渡さなければならないのだが、どんなふうにすればいいかわからないというかのように。

やがて、低い声で切り出した。「マスコミが騒ぎ始めていますので、遅かれ早かれお耳に入ることでしょう」

　一樹は目をあげ、刑事の顔を見つめた。

「実は、過去に都内で二件、同じような事件が起こっているんです。手口から見て、妹さんの件も、同一犯の仕業だと考えられます」

「……どういうことですか？」

「被害者は全員、制服姿の女子高生です」と、刑事は続けた。「川に投げ込まれたというケースは今回が初めてなんですが……。前の二件では、ひとりは秩父の方まで連れてゆかれて山中の斜面から下に投げ落とされ、もうひとりは——おそらく怪我の程度が重くて、犯人に連れ込まれた車内で死亡してしまったのでしょう、青山霊園の近くの路上に放置されていました」

　一樹はようやく、刑事が何を言おうとしているのかを悟った。

「わざとやったことだっていうんですか？」

　刑事は黙ってうなずいた。

「わざと——最初からはねるつもりで車で近づいて、それで、それで……」

「そういう凶悪犯だと考えた方が妥当と思われます」

「だけど、何が目的で？」声が高くなってしまった。「相手は女子高生ですよ？　金だってそんなに持ってるわけじゃない。いたずらするために？　乱暴しようと思って？　雪江はそんなことをされてたんですか？」

声に出して言ったその言葉が、いまわしい反響を伴いながら、自分の耳に返ってきた。それを打ち消すために、一樹はもっと声を高くした。

「雪江は乱暴されてたんですか？」

刑事は静かに答えた。「妹さんにも、ほかのふたりの女子高生にもその形跡は見られません。所持品はなくなっていましたが、先ほどあなたのおっしゃったとおり、物盗りが目的とは考えられませんから、これも犯跡をくらますために持ち去ったということでしょう」

「じゃ、なんのために……」

残るはひとつだ。信じられないけれど、たったひとつしかない。

「最初から殺すことが目的だってことですか？」

刑事は目をしばたたかせた。「それ以外には考えられません」

「面白がってやってると？　女子高生を車で追い回して、はねて、車内に連れ込んで、どこか好き勝手なところに運んでいってぽいと捨てる。そういうことを楽しんでると？」

刑事は黙っている。一樹もそれ以上口をきくことができなくなって、ただ相手の顔を見つめるだけだった。

「捕まえてくれますか？」

やっと、それだけ言うことができた。ほかには言いたいことも、訊きたいことも、何もない。

「必ず捕まえてくれますか？」

「必ず」と、刑事は答えた。

翌日の新聞各紙には、いっせいに事件の詳細が報道された。前の二件の事件についてもあらためて詳しい記事が載せられ、三つの事件が同一犯による仕業であると考えられることを、事実を列記して報道した。

衝撃で焦点を失いかけていた母の心には、これが致命的な打撃になったようだった。結局、母は雪江の葬儀にも出席することができなかった。

喪主である父は、マイクを渡されても出棺の挨拶をすることができず、代わって一樹が、弔問客に礼だけを述べた。マイクを手にしたとき、そばにいた親戚の誰かが、一樹の抱えていた雪江の遺影を受け取ろうとしてくれたのだが、一樹は渡さなかった。片手でしっかりと遺影を抱いたまま挨拶をした。

遺体は、恐れていたようなひどい状態ではなく、雪江の死に顔は静かで、眠っているみたいに見えた。妹の寝顔を見たのは何年ぶりだろうと、一樹は思った。

通夜（つや）のときも、葬儀のあいだも、涙は出なかった。雪江の同級生たちの泣きじゃくる声を耳にしながら、一樹は空っぽになって立っていた。耳の底をうつろな風が吹き抜けてゆくのが聞こえた。妹の身に降りかかった災厄（さいやく）の理不尽さを憤ることさえ、そのときはまだできなかった。

そんな力など、少なくとも、一樹が意識して開けることのできる心の引き出しのなかには、もうどこにも残されていなかったから。

葬儀の終わったその夜、父が母方の親戚たちと、しばらく母の身柄を預かってもらうための相談をしているときに、一樹はひとり、玄関に降りて行った。雪江が初めて歩き、転げ落ちそうになった玄関。ステップの高さもそのままだ。そこに腰をかけて、大学を卒業すると同時にやめていた煙草を、ひさしぶりに吸った。

ふと、思い出した。雪江の言葉を。

(お兄ちゃんがいなくなると、夜道を帰るのが怖くなるなあ)

門灯を消してあるので、玄関先は真っ暗だ。煙草の先が赤く光る。

伝い歩きの雪江。ここに立っていた雪江。一樹の姿を見つけて、にこにこしながら壁から手を離し、こちらにやってこようとした雪江。最初の一歩、二歩、三歩。あのとき受けとめた雪江の小さな身体からは、まだ甘ったるいおっぱいの匂いがした。あのときひとり歩きを始めた彼女の道がこんなところに通じていたなんて、どうすれば知り得たろう。

あのときは受けとめてやれたのに。あのときは、傷ひとつ負わせなかったのに。

(お兄ちゃんがいなくなると――)

出し抜けに嗚咽(おえつ)がこみあげてきて、一樹は手で口元をおさえた。煙草がくるくるとまわりながら足元に落ちた。

嗚咽の波が引いてゆくまで、一樹はそうやってじっと動かず、頭を抱えて座っていた。そのあいだに、煙草は燃え尽きた。

やがて、ゆっくりと、淡々と、まるで清水がわき出してくるように、その考えが頭のなかに浮かんできた。きわめて自然のことであるように。わかりきったことであるように。

俺がそいつを殺してやるからな。

両手で頭を支え、胸の底の、いちばん強固な岩場にしっかりと足をおろして、一樹は心のなかで呟いた。おまえをあんな目にあわせた野郎を殺してやるからな。おまえが眠っているこの空の下を、そいつに自由に歩き回らせることなんか、けっして許さないからな。

必ず、殺してやるからな――

時計の針は進み続ける。一樹は待ち続けた。しばらくすると、店内にいるのは、一樹と、あとから入ってきたカップル一組だけとなった。

コーヒーばかりおかわりしても、ウエイターは嫌な顔を見せなかったけれど、少しばかり気の毒そうな視線を投げてよこすようになった。夕食をきちんととっていなかったし、格好だけでも料理を注文しようかと思いついたころには、午前零時をすぎてしまっていた。

雨はやまない。天気予報では、いつまで雨模様だと言っていたろうか。

置き所のない心をなだめるために、新聞記事の内容を思い出し、頭のなかでなぞってみた。

荒川の河川敷。男女四人の焼死体。炭化するほどに焼けこげた人体。

ひとりは車から外に出て、河原で焼け死んでいた。逃げようとしたのだろう。走って逃げれば彼女を振りきれると。

そもそも、彼女はどうやってこれらの男女と知り合ったのだろうか。いや、知り合ったというより、あたりを付けた、狙いを定めたと言ったほうが正しいか。それにしても一度に四人。彼女にそれができるということはわかっているけれど、どんな手順で進めたのだろう？

そのとき、パッと明かりがつくように頭に閃いたことがあって、一樹は思わず椅子から腰を浮かせかけた。カウンターのそばで所在なげにしていたさっきのウエイターが、敏感に反応してこちらにやってこようとする。

だが一樹は、金縛りにでもあったような感じになって、ただ宙を見つめてまばたきばかりしていた。頭のなかには、今思いついた言葉が駆けめぐっている。

焼死体。男女四人。

そのうちの「女」は、彼女自身なのではないか？

ウエイターが近づいてきた。怪訝そうな顔をしている。一樹は脇の下を冷たい汗が流れ落ちるのを感じ、気がつくと手が震えていた。

「何かご用はございますか？」

あいかわらず丁寧な口調で、ウエイターが呼びかけてきた。

「あ……いや、何も」

しどろもどろに答えると、ウエイターは背を向けて行ってしまおうとした。とっさに心が波立って、一樹はその背中に声をかけた。

「あの――」

ウエイターが振り向く。「はい？」

「実は、ここによく来る女性客を待ってるんですが」

ウエイターはまだ二十歳ぐらいの青年だった。大学生のアルバイトかもしれない。

「女性のお客様でございますか」

「ええ。決まってひとりでくる人なんです。ひとりできて、ワインを一杯飲んで、一時間ぐらいぼんやりして帰る。ひとりでも、空いているときはテーブル席に座る。ここの窓際の席が好きなんだって言って」

「はあ……」ウエイターは真面目に首をかしげた。奥のカウンターの方で、ほかのウエイターたちがこちらを注目している。口元に笑いを浮かべている者もいる。

「あなたは、ずっとここで働いてるんですか？」と、一樹は訊いた。

「いや、一年ぐらいなんだけど」

若いウエイターは、思わずという感じでくだけた言葉遣いになった。自分でもそれに気づいてあわてたのだろう、照れたような顔になって、

「遅番だけの仕事ですし」と、つけ加えた。

「そうか……。その女性客も、ここに来るのは、たいてい夜になってのことだと思う。それも、割と遅い時刻にね。覚えはないですか？　中肉中背――いや、ちょっと痩せ気味かな。肩のところで髪を切りそろえてて、パーマはかけてない」

たぶん、二年前と変わっていなければ。

「女性ひとりのお客様なんですね？」

「そう。めずらしいでしょう、こういう店では」

ウエイターは困ったような顔でちょっと笑い、背後の同僚たちの方を振り返った。

「ときどき、おられますよ。おひとりで来られる女性の方も」

「でも、記憶にないですか。彼女、よく来ているはずなんだ。ぱっと見た感じでは地味なんですよ。よく見ると美人なんだけどね。化粧はしてない。ほとんどしてない」

ウエイターの顔に、笑いが広がった。今までの愛想笑いではなく、本当におかしいから笑っているのだ。

「ほかの者にも訊いてみます」

そう言い置くと、カウンターのそばへ戻って行く。同僚たちの顔に、好奇心の色が広がってゆく。

一樹はもう、バツが悪いとは思わなかった。ほかのことで頭がいっぱいだ。彼女はあれ以来、ここには来ていないのだろうか。来ていないとしたら、それは――

（探さないでね。新聞だけ見ていてください）

そして、昨日死んだのか？　男女四人の焼死体。たったひとりだけ混じっている女性が、彼女自身だろうか。

身元もわからないくらいに焼け焦げて。

（新聞を見ていて）

死んでしまったなら、待っても待っても来るはずがない。

そういうことか？　あの日の彼女の言葉には、人を殺すときには自分も死ぬと、そういう意味が含まれていたのだろうか。

それとも、狙いを付けた相手を殺すとき、不測の事態が発生して、彼女自身も逃げられなくなってしまったのだろうか。

それはあり得る。一樹はひとり、うなずいた。女性の死体は車の後部座席にあった。しかもスリードアの。彼女も外へ出られず、ほかの男ふたりと共に焼け死んだ。外へ逃げだしたのは、運転席の男だけ――

新聞を見たとたん、反射的にここへ来てしまったけれど、静かに考えてみたならば、そういうことだってあり得るのだ。

（ときどき、自分でも手に負えなくなることがあるの。力が勝手に動き始めて）

まるで銃が暴発するみたいに。そう言っていた。

「お客様……」

さっきのウエイターだった。笑いをこらえようとして、頬がひくひくしている。

「ほかの者も、先ほど伺ったような女性のお客様には心当たりがないそうです」

「そうですか……」

「僕らはみんな、それほど長く勤めていないんですよ。厨房(ちゅうぼう)の方は違いますが、こういう仕事は入れ替わりが激しいので。アルバイトですから、お客様の顔を、それほどはっきり覚えていることは、あまりなくて」

気落ちしたけれど、一樹はうなずいて、言った。「いいです、妙なことを訊いて申し訳ない」

「どういたしまして。あの——」

「え?」

「また、コーヒーをお持ちしましょうか?」

結局、閉店の午前二時まで、一樹は店にいた。ひとりで外へ出るとき、ウエイターの全員が見送ってくれた。明日以降、しばらくのあいだ、彼らのいい話のタネにされるだろうなと、ぼんやり思った。

3

　雨は朝まで降り続いた。その音を聞きながら、一樹はねむりの浅い夜をすごした。

　出勤すれば、いつもと変わらない仕事が待っている。朝の打ち合わせのあと、その日は得意先回りの予定が入っていたので、鞄を抱えて外に出た。業務課の女性に、顔色がよくないけど二日酔いなのかと、冗談半分に声をかけられた。

　出先でも、月に一度は必ず顔をあわせることになっている関東管財という得意先の担当者に、今日はなんだか元気がないねと言われてしまった。資材課の課長である加藤というこの担当者とは、入社したときからの付き合いだ。駆け出しのころからいろいろと教えてもらってきた。年齢的にも、一樹よりは父親の方に近い人である。

「多田君みたいな若い人にも、それなりにストレスがあるだろうからな」

　書類のやりとりが終わり、女子社員が運んできた湯飲み茶碗に手を伸ばしながら、加藤課長が言った。

「入社して何年だっけ？　三年ぐらいか？」

「五年になります」

「へえ、もうそんなに経つか。最初の壁にぶつかる頃だな」

なんだか懐かしそうな目をして、そんなことを言う。

「何をやってもうまくいかなくて、ええい、辞めてやろうかなんて考え始めたりする頃だよ。私も昔、ちょうど入社して六年目ぐらいだったかな。辞表を胸ポケットに入れて通勤してたことがあった——」

加藤はそこで言葉を切った。見落としていたものに気づいた、という様子で、一樹の顔をのぞきこんだ。

「それとも……そうか、妹さんの命日が今ごろだったかな」

一樹は急いで首を振った。「いえ、違います。あれは九月のことでしたから」

加藤はちょっと眉をしかめた。「そうだったかな」

「ええ。行方不明になったのが夏休みの最後の日でしたから」

加藤課長は、雪江の身に降りかかった事件のことをよく知っている。葬儀にも来てくれた。それだけ親しい得意先だということもあるが、加藤も娘をふたり持つ身であるそうで、「他人事とは思えない」と、口にしていたことがある。

だが、あれから二年も経っているのに——

「妹のことを覚えていてくださるんですね」

加藤の表情が、少し翳った。「忘れられることじゃないよ。君も辛かったろう。いや、今だって辛いだろうけど」

　あのころ、葬儀は済んだものの、犯人の目星はつかず、家にいても何もすることはなく、身の置き所のないまま、一樹は会社に出た。周囲の気遣いを有り難いと思う――思わなければならないとはわかっていたものの、雪江があんな目にあわされたというのに、変わりなく動いている日常がひどく奇妙に感じられたものだ。どうして何も起こらないのだろう、あんな事があったのに、どうして俺は机について、電話をとったり書類をつくったりしていられるのだろうと考え始めると、何もかも放り出して外へ飛び出してしまいたくなった。

　社外の人間で、事件のことに真っ先に触れてきたのが、この加藤課長だった。定例の得意先回りで訪ねてゆき、葬儀に来てくれた礼を述べた一樹に、

「何か私にできることがあったら言ってくれ」と言った。「できることなど何もないとは思う。だがね、もしもあったなら、できることなら何でも協力するよ」

　そのときに、私にも娘がふたりいてね、と話したのだ。

　ふっと思い出して、一樹は思わず口に出した。「あのとき、僕は加藤課長に、凄いことを言ったんでしたよね」

　湯飲みを口元で止めて、加藤はちょっとまばたきをした。「凄いこと――」

「ええ。犯人を殺してやりますって」

　確かにそうだった。よく覚えている。周囲の人びとに向かって、心の内の決意を告げたのは、そのときが初めてだったから。その相手が、どうして社外の、しかも得意先の課長であったの

か、今考えるとわからない。だが、「言葉もない」とか、「気をしっかりもて」とかいう慰めの言葉に窒息しそうになっていたあのころの一樹には、「できることがあったら何でも協力しよう」という加藤の言葉が、本音を吐き出すことのできる唯一の出口のように感じられたのかもしれなかった。

「そういえば、そうだったな」課長は言って、湯飲みをテーブルに戻すと、何度かうなずいた。

「あれは、本気で言ってたねえ」

「ええ、本気でした」

ちらりと、加藤が一樹の目を見あげた。

「今でもそう思ってるのかね?」

一樹は返事をためらった。いちばん正確な答えを返すには、どういう言葉を選んだらいいかと考えたのだ。

が、加藤課長は先回りをして言った。「考えているとしても、無理はないよ。嫌なことを訊いて済まなかったね」

黙って、一樹は頭を下げた。

関東管財の社屋を出て、駅に向かいながら、一樹は考えた。ええ、本気で言ってました。本当に本気でした。それ以外に道はないと思っていました。だからあのころ、実際に殺そうとしてみたんですよ——

そう答えたら、加藤課長はどんな反応を示したろう。

強力な武器を手に入れて、殺そうとしてみたんです。

強力な武器。

そう、彼女こそがその強力な武器だった。武器は歩いて彼のそばへやってきた。

容疑者が浮かび上がったのは、雪江の葬儀から十日ほど経ったころのことだった。多田家のふたり――一樹と父だ――は、それを、新聞報道に半日だけ先行して、実家を訪れた担当刑事の口から聞かされた。

だが刑事の口ぶりは慎重そのものだった。それがなぜなのかという理由は、話を聞くうちにわかってきた。捜査は難航しているのだ。

「この容疑者の存在が浮かび上がってきたのは、実をもうしますと、我々の捜査の結果ではないのです」

このころの父は、寡黙を通り越して石のようになってしまっていた。刑事にも、それはよくわかったのだろう。彼はもっぱら一樹に話しかけてきた。

「どういうことです？」と、一樹は訊いた。

「垂れこみがあったんですよ」と、刑事は苦い顔をした。「それも、まったく別ルートからでしてね」

つい一昨日のことだと、刑事は続けた。

「新宿・渋谷あたりを根城に活動しているトルエン密売グループを検挙しましてね。売人の方はいい大人ばかりですが、いっしょにあげられたなかに、未成年者も数人混じっていたんです」

「買い手ということですね？」

「そうです。十六歳、十七歳、十八歳の少年三人。いずれも補導歴ありの、いわゆる無職少年です。風紀課や少年課では知られた顔なんですが」

彼らのうちのひとり、十八歳の少年が、取り調べにあたった風紀課の刑事に向かって、例の女子高生殺しの犯人を知っていると言い出したというのである。

「彼らは頻繁に嘘をつきます」と、刑事は断言した。「取引の材料にするために嘘を言うこともあるし、我々に反抗するためだけにありもしないことを話すこともある。ですが、事が事です。風紀課の刑事も念を入れて聞き出しました」

その少年を、仮にAとしましょうと、刑事は続けた。

「Aの話によると、女子高生殺しの件は、彼の属しているグループというか、まあただなんとなくつるんでいる仲間がいるわけですが、そのなかではずいぶん前から有名な話だというんです。そういうことをやっている連中がいると。ただしそれは、Aの属しているのとは別のグループで、A自身は、彼らとは面識がない。だが噂は聞いているし、犯行グループのメンバーの顔もわかるし、名前を知っているヤツもいる、と」

「それなら、なんでもっと早く警察に知らせなかったんだろう？」

　三人も殺される前に。雪江が殺される前に。

「言っても、なんの得にもならないからですよ」と、刑事は言った。「放っておいても彼にとっては害になることじゃない。それどころか、うっかり警察に垂れこんだりしたら、あとが怖いというわけです」

　一樹は黙っていた。何を言えばいいというのだろう。得にならないから黙っているという性質の事じゃないだろうなどと言ってみても、通じる相手ではないのだろうから。

「しかし今度は、警察に情報を流すだけの価値がある。Aはトルエン常習者であるというだけでなく、売人まがいのこともやっていましてね。未成年とはいえ、今度の検挙のあとに待ちかまえているのは、そうそう生やさしい処分じゃない。そのことを承知しているので、話す気になったんでしょう」

「それで、Aの話に沿って調べてるわけですか」

「そうです」刑事は大きくうなずいた。「確かに、Aの周辺の不良少年たちのグループのあいだには、女子高生殺しについての噂が飛び交っています。それをたどってゆくと、Aの言っていたグループの少年たちにたどりつきました」

　一樹は身を乗り出した。「逮捕できるんですか？」

「できると、信じています」刑事は一樹の目を見て言った。が、その熱の入れ方に、一樹はかえって危ないものを感じた。「できます」ではなく、「できると信じる」という言葉の選び方にも。

「又聞きだけじゃ、証拠にはならないんでしょう？」

「それは確かに。今、情報の裏をとることと、物証を探すことに全力をあげています」

「間違いはないんですか？　確かにそいつらが怪しいんですか？」

刑事はちょっと言いよどんだ。黙りこくったままの父の様子を気にしている。一樹は声をあげた。

「遠慮は要りません。話してくださいよ」

刑事は低く言った。「問題の少年たちは、女子高生殺しについて、ほかのグループの連中に自慢しているようなんですよ」

一瞬、一樹の頭のなかが真っ白になった。

「自慢？」

「あれは俺たちの仕業だということをね。警察なんか怖くはないと」

一樹は椅子の背もたれに寄りかかった。息が詰まりそうだった。

「大丈夫ですか？」刑事が膝を乗り出してきた。そのとき、押し黙っていた父が、言葉を足元に吐き出すようにして言った。

「もし捕まっても、未成年だから大した罪にはならんと承知してるんだろう」

一樹は父の顔を見やった。父は蒼白で、膝の上に置いた手を震わせていた。

「証拠を固めて、必ず全員を逮捕してみせます」

刑事が言って、暑くもないのに、額の汗をぬぐうような仕草をした。

「刑事さん」と、一樹は言った。「警察は、そいつと取引するんですか？」

「取引？」

「さっき言ったでしょう？　トルエンで捕まったAという少年です。この情報を流した見返りに、警察は彼の処分に手心を加えるんですか？」

「そんなことはけっしてありません」と、刑事は言い切った。「ああいう連中は、どこで知恵をつけられてくるのか知りませんが、勝手にそんなふうに思いこんでいるだけですよ」

後になっても、少年Aが具体的にどういう処分を受けたのか、一樹には知る機会がなかった。だが、それほど重い罰をくらったわけではなさそうだと思う。なぜならその後、容疑者グループ浮上の情報を得て、足繁く多田家を取材に訪れるようになった記者たちのなかのひとりから、こんな話を聞かされたからだ。最初の情報を提供した不良グループのメンバーである少年が、被害者の遺族から礼金が出ないのかと言っている、と。

捜査は進まなかった。

いや、実際には進んでいたのかもしれないが、その行き先は、事件を固めるという方向ではなさそうだった。連日のように、新聞各紙は続報を載せたけれど、申し合わせたように「物証の不足」ということを書き、容疑をかけられた少年の親の、「無実の人間を犯人呼ばわりするのは人権侵害だ」というコメントを、記事の端に添えたりした。

一樹はじっとそれを見守っていた。警察はどうか知らないが、彼にとっては、必要なのは確信であって証拠ではない。その後も刑事から経過報告が入るたびに、こちらにとって不利なことでも、状況証拠の積み重ねでもかまわないから、率直なところを教えてくれと頼んでいた。

問題のグループは、犯行時には常に盗難車を使っていたらしいという。グループのリーダー格であり、女子高生殺しの自慢話の震源地でもある十七歳の少年の父親が中古車販売会社を経営しており、そのためにその少年は車を扱うことに手慣れている。防犯機構が進んでいる現在の自動車は、テレビドラマのなかでなされているほど簡単に盗み出すことのできるものではない。技術も、知識も、道具もいる。そちらの方向から、まずは詰めていけないかと考えている と、刑事は語った。

「その少年が仲間に自慢話をしていたということに、間違いはないんですか?」

「聞いたという者が大勢います。しかも、仲間内に」

「ああいうことをやりそうな少年なんですか?」

「難しい質問ですが、それが、過去の素行に問題点があったかという意味ならば、やってもおかしくないとお答えできます」

過去に何をやったのかと訊いても、刑事は詳しいことを教えてくれなかった。

「名前はなんていうんです？　どこに住んでるんです？」

それも、答えてくれない。

「教えてもらえないのは、僕が遺族だからでしょうか」

「そういうことではありません。まだ容疑者の段階ですからね」

「しかも相手が未成年だから？」

刑事は黙っていた――


昼過ぎに、一樹は一度社に帰った。空模様がまた怪しくなり、机について簡単な報告書を書いているあいだに、雨が降りだした。

「あら嫌だ、また雨。飽きもせずによく降るわね」

何の用で立ち寄ったのか、総務部の有田女史が近くにいて、声をかけてきた。

「どうしたの？　不景気な顔して」

二日酔いらしいですよと、隣の同僚が茶化した。有田女史は笑ったが、同僚が席を立っていってしまうと、一樹の机のすぐそばにやってきて、笑みを小さくした。

「どうかしたの？」

「いえ、べつに」

「そうかな……なんか様子がおかしいなって、今朝の朝礼のときも思ってたんだけど」

「ちょっと寝不足なんですよ」

有田女史は、探るように一樹の顔を見た。

「妹さんのこと？」

みんなが鋭いのか、それともあの新聞記事を見てからこっち、俺の顔には「雪江」と書いてあるのか、どちらだろうと一樹は思った。

「いえ、穿鑿するつもりはないのよ。だけど、多田君が暗い顔してるときって、たいてい妹さんのことだから」

つくろうように、女史は言った。そのまま机から離れていこうとするのを、一樹は呼び止めた。

「有田さん、昼はまだですか？」

女史は振り向いた。「ええ。わたし、今日は電話当番だったから」

総務部の女子社員は、昼休みに交代で電話の受付をする。そういえば有田女史は、昼休みにかかってきた電話を書き出して各部に通知する連絡ノートを抱えていた。

「ちょっと、いいですか？」

ふたりで外に出た。会社の近くにランチ・メニューのある喫茶店がいくつかある。社員食堂でしたい話ではなかったので、一樹はそちらの方に足を向けた。

店を選び、席に落ちつくと、有田女史は真顔になった。

「何かしら？」

呼び止める寸前まで、女史から何か聞き出そうとか、具体的なことを考えていたわけではなかった。ただ、女史はこの社で唯一、彼女のことをよく知っていた人だということを考えただけだった。

「藪(やぶ)から棒だと思うんですけど」

「いいわよ、何？」

「青木淳子という人を、覚えていますか？」

それが彼女の名前だ。あおき、じゅんこ。あんな形で巡り合わなければ、ずっと知ることのなかった名前。社内ですれ違ったところで、意識することもなかった名前。何度か話もしていたらしいのに、それでも記憶に残らなかった名前。

女史はちょっと首をかしげた。「青木さん？」

「ええ、二年前にメイル部にいた子です」

運ばれてきたおしぼりで手を拭きながら、女史は小さく「青木、青木――」と呟いた。

「目立たない女性でした。辞めるときも唐突で」

女史の顔がぱっと晴れた。「ああ、あの青木さんね？　うん、覚えてる。おとなしい子だったわね。そうそう、いきなり辞められて、メイル部も困ってた。仕事には真面目な子だったからね」

「付き合いはありましたか？」

「付き合いって？」

「よく話をするとか――」

女史は笑った。「そりゃ、うちはメイル部とは近いから、会えば話ぐらいしたわよね。けど、わたしは若い女の子たちには煙たい存在だからさ、お局さまだから。打ち解けてどうこうなんてことはなかったな」

「彼女と親しかった人は誰だかわかりますか？」

「さあて」

芝居がかった仕草で顔をしかめて腕を組み、それからちょっといたずらっぽい目になって、一樹をにらんだ。

「なんでそんなこと、知りたいの？」

一樹は笑わなかった。愛想笑いぐらいしなくてはと思ったのだが、こうして彼女の名前を口に出してみると、今さらのように顔が強ばるのを感じて。

「真面目な話なんです」

女史の笑顔が大きくなった。「真面目でしょう、多田君、真面目だもの」

そこでやっと、一樹も笑うことができた。

「違うんです、有田さんが考えてるようなことじゃない」

「わたしがどういうことを考えてると思うわけよ？」

「以前付き合ってたとか、そういうことじゃないんです」

「ふううん」からかうように、女史は言った。「それで？」

「ちょっと事情があって——連絡がとれたらいいなと思うもんだから」

有田女史は、じいっと一樹を見つめた。注文した料理が運ばれてきて、ウエイトレスが去っていってしまうまで、そうしていた。

「なんか、訳あり？」と、訊いた。

「そういうことです」

女史は溜息(ためいき)をついた。「なんだ、つまんない」

そして笑って、「嘘よ、つまんないなんて嘘。だけどゴメンネ、わたしも青木さんのことはよく知らないわ。以前も知らなかったし、今も知らない」

「社内に友達はいませんでしたか」

二年前、本人が言っていた。わたしは他人と関わらないようにしてる、その方が安全だから、と。

（だけどわたし、多田さんの役には立てると思う。だから——）

「友達がいたら、あんな辞め方しなかったんじゃないかな」と、女史は呟いた。「孤独っていう感じはしたね。もともとメイル部員は正社員じゃないし、入れ替わりも激しいでしょう。アルバイト気分の子ばっかりだから、あんまり居着いてくれないのよね。青木さんも――さあね、三年ぐらいいたかな。それでも長い方だと思う。自然と、わたしたちとは交流がなくなっちゃう」

「そうか……」

駄目で元々とは思っていたけれど、やっぱりそうか。

「彼女と連絡を取りたいって、なぜ?」

女史は真面目な口調になっていた。

「理由によっては、総務部の古い名簿を引っぱり出すとか、してあげられないことでもないけどさ。ほかならぬ多田君の頼みなら」

そういうことをしても、無駄なのはわかっていた。二年前に一度、彼女が姿を消した直後、社員住所録に載っていた住所地を訪ねてみたことがある。小さなアパートで、彼女は退職と同時にそこを引き払っていた。大家を探し当てて、会社の未払い給料が残っているなどとつくり話をでっちあげ、転居先か、さもなければ親元の住所を探り出そうとしてもみたけれど、どちらも不発に終わった。大家さえ、何も知らなかったのだ。

(例外的なんだけど、敷金を半年分入れてくれたから、保証人なしで入居させたんですよ。わたしらも、勤め先しか知りません。東邦製紙でしょう？　堅いところだからねえ。そうですか、会社も辞めたんですか。引っ越すときも、家賃の精算分から電気代、ガス代まで、きれいにしていってくれたけどね）

「いい子だったと思うけどね」

有田女史が、カレーライスを口に運びながら呟いていた。

「よく働いてくれてたし。おとなしくて」

大家もそう言っていた。いい店子（たなこ）さんだった。きれい好きで、挨拶もちゃんとして。

誰の目にも、青木淳子はそういう娘に映っていたことだろう。いい子、目立たない子。いてもいなくてもわからない子。格別気が強くもなく、美人でもなく、自己主張するタイプでは毛頭なく、人見知りのようで、大勢の人間と付き合うことが苦手で。

呼吸する幽霊。

だが、そんな青木淳子は、頭のなかに特大の火炎放射器を持っていた。

あの日――淳子と会ったあの日。

そのころ、警察の捜査は、新聞やニュースを通してしか知ることのできない外部の人間にもそれとわかるほど、はっきりとした手詰まり状態になっていた。容疑者と目された少年たちは、長時間にわたる事情聴取を受けていたが、いずれもかたくなに犯行を否認するばかりで、手がかりも足がかりもつかめない。依然として物証もあがらない。

だが一樹は、もうそれらのことを気にしてはいなかった。彼のなかには、すでに確信があったから。刑事たちから耳にしたことを吟味し、新聞を読み、頻繁にやってくる記者たちからも、遺族の心境を述べたり生前の雪江について語ったりする見返りに、刑事たちが多田家には打ち明けてくれることのない情報を集めて、ひとつの結論に達していたから。

雪江を殺したのは、容疑者としてあげられている少年グループに間違いない。主犯は、刑事の言っていた十七歳のあの少年、中古車販売会社社長を父に持ち、事件について仲間に吹聴してまわっていた少年だ、と。

彼の名前と住まいとを聞き出すために、一樹は、ある女性雑誌の記者に、雪江が初めて歩いたときのエピソードを話して聞かせていた。マスコミはそういう話を喜んで拾ってゆく。そして、ほかでもない犯人を特定するために提供するのなら、雪江も一樹が思い出話を手放すことに反対することはないだろうと思った。

少年の名は、小暮昌樹。都内の高校を中途退学して、家でぶらぶらしている身の上だ。刑事は話してくれなかったけれど、過去に傷害で一度、シンナー乱用で二度、婦女暴行で一度、警察の取り調べを受けている。

札付きだと、女性誌の記者は言っていた。

「昔ね、昌樹が中学一年ぐらいのころ、小暮家の近所で、飼い犬や飼い猫や公園の鳩とかが、足や耳を切られたり、しばられて川に投げ込まれるとかの悪質ないたずらが続いたことがあったんですよ。そのときも、近所の人たちは、昌樹の仕業だろうって噂したそうで。あいつが生き物をいじめるのが大好きだってことは、早くから知れ渡ってたらしい」

家は裕福だし、父も母もまともな人物だという。昌樹は次男なのだが、二歳年上の長男坊は学校の成績もよく、近所の評判もきわめていい。

「ところがこの兄さんもね、二年ぐらい前に大怪我をして救急車で病院に運ばれたことがある。風呂場で転んでドアのガラスが割れて手を切ったとかなんとか、母親がいろいろ言い訳してたけど、どうやら昌樹に刺されたんじゃないかと、これも大騒ぎだったそうですよ」

事件の容疑者としてマークされて以来、周辺の人々の昌樹を見る目はますます冷たくなっている。が、本人は意に介した様子もなく、詰めかける報道陣のインタビューにも進んで答えているという。

「何を考えてるのか、有名人気取りでね」

自分は無実だ、警察は横暴だ――

「仲間たちのあいだでも、依然としていい顔でね。証拠がないんだ、捕まえられるもんなら捕まえてみろと嘯(うそぶ)いてる。根性は曲がってるけど、頭は悪くない。空恐ろしくなるような餓鬼(がき)だよ」

事実、一樹がその記者から話を聞きだした数日後、小暮昌樹は父親と共に記者会見を開いた。

一樹はそれを、テレビで観た。

ひょろりと背の高い、様子のいい少年だった。茶色く脱色した長めの髪を頭の真ん中で分け、ウエーブをつけてある。派手なロゴ入りのトレーナーを着て、ジーンズを穿(は)いて、最初のうち両手をポケットに突っ込んでいたが、父親に注意されるとやめた。

小暮の父親の方は、一樹が得意先で出会う管理職の、誰とも取り替えのきくような顔と身なりで、一貫してひどく憤った口調で話していた。息子は無実である。証拠はない。不当な取り調べである。だからこそ、息子はこうして公(おおやけ)の場に出てきた——途中から、一樹は、同席している彼らの弁護士の顔ばかり見ていた。父親が憤り、息子の傷心を思いやってくれと訴えかけるたびに、縁なしの眼鏡をかけたその弁護士は、ちょっと目を伏せて眼鏡のつるに触れた。しまいには、それが小暮の父親の「憤りスイッチ」であって、弁護士がそれに触れるたびに、自動的に小暮の父親が怒りの台詞(せりふ)を吐く——という仕掛になっているのではないかと思えてきた。

息子は無実だ。

それならなぜ、女子高生殺しを吹聴して歩いた?

疑われる理由などない。

それならなぜ、捕まえられるものなら捕まえてみろなどと言った?

やったのはおまえだ。

心のなかでそう宣告して、一樹はテレビを切った。その翌日だったのだ、淳子が彼に声をかけてきたのは。

「多田さん、ですね？」

社の通用口に近いエレベーターを出たところで、背後から呼びかけられた。

振り向いてみると、そこに彼女が立っていた。パステルカラーのブラウスに、白のスカート。ショルダーバッグを両手で胸に抱いて、生真面目な顔をこちらに向けている。まるで内気な女子高生みたいだ、と思った。

「そうですけど……」

「わたし、メイル部の青木と申します。青木淳子です」と、ぺこりと頭をさげた。

時刻は夜八時をすぎたところで、それでも一樹としては、今日は早めに帰ろうかというくらいの感じだったが、女子社員が、しかもメイル部員が残っているという時間帯ではない。

「メイル部になら、いつもお世話になってるけど……何か？」

彼女は周囲を気にするような目をした。玄関ロビーには人気（ひとけ）がない。受付と正面出入口は閉まっており、明かりも通用口のある側を残して消してある。守衛室の方で人声がしているだけだ。

「ここではちょっとお話ししにくいんですが」

遠慮がちな、ぎくしゃくした口調で彼女は言った。

「お話っていうと？」

彼女は本当に困った顔をした。バッグをぎゅっと抱いて、目を伏せている。

「僕に用があるわけですか？」

あやふやな感じで問い返すと、彼女は顔をあげた。思い切って――という様子で、早口にささやくように言った。「妹さんの事件のことで」

面くらってしまって、一樹はすぐには何も言えなかった。会社の女の子が、事件の何について話したいというのだろう？

すると、淳子は言った。「わたし、多田さんのお役に立てるんじゃないかと思う」

「僕の役に？」

淳子はまた周囲に目を配った。誰もいないのを確かめると、一樹に近づいた。

「あの犯人、捕まらないと思います」

一樹は黙って彼女を見つめた。

「だから多田さんは、犯人を殺そうと決めてるんでしょう？」

わたしにはそれがわかる。だから、手伝いたいんです。そう言った彼女の声、そのときのくちびるの動き。今でも一樹は夢で耳にし、夢に見る。

こうして、彼女は一樹を「パラレル」に連れていった。ひとりでぼんやりしたいとき、よくここへ来るのだと。この店が好きだと。だが、本音は違ったろう。この店にはキャンドルがある。だからここを選んだのだろう。

テーブルに着くと、淳子はすぐに、灯してあったキャンドルを吹き消してしまった。そのことに意味があろうとは、一樹は思わなかった。ただただ呆気(あっけ)にとられ、心のなかでは、同じ若い女性として、雪江の身に降りかかった災厄に同情するあまり、この娘は少し気が変になっているのではないかなどと考えていた。

「多田さんは、あの犯人——少なくとも主犯のあの男の子だけでも、殺してしまおうと思ってるんでしょう？」

少し青ざめているようにも見える白い頬を、わずかに強ばらせて、淳子は切り出した。

「そりゃ……あいつが本当に犯人ならばね。殺してやりたいとも思うよ。だけど——」

「だけど——」

「それは警察のすることだ。じゃなきゃ裁判所のすることだ。僕らが勝手にやることじゃない。たとえ遺族でも」

窓の外に目をやって、淳子はぽつりと言った。「そんなの嘘だわ」

口元には、薄い笑みさえ浮かべていた。

「どうして嘘だなんて——」

一樹をさえぎり、真正面から彼の顔を見ると、淳子は言った。「きれい事はいいの。多田さんがあいつを殺そうと決めてるってことは、わかってるから。そんなことはいいの」

確かに、彼女の言うとおりだった。一樹はなんらかの手段で小暮昌樹を殺そうと決めていた。漠然とした計画を頭に描き、心が砕け散る寸前まで堅く強ばってくるのを感じて、前夜は眠れなかった。

「なぜわかるんだい?」

「わたし、ときどきだけど、人の考えてることが読めるんです」

一樹は吹き出した。「テレパシーってこと?」

「そうよ。だけど、何度も言うけどそれは問題じゃない。だって、普通の人なら誰だって、機会と方法さえあったら、多田さんがあいつを殺したいと思ってるってこと、想像がつくもの」

淳子の白い顔には、笑みの影さえなかった。それでいて、彼女はごくごく冷静だった。口調は穏やかで、声は少し聞き取りにくいほどに小さい。

「わたしは凶器になれる」と、淳子は言った。

「多田さんの武器になれる。拳銃みたいに。あいつを狙って撃つことのできる道具になれる。それを言いたいんです」

馬鹿げてる——一樹は席を立ちかけた。そのとき、さっき淳子が吹き消したはずのキャンドルに、ふっと火が灯った。音もなく、青白い炎が揺らめいた。

一樹は炎と淳子の顔を見比べた。

「今のは何だ?」

淳子が微笑した。「わたしがつけたんです」

ますますおかしい。一樹は今度こそ本当に立ちあがり、出口に向かって歩き始めた。薄気味悪くなりかけていた。

出入口のところまで張り出しているカウンターの端に、使われていないキャンドルが一ダースばかり並べてあった。どれも真新しいもので、立てて箱に詰めてあった。一樹がそこを通り過ぎようとした瞬間、それらに一斉に火が灯った。

一樹は凍りついた。まだ誰も気づかない。ウエイターは向こうをむいている。十二本のキャンドル。十二本の火。揺らめきながら燃えている。

振り向くと、淳子がこちらを見ていた。


念力放火能力(パイロキネシス)。

あとになって、いくつか辞書を引いてもみたけれど、載っていたためしはなかった。超能力について、一樹の目には怪しげだとしか見えない実例を挙げつつ書き連ねた本のなかに、散見することがあっただけだ。

赤ん坊のころから、その力があったと、淳子は言った。

「自分でコントロールできるようになるまでに、何度も火傷(やけど)しました。病院へ行かなくちゃならないような大火傷もね。近所の人たちに怪しまれないようにするために、両親はわたしを連れて転々としたわ」

言葉の終わりにちょっと手をあげ、前髪をあげて額を見せた。そこに、手のひらの半分ぐらいの大きさの火傷の痕が残っていた。

「腕にも」と、袖をまくった。手首のすぐ内側に、やはり同じくらいの大きさの痕がある。

「どうしてこんな力を持って生まれついたのか、さっぱりわからない」と、薄く笑った。

「いろいろ本も読んだけど、ちゃんと書いてあるのはなかった。こういう力は隔世遺伝するそうだけど、わたしの祖父母は、父方のも母方のも早死にしてるし」

ちょっと肩をすくめて、

「こういう力があったから、早死にしたのかもしれないけど」

声を奪われたような感じで黙っていた一樹は、やっと言った。「ろうそくに火をつけられるくらいじゃ、君の言う武器とかいうものにはならないよ」

「だけど、ここじゃ、もっと凄いことをしてみせようとしても、危なくて」

「手品じゃないのかな」

まだ淳子の正気を疑っていた一樹は、あまり彼女を刺激したくなかった。できるだけ穏和に話をしたかった。

「ここで証明しないと駄目ですか？　話だけじゃ駄目？　場所をかえようと言っても駄目？

わたしが狂ってると思う？」

　強いて平静をよそおって、一樹は言った。

「ここで証明してほしいな」

　できるわけがない――そう思った。あるわけがないじゃないか、そんなこと。

　淳子は窓の外に目をやり、しばらく何かを探していた。が、小さく溜息をつくと、

「悪いけど、ほかに見あたらないからしょうがないわ」と言った。「それにここ、駐車禁止区域なんだもの」

　彼女が指さしたのは、「パラレル」の窓の真ん前の路上に停められている、一台のベンツだった。銀白色の車幅の広い車が、通行人をはばむようにでんと居座っている。

　別段、これという準備をする様子もなく、淳子はただじっとその車を見つめ始めた。テレビゲームをしているときとか、特別面白い映画を観ているときなど、人はよくこんな顔をする。まばたきもせず、くちびるを結んで、じっと対象に目を据える。

　その日は好天だった。秋の気配が涼やかな風になって、夜の街を歩く人々は、みんな気持ちよさそうな顔をしている。「パラレル」の前の路上を、そんな人たちが右から左へ、左から右へ、途切れることなく歩いてゆく。

　そのすぐそばで、ベンツが――ベンツのボンネットの隅が、少しずつ変色し始めていることに、一樹は気づいた。

銀白色一面のボンネットの縁。そこが、わずかずつだけれど、次第次第に濃い銀色になってゆく。誰かが見えない手で、銀色に塗り替えようとしているかのように。

一樹は息を詰めた。

銀色の部分が、急にふくらんだ。帯になって、ボンネットの三分の一ほどの幅になったのだ。それはただの変色ではなく、ボンネット全体が、よく見ると歪み始めていた。

溶け始めてるんだ――

「パラレル」の窓ガラスが曇り始めた。少なくともそのように、一樹には見えた。通りかかったふたり連れの女性たちが、ベンツのそばで急に手で鼻を覆った。それでわかった。

これは煙だ。煙でガラスが曇り始めてる。

「ここ、暑くない？」

外の女性がそう言った。一樹は両手を握りしめた。いつのまにか口を開けていた。

ベンツのボンネットは、今や全体が銀色になり、手前の方がへこんでくぼんでいた。はっきりと、金属が溶けているのが見えた。

淳子は視線を動かさない。ほんの少し顔をしかめている。ちょっと重い荷物を持ち上げようとしているときみたいに。メイル部についた小包を、抱えて誰かに渡すときみたいに。

彼女の手は膝の上。「パラレル」の店内には何の変化もない。

「あれ、なんだろ、この煙」

窓際のテーブルの客が、窓の外を見て声をあげた。

「おい、外で何か燃えてない？」

その瞬間だった。ガラス越しに、ベンツの運転席のシートが火を噴くのが見えた。グレイの革張りのシートで、艶(つや)を帯びて光っている。近寄れば革の匂いがしてきそうなそのシートが、いきなり内側からはじけて燃えだしたのだ。

「車が燃えてる！」

外で誰かが叫んだ。窓際の客が驚いて立ち上がる。ウエイターが駆けつけてくる。

続いて後部座席のシートが火を噴いた。クッションも燃え上がった。ぼん、という音がして車が上下に揺れた。そのはずみで、溶けていたボンネットがぼこんとへこんだ。

淳子は動かない。車から目を離さない。彼女の目は、糸のように細くなっている。膝の上の両手も堅く握りしめられている。その甲に血管が浮き出していた。

もう一度、くぐもった爆発音がして、車ががくんとさがった。タイヤだ、タイヤがやられたと、一樹は考えた。沈みかけの船のように傾いたベンツの車内は炎で満たされ、窓ガラスの内側を赤い舌が探り回っている。ガラスが変色してゆく――

ガソリンタンクだ、タンクに火が回ったらとんでもないことになる。

とっさに手をのばし、一樹は淳子の腕をつかんだ。だが彼女は見向きもしない。視線は車に据えられたまま、両肩に力を込め、腕を膝の上につっぱっている。

「もうやめろ」と、一樹は言った。「やめろ、もうわかった、わかったから」

淳子はやめない。彼の声が聞こえていないかのように。

助手席のガラスが割れ、炎が噴き出した。外でいくつもの悲鳴があがった。

「やめろ！」

叫ぶと同時に、一樹は淳子の頰を平手で打った。騒然としていた店内にも、その音は響きわたった。

水をかけられたみたいに、淳子ははっと身じろぎをした。その瞬間、一樹には、彼女が何か見えない大きなものとの接続を切ったように感じられた。強引に引っこ抜いて、ブレーカーをおろして。

遠くから、消防車のサイレンが聞こえ始めた。ベンツはまだ燃えている。近所から誰かがホースを持ち出してきて、水をかけ始めた。あわてているせいか、なかなか車に命中しない。それでも、飛沫（しぶき）を受けてボンネットから水蒸気が立ち昇った。熱く焼けたフライパンに野菜を放り込んだときのような音がした。

淳子は両肩で息をしていた。白い頰に、一樹の手の痕が赤く浮き出していた。

「信じてくれる？」と、小さく訊いた。

わたしは装塡された銃みたいなものだと、淳子は言った。

「それは自分でよくわかってる。危険なものだってことも。だから今まで、外に対して使ったことはないわ。今日みたいな騒ぎだって、自分でコントロールできるようになってからは、一度も起こしたことがない」

「それをどうして、俺の——妹のために使ってくれるっていうんだい？」

「パラレル」を出て、肩を並べて歩きながら、一樹はそう訊いた。目で見たものをまだ信じかねていたけれど、もう一度証明してみろと言い出す気にはならなかった。

「今までずっと、隠れてきた」と、淳子は言った。「わたしがうっかり怒ったり泣いたり、感情を高ぶらせたりすると、それが起こることがあったから。人と関わっちゃいけないと思ってきたの」

メイル部の、呼吸する幽霊。目立たない、名前さえ覚えてもらえない存在。

「だけど、わたしは装塡した銃なのよ」と、淳子は繰り返した。「装塡した銃を持っていたなら、誰だっていつかは撃ってみたくなる」

夜の熱気のなかで、一樹は身体が震えるのを感じた。

「だけど、撃つときは、正しい方向に向かって撃ちたい。誰かの役に立つ方向に向かって」

今がそのときだと思うから、わたしは多田さんに会いにきた——

昨日と同じように、雨のなかを帰宅した。新聞を広げると、荒川河川敷の事件の続報が載っていた。身元はまだ不明。車は盗難車。

盗難車。その文字を、目がちかちかしてくるまで一樹は見つめた。

——君もいっしょに死んでしまったのか？

住所を知っていたから、小暮昌樹の家には簡単にたどりつくことができた。化粧ブロックの塀に囲まれた二階屋で、門灯がついていた。玄関のドアのすぐ脇の部屋の窓にも明かりがある。ひっそりとして物音は聞こえないが、人の気配は感じられる気がした。

最初の夜は、行ってみるだけで終わった。昌樹がひとりでいるときを狙わなくてはならない。彼が家から出てくるところを。それについては何の下調べもしていなかったし、どうすれば彼をひとりにすることができるか、あてもなかった。

淳子を自分の車に乗せて、一樹は三晩、そこへ通った。三日目の夜に、運転席の窓を叩く者がいた。見あげると、警察手帳が目に入った。張り込み中の刑事だった。

折悪しく、相手は一樹の顔を知っていた。

「どうやってここを突き止めたんです？」

詰問しながら、一樹たちをその場から引き離した。淳子は終始無言で、一樹が刑事に彼女は僕の友人ですと紹介したときも、黙って目を伏せていた。

「まだ警察も諦めてはいないのね」

小暮家をあとにするとき、ぽつりとそう言った。

「見張るだけは、見張ってるのね」

計画を練るために、毎夜のように、もっぱら淳子とふたりで外を歩いた。彼女は彼の住まいに来たがらなかったし、彼女の家を知られたくもないと言った。自分のことは知られたくないと言った。

「銃の来歴なんて、知る必要ないことだもの」

そのかわり、妹のことを話してくれとせがんだ。どんな妹さんだったの？　仲がよかったの？　将来の夢は何だった？　教えて、教えて、教えて——

「なんでそんなことを知りたがるのかな」

尋ねると、真顔で答えた。「誰のために銃を撃つのか、知りたいと思うのは当たり前でしょう？」

雪江のことを話すのは、なぜかためらわれた。それを聞きたがるときの淳子の目の色が、いつぞやの刑事のように、あまりに熱意にあふれすぎていたからかもしれない。雪江の思い出は、もっとやわらかく扱われるべきものだという気がした。

それでも、名前入りのキャンドルの話だけはした。淳子にふさわしいような気がして。すると彼女は言った。

「いつか、それに火を灯させて。わたしに」

復讐が済んだら。正義の裁きを下し終えたら。

毎日のように顔をあわせていれば、当たり前の男女のような会話もした。会社のこと、生活のこと。会社の廊下ですれ違うと、淳子はわざとのように知らないふりをしたが、彼が通り過ぎたあとで、きまって振り返った。一樹も振り返った。そうして、淳子はにこりと笑う。そんな瞬間は、彼女がただの武器だとは思えなかったし、彼女と人殺しのプランを練っていることも忘れた。彼女の力そのものも、非現実的なものに思えた。

ふたりきりになって、淳子が言い出すまでは。

「ねえ、どうやって殺す？」と。

話をしながら、車でドライブすることも多かった。ある夜、晴海（はるみ）の先まで行って、見渡す限り何も遮（さえぎ）るもののない埋め立て地で、不意に大型犬に襲われたことがある。ふたりでぐるぐる歩き回ったあと、車を停めておいた場所に戻ってきたら、いきなりタイヤの陰から飛び出してきたのだ。そのあたりを縄張りにしている野犬のようだった。

驚いて逃げ出しながらも、一樹は何か武器になりそうなものを探した。棒切れでも、ブロックでもいい。犬は一樹めがけて飛びかかってくる。元は誰かのペットだったのだろう、くたびれて汚れた首輪をはめている。だが、うなり声をあげながら襲いかかってくるその顔にも、目にも、むき出しの牙（きば）にも、かつてどこかの家で人に頭を撫（な）でられていたときの名残りはなかった。

喉笛（のどぶえ）めがけて飛びかかる犬をはらいのけたとき、背後で淳子が叫んだ。

「下がってて！」

次の瞬間、犬の首輪のまわりから、突然炎が噴き出した。めらめらと舐（な）めるように燃え上がり、犬の頭を包み込むまで、ものの一秒もかからなかった。異臭と煙に、一樹は胃がでんぐり返りそうになった。

淳子は両手でこめかみを押さえ、わずかに前屈みになって、犬を見つめていた。犬は跳ね躍り、飛びあがっては背中から落ち、必死で炎を振り払おうとしていた。だが、火は背中にと燃え広がり、パッと火花が散ったかと思うと尻尾まで燃えだした。

地面に座り込んで、一樹は犬が燃えてゆくのを見つめた。皮が燃え、肉が焼け、頭の方から骨が見え始め、やがてそれも黒くなってゆく。しまいには、しゅうしゅうと臭い煙をたちのぼらせる、ひと塊の真っ黒な灰の山になってしまった。

一樹は淳子を見あげた。彼女は微笑みを返してきた。

「もう、大丈夫」

埋め立て地の海風が、かつて犬だったものの残骸の上を吹き抜け、舞いあがらせた。黒い灰が、一樹のシャツにくっついた。あわててはらったが、しみが残った。悪寒（おかん）が身体を包み、吐き気がしてきた。

こうやって、小暮昌樹も死んでゆくんだ。そう心に言い聞かせてみても、吐き気は去らなかったし、震えもとまらなかった。

4

マスコミの取材のふりをして、電話をかけてみようか——そう言い出したのは、淳子の方だ。

「パラレル」での話し合いから半月ほど後のある夜、一樹が彼女を、家の最寄りの駅まで送り届けたときだった。

「わたしが取材記者のふりをして、あいつを呼び出すの。相手が女なら、喜んで出てくるかも」

「——そんな危険な真似はさせられないよ」

「平気よ」と、彼女は笑った。「わたし、世界でいちばん強い女だもの」

一樹もいっしょに、小さく笑った。それは事実だったたから。

だが、そのとき初めて、背中がひやりとするような実感を持って、一樹は思った。やっぱり彼女は狂ってるんじゃないか。恐ろしい能力を持っていることは事実としても、いや、それが故に狂ってるんじゃないか。

正当な理由をほしがってる。自分の力を使うために。銃を撃ってみるために。

俺は、ひとりの殺人者を葬るために、別の殺人者を連れてきたのじゃないか。

淳子はこちらに背を向けて、駅の改札を通り抜けてゆく。小さな、華奢(きゃしゃ)な、無防備に見えるその姿。

頭のなかに火炎放射器を持ってる。

真っ黒な、ひと塊の灰になってしまった犬。

ふと、一樹は思った。人間は、装塡された銃として生き続けることなどできるものだろうか。どこかで銃を捨てるか、人間を捨てるか、どちらかを選ばなければならなくなるのじゃないか、と。

着替える気にもならず、一樹はソファに寝ころんで天井を見あげていた。新聞は足元に落ちていた。雨の音だけが聞こえていた。

目を閉じると、最初に淳子の顔が、ついで雪江の顔が浮かんできた。笑っていた。一樹に話しかけてきた。

——お兄ちゃん。

目を開けてみた。雪江の声が耳の底に、まだ聞こえる。だが、それにかぶるようにして、

——本当に後悔しないの?
淳子の言葉がよみがえる。

小暮昌樹は無防備だった。ありもしない雑誌の名前をかたる淳子の電話と取材の話に実に、簡単にのってきた。そのころには、どうあがいても、彼を女子高生殺しで検挙することは無理なようだと、警察が考え始めていたことも、彼を楽観させたのだろう。その種の報道はされていたし、当事者である昌樹は、ほかの誰よりもはっきりと、警察という潮が引きつつあることを感じていただろうから。

「できたら、同年代の若い子たち向けに、メッセージ的なことを話してほしいの。大人社会に負けるなって」

公衆電話のボックスのなかで、淳子は彼を、無実の罪で裁かれそうになった被害者のように持ち上げてみせた。傍らで聞いていて、一樹は舌を巻いた。大した役者だ。同時に、彼女の胸のうちにある、引き金を引きたいという衝動の強さを思って、鳥肌が浮いてきた。急いで腕をさすった。

父親を同席でと、昌樹は言ってきた。さもなければ弁護士を。淳子はちらりと横目で一樹を見ると、「いいわ」と、明るく言った。「ただ、最初はどこか外の景色のいいところで写真を撮りたいの。日比谷公園はどうかしら。わたしはカメラマンを連れていきます。そうね、松本楼ってわかる？　あの前で、明日の二時にどうかしら。取材が済んだら、どこかでお食事でもご一緒に」

あっけなく、約束はできた。受話器を置くと、淳子は溜息をついた。

「こんなふうにあいつを扱うマスコミが、ほかにもいるのかもしれないね。近頃は、犯罪の容疑をかけられたってことでも、有名人になれるらしいから」

二時に、秋の気配の濃くなった、日比谷公園で。

そして翌日、一樹は車のなかにいた。路上駐車でも、短い時間ならごまかすことができる。目的を達したなら、すぐに走って逃げればいい。

「逃げることないわ。あいつが燃え尽きるまでそばで見てればいい」

助手席で、淳子はそんなことを言った。

その日の彼女は、枯葉色のブラウスに、クリーム色のスラックスを穿いていた。普段はほとんど化粧しないのに、今日は口紅を引いていた。頬が紅潮していた。

地下鉄の駅の出口から、小暮親子がやってくる。見つけたのは、一樹が先だった。

「来たわ」

一拍遅れて、淳子が言った。

父子は肩を並べ、父親の方は秋の陽差しに目を細めながら歩いていた。昌樹はサングラスをかけていた。淳子がちょっと笑った。そのサングラスを笑ったのかもしれなかった。「有名人気取りね」と、小さく言ったから。

ふたりは歩道を歩き、一樹たちの車の停まっている方へ近づいてくる。彼らが、声をかければ聞こえる距離にまでやってきたとき、淳子が大きく深呼吸をした。

膝の上で手を握りしめた。

視線は窓の外だ。小暮父子の動きに連れて、ゆっくりと彼女の視線も移動する。

照準だ——一樹は思った。

小暮昌樹が、一樹の車の真横にきた。助手席にいる淳子の頭越しに、一樹は彼の横顔を見た。父親が何か言い、昌樹は頭をのけぞらせて笑ったところだった。

笑いやがった——あんな顔で——雪江をあんな目に遭わせておきながら——三人も人を殺しておきながら——

その考えが頭に駆けのぼってきた次の瞬間、小暮昌樹のシャツが火を噴いた。

派手な色合いの、幾何学模様のシャツだった。襟が赤く、前たては紫。そのシャツのどこから火が発したのかはわからない。火は赤くなかった。黒かった。化繊のシャツを溶かして、いきなり昌樹の肌にくっついた。

人間のものとは思えない声で、彼はわめいた、「な、な、なんだよこれ!」

火は駆け昇り、彼の髪が燃え上がった。両目を見張って、昌樹は手を広げ、ついで体中をばたばたと叩き、躍り狂い始めた。父親は、発火の瞬間本能的に後ずさりをしたが、今は息子の身体を取り囲む火を消そうと、不器用に手を振り回していた。

「助けてくれ、誰か助けてくれ！」

わめきながら、父親が上着を脱いだ。昌樹は燃える両手をあげたりさげたりしながら飛び上がり、飛び下がり、ついで公園の入口の方に向かって駆け出した。

一樹の隣で、淳子が窓に手をかけた。小暮昌樹を引き戻そうとするかのように。それに呼応して、昌樹の背中が火を噴いた。彼は後ろから突き飛ばされたかのように倒れた。

淳子の目は細くなり、肩がこわばり、手が震えている。行き交う人たちはただ呆然と、なすすべもなく、狂乱する父子を遠巻きにしている。

淳子が身を乗り出した。両手がさらに、強く握りしめられた。

一樹はすべてを見ていた。目をそらすこともできずに。だが、頭のなかを満たしていたのは、現実の物音ではなく、行き交う車のクラクションでも、通行人たちの悲鳴でもなく、小暮の父親の上着がばたばたとはためきながら振り上げられ振り下ろされる音でもなく、ただひとつ、雪江の声だった。

――お兄ちゃん。

昌樹は歩道に倒れている。髪が焼けて、頭がむき出しだ。炎は収まってきた。父親の悲鳴だけが響き、昌樹はもう声も出さない。

「消されちゃった」と、淳子が言った。

彼女は一樹の存在を忘れているように見えた。たった今の呟きは、やっと作り上げたカードの家を壊されたときの幼女のそれのような、悔しさと、腹立たしさだけに満ちていた。

「こんちくしょう」と、彼女は低くうなった。と、今度は小暮の父親の上着の袖が燃え上がった。昌樹の靴が火を噴いた。

――お兄ちゃん。

一樹はいきなり、両手で力いっぱいクラクションを鳴らした。助手席で淳子が飛び上がった。こちらを振り向いた目が燃えていた。

間髪を入れず、一樹はエンジンをかけた。車はつんのめるようにして発進した。あたりで停まっていた車たちのあいだをすり抜け、一樹はめいっぱいアクセルを踏んだ。

「どうして止めるの？」淳子が言う。「なんで止めるの？」

壊れかけてる――そう思った。彼女の正気が壊れかけてる。彼女は俺を見てる。い、い、い、こっちを見てる。

ダッシュボードに置かれている温度計の針が、じりじりと動き出した。スピードメーターが動くのと同じ速度で。熱風が吹き込んできたかのように、車内の空気が熱くなり始めた。

「もうやめろ！」と、一樹は叫んだ。車は大きく尻を振りながら交差点を曲がった。

「もう充分だ、もうやめてくれ！」

温度計の針がいきなり振り切れた。ハンドルが、シートが熱くなった。尻が焼けそうだ。焦げ臭い。薄い煙が立ち昇り始める。

淳子はまだ彼を見つめている。にらんでいる。焦点のあわなくなった目で。

「もうやめろ！　焼け死ぬつもりか！」

叫んだ瞬間、車体が大きくゆれた。右折してきた車をかわして、かろうじて一樹は姿勢を立て直した。淳子の身体がジャンプして脇へ投げ出され、頭が窓ガラスにぶつかった。

彼女は悲鳴をあげた。あげて、あげ続けた。目の焦点が戻っていた。手をあげて、くすぶり始めている自分のブラウスの袖を見た。

「水のあるところへ、水のあるところへ連れていって！」

前方に給油スタンドが見えた。制服姿の店員がひとり、ホースで洗車の泡を洗い流していた。つっこんでくる一樹の車を認めてホースを放り出した。ほかの店員たちもばらばらと逃げ出す。一樹は車を乗り入れると、車の底が抜けるほどのブレーキを踏んだ。スタンドの事務室の窓ぎりぎりのところで、バウンドしながら車は停まった。

「火事なんだ！」

車は煙の尾を引きながら走っていた。助手席のドアを、店員が引きちぎるように開けた。頭を抱えている淳子を引きずり出した。一樹も外へ飛び出した。入れ違いに、消火器の泡が飛んできた。頭の上から水が降ってきた。

「なんて危ないことをするんですよ、お客さん」

店員がそばで言っている。車は煙と水蒸気を立ち昇らせながら、たった今かまどから出されたばかりのパンみたいに、塗装をぷすぷすと言わせていた。

淳子はその場に座り込んでいた。彼女のスラックスが焦げていた。頭からずぶ濡れで、ひとまわりもふたまわりも小さく見えた。


「ごめんなさい」

スタンドの店員たちをどうにか言いくるめて、車を預け、彼女をこの部屋に連れて帰ってきた。濡れた髪を拭かせ、着替えを貸した。一樹は無言でいた。言うべき言葉を探しながら。

「抑えがきかなくなっちゃったの。ときどきあるの、そういうこと」

震えながら、淳子はそう言った。

それでも、ショックがすぎると、落ちつきを取り戻すのは早かった。水が飲みたいと台所へ行き、自炊してるのと尋ね、シンクに出しっぱなしにしてある汚れた皿をつつき、

「これ、いつの？　昨夜の？　朝は食べないの？　ちゃんとしないといけないよ」

それを遠く聞きながら、一樹は胸が冷え切ってゆくのを感じていた。なんてことだ。たった今、人ひとり焼き殺そうとしてきたところなのに、彼女ときたら、ラケットボールでもしてきたみたいな顔をしてる。

間違ってる。あの煙。あの叫び声。

タオルで髪を包み、淳子は室内を見回した。珍しそうに一渡り見て、本棚の上のキャンドルに気がついた。

「あれがそうね」

言ったとたんに、ぽんとキャンドルに火が灯った。

「わたし、お兄さんの友達よ」

キャンドルに向かってそう言って、淳子は一樹を振り仰いだ。「妹さんのために」

一樹はじっと彼女を見た。それから部屋を横切り、キャンドルを吹き消した。

淳子の小さな顔に、驚きの色が広がった。

「消しちゃうの？　まだあいつが死んでないから？」

淳子は言って、彼を見あげた。

「死んでないよ。とどめをさしてないもの。途中で、あなたがクラクションなんか鳴らすから――だからわたし、びっくりしてコントロールをなくしちゃった。怖くなったの？　それなら今度は――」

そこでやっと、一樹は自分の言葉を見つけた。「もういいよ」

「どうして？」

「もうたくさんだ。もうやめよう」

淳子はにじり寄ってきた。「どうして？ 妹さんの敵をとるんでしょう？ あいつを生かしておくことなんかできないわよ。また人殺しをするわよ、きっと。捕まったってやめないわよ」

「もうよせよ」

「だけど――」

「よせって言ってるんだ！」

淳子はびくりと身を引いた。ほとんど何も考えることなく、頭に浮かんだ言葉を、一樹は口にした。

「君は確かに武器だよ。立派な武器だ。だけど間違ってる。あんなことはしちゃいけないんだ」

淳子の顔に、笑みが広がった。一樹が冗談を言ったと思ったのか。

「そんなことないわよ……」

「そんなことあるんだよ。あれは殺人だ。あんなことをしたら、俺も君も、雪江を殺した連中と同じになっちまう」

小暮昌樹の燃え上がる髪。ぺらぺらと燃えてゆくシャツ。あの悲鳴。あの臭い。

淳子は首を振り始めた。壊れた人形のように。

「違うわよ……」

「違わないよ」火傷した首筋がひりひりと痛む。あと数分遅かったなら、きっと全身がこの状態で——

（あの犬のように）

骨まで黒く焦げて。見分けもつかなくなって。

「わたし、妹さんのために——」

つっかえつっかえ言い出した淳子をさえぎって、一樹は言った。

「違うよ。君はただ引き金を引きたいだけなんだ。人の役に立ちたいなんてことじゃない。装塡した銃を持ってるから、撃ってみたい。ただそれだけのことだよ」

狂ってるよ——そう呟いて、目を伏せた。両手のわななきが、まだ止まらなかった。

「でも、あいつは死んでないよ」

淳子の声が、背中で聞こえる。

「それでいいの？　本当に後悔しないの？」

一樹の耳のなかには、雪江の声が聞こえていた。

——お兄ちゃん。

「後悔しないよ」と、一樹は言った。

その日を境に、淳子は姿を消した。翌日会社に出てみたら休暇をとっていた。その翌日も出てこなかった。その翌日も、翌日も。

一樹は彼女と距離を置いて待った。その間に、小暮昌樹親子を襲った奇禍についての報道は、あらかた出尽くしてしまった。重傷を負ったものの、昌樹は死ななかった。淳子の言っていたとおりに。

一週間後のことだ。一樹が帰宅すると、待っていたように電話がかかってきた。淳子だった。

「今日、会社を辞める手続きをしてきたの」と、いきなり言った。

一樹は、何から話していいかわからなかった。自分のしたこと、淳子を止めたことに間違いはなかった。だが、彼女を武器だと、狂ってると、人殺しだと言ったことには、時間が経つに連れ、焼け死ぬという恐怖が遠ざかるに連れ、火傷の痛みが消えてゆくに連れて、揺り返しのような後悔を感じ始めていた。

そもそも彼女をそんなふうにしむけたのは誰だ？　殺意と正義をとりちがえてたのは誰だ？

「会社、辞めるの？」やっと、それだけ訊いた。

「わたしのこと、知ってる人がひとりでもいると、やりにくいもの」

遠い声、細い声だった。だが、電話がかかってきたタイミングからして、一樹は彼女が近くにいるように思った。

「どこにいるんだ、今」

淳子は答えなかった。

「さよなら」と、小さな声で言った。「だけどわたし、間違ってなかった」

「どこにいる？」

「役に立ちたかった。妹さんの敵をとりたかった。あんなやつ、生かしておいちゃいけないと思った」

「な、どこからかけてる？」

淳子の声が大きくなった。「だって、誰の役にも立たないなら、ただの人殺しになるのなら、どうしてあたし、こんな力を持って生まれてきたかわからないじゃない！」

頭を壁に叩きつけられたような気がして、一樹は受話器を握りしめた。

「もういっぺん、会って話せないか？」

しばらくの沈黙のあと、淳子は言った。

「新聞だけ、見てて」

「新聞——」

「わたし、間違ってないもの。きっとどこかに、わかってくれる人がいる。わたしのこと、必要としてくれる人が」

「まだ、あんなことを続けるつもりか？　いつか危ないことになるよ。いいか、聞いてくれよ——」

「さよなら」と、彼女はもう一度言った。

「探さないでね」

間違ってないよね、わたしは。電話を切るとき、彼女がそう呟いたように聞こえた。

雨の音が聞こえる——

一樹はソファに横たわり、腕で目を覆っていた。部屋には明かりもつけてない。

青木淳子。

彼女は拳銃だった。ある日、一樹の目の前に落ちていた。そして、彼が手を離すと、どこかへ消えた。

生まれながらに武器を持っていたら、使いたくなるのは仕方がないじゃないか。なぜ悪い？

何がいけない？

使うことが許されないのなら、どうしてこんな力を授かったの？

淳子の問いに答えてやりたかった。あの瞬間、小暮昌樹の髪が燃え上がるのを見た瞬間、自分の心の内になだれ落ちてきた感情を、なんとか彼女に伝えたかった。耳のなかに響く雪江の声を聞かせたかった。赤ん坊のころの雪江の話をしてやりたかった。妹を失った痛手の大きさを、淳子に聞いてほしかった。彼女が殺されたとき、どれほどの怒りを感じたか、伝えたかった。

そして、それでも、それでも、自分にはできないと。淳子にもそんなことをやらせたくはないと。

それを伝えることができるときを、ずっと待ってきたのに。

荒川の四人。河川敷の死体。あのなかに、君は混じってるのか？　また抑えがきかなくなって――いや、それとも望んで、いっしょに火のなかにいたのか。

腕を下げ、一樹は目を開けた。カーテンを閉めてあるので、室内はほとんど真っ暗だ。台所の電子レンジのデジタル表示の時計だけが、妙に青白い――

いや、ほかにも光源があった。窓際がほの明るい。暖かい、オレンジ色の光。

一樹はソファの上に跳ね起きた。

窓際の本棚の上で、雪江のくれたキャンドルに火が灯っていた。

何秒かのあいだ、一樹は馬鹿のようにそれを見つめていた。それから本棚のそばに飛んでいくと、窓のカーテンを開けた。夜の闇と雨の銀糸が見えるだけだ。一樹は部屋を飛び出した。

淳子が近くにいる。近くにいる。

銀の糸となって、雨は降り落ちている。一樹はそのなかを走り回った。冷たい雨は、すぐにシャツをびっしょりと濡らした。

自分の部屋の窓の下まできたとき、気がついた。道路の向かい側に、靄(もや)のようなものが立ちこめていることに。

雨のなか。立ち昇る水蒸気。

雨が落ちてくる。淳子を包む靄は、ますます濃くなる。

「部屋に入らないか」と、一樹は言った。「キャンドルが燃えてるよ」

淳子のおぼろな影が、わずかに動いた。

「なんとか、考えてる」

「何を？」

「生きていくこと」

装塡された一丁の銃として。

「わたし、人殺しをしたがってるわけじゃないわ」

「それは謝るよ。だけど――」

「でも、やらずにはいられない」と、淳子は言った。「多田さんだって、わたしと同じ立場になったら、きっとそうだと思う」

それじゃ君は、神の代理になるんだよ――生殺与奪の権を手にした存在に。

言いかけて、一樹は口を閉じた。いや実際に、淳子は神の代理ではないのか。神の放った刺客ではないのか。

人殺しはできないと後込みする彼は、ただの人間でしかないけれど。

「新聞を見ててくれて、ありがとう」

ささやくような声が、今は乳白色となり、淳子の姿を覆い隠してしまった靄の向こう側から聞こえてきた。

「さよなら、ね」

一樹は前に飛び出した。が、靄のなかに腕をさしのべても、そこには誰もいなかった。熱い蒸気が身体を包み込んだだけだった。淳子の足音を聞くこともできない。見回しても、彼女の華奢な後ろ姿をとらえることはできなかった。

「パラレル」へ行ってみたんだよ。君が来るかと思って。待っていたんだ――

佇(たたず)んでいるうちに、靄もどんどん薄れてきた。その最後のひとひらが雨に飲み込まれてかき消されてしまうまで、一樹はそこを動かなかった。

目をあげると、自分の部屋の明かりが見えた。窓際でまたたきながら燃えている、雪江のキャンドルの光だった。

鳩笛草

1

バスを降りようとしたとき、ステップのところで、すぐ近くにいた男性客の背中に手を触れてしまった。その男性客は女のことを考えていた。目のパッチリとした可愛らしい顔立ちの若い女性で、ころころと笑い転げている。

停留所に降りたところで、貴子(たかこ)は素早く頭をめぐらせ、その男性客を見た。彼は貴子に背を向け、急ぎ足で去ってゆくところだったが、二、三歩行ったところで強い春風に顔をそむけ、ちょっとうつむくようにしてこちらに横顔を見せた。風を避けようと目を細めている。歳は三十歳ぐらいだろう。紺の背広に同系色の縞(しま)のネクタイ。背広の上からカーキ色のコートを羽織っている。どこにでもいる若いサラリーマンの出で立ちだ。

風が吹き抜けてしまうと、彼は頭をあげ、土埃(つちぼこり)をはらおうとするように、顔の前で手をひらひらさせた。眉根を寄せて、ひどく憂鬱そうな顔をしている。楽しそうに笑い転げる女のことを想いながら、どうしてそんな表情を浮かべていられるのだろうと、貴子は思った。女は彼の恋人か、若い妻だろう。彼女のことを想うと憂鬱なのか。それとも、ただ春風が嫌いなだけだろうか。

カーキ色のコートの男は、再び、道路沿いに、バスの進行方向に向かって歩き出すと、最初の四つ角を左に折れた。姿が消えた。貴子は視線を離すことができず、それを見送っていた。

町のこのあたりは、ここ数年、再開発が進んでいる。五年前、終戦直後の創業だという大きな鉄鋼会社が地方に移転したことが、そもそものきっかけだ。空いた土地をデベロッパーが買い取って、商業ビルを建ててテナントを募ったり、企業のビルを誘致したりしている。カーキ色コートの男が歩いていった方向には、二年ほど前に建てられたある都市銀行のコンピュータセンターと、昨年暮れに都心から引っ越してきた大手建材会社の本社兼ショールームのビルがある。男は、そのどちらかに勤めているのかもしれない。

彼の後を追いかけていって、さっきあなたがバスのなかで考えていたあの女の人は誰ですかと、問いかけてみたらどうなるだろう。彼とあの女の関係を知りたいものだと思った。女は笑っているのに、彼は憂いの顔をしている。それに、背中に触れたとき伝わってきた彼の感情のなかにも、笑いに近いものはなかった。笑いは、怒りの次にキャッチしやすい感情だというのに。

これも、鈍ってきていることの、ひとつの証拠だろうかと、貴子は考えた。以前の貴子ならば、あのカーキ色のコートの背中に触れたとき、女の笑い顔だけでなく、それに対する彼の感情も、すかさずキャッチすることができていたのではないか。

――やっぱり？

やっぱり、衰えてきている？

一陣の、埃っぽい春風が吹きつけてきた。貴子は顔をうつむけ、ちょうどさっきのカーキ色コートの男と同じ仕草で、風から目を守った。コートの裾が舞い上がる。と、背後で声がした。

「よう、なんでまたこんな道ばたで目の保養をさせてくれてるんだよ」

風を避けながら振り向くと、大木明男（おおきあきお）が笑っていた。まともに突風を受けているので、くしゃくしゃな顔をしている。寒がりの彼は今朝もまだ冬物のコートを着込み、ボタンをきちんととめていた。

「春は大嫌い」と貴子は言った。「この風で、桜もみんな散っちゃうでしょうね」

「春はいいじゃねえか、ミニスカートをはいても冷えなくてさ。いいスーツだねえ」

貴子は萌葱（もえぎ）色のスーツを着ていた。上着丈（たけ）もスカート丈も、思い切って短めのものだ。大木は、自分の身の回りのことなどほとんどかまわない男だが、不思議と女性の服装には敏感で、貴子が新調の服を着ていったり、新しいアクセサリーを身につけていたりすると、必ず目をとめて、ひと言ほめてくれる。それほどマメな男が、どういうわけで三十五にもなって未だに独身なのかと、同僚たちは首をひねる。

貴子は、その疑問に答えることができる。大木は確かに、誉めることは誉めるのだけれど、洒脱なことは言えないのだ。今も、「その色、草餅の色だね」と言った。

貴子は吹き出した。「嫌ねえ。それじゃ台無しよ」

「そうかねえ。しかし、ポンちゃんは膝小僧が可愛い。もっとちょいちょいミニをはくといい」

貴子をさして「ポンちゃん」と呼ぶのは、刑事部屋のなかでもごく限られた同僚たちだけだ。交通課にいたころには、内々ではもっぱらその通称で通っていたから、異動したばかりのころは、寂しく感じたものだった。

「何をぼうっと突っ立ってたんだ？」と、大木は訊いた。「痴漢にでもあったかい？」

彼は貴子とは反対方向のバスを利用している。ふたつのバスは、朝夕の通勤時間帯には、ほとんど同じダイヤで運行しているから、貴子がバスを降りたのと同じくらいに、彼も道の反対側のバス停に降り立ち、貴子がいるのに気づいて、こちらを見ていたのだろう。

「痴漢？　どうして？」

「一緒に降りた男を、ずっと目で追いかけてたじゃねえか」

見るからにもっさりとしていて、毎回のように昇進試験を受けては落ちている大木だが、目はいいのだ。刑事課に配属されてすぐに、貴子は、誰かに不審を抱かれるとしたら、おそらくは大木がいちばん先だろうと思ったし、その勘に間違いはなかった。今も、象のように小さくて悲しげな彼の目は、にこにこ顔の表情を裏切って、ぴたりと貴子の上に据えられていた。

「何でもないんですよ」と、貴子は言った。

「ただ、さっきの人が、バスのなかでずっと独り言を言ってたから。何の商売かなと思っただけ」

「どんな独り言?」

「さあ……融資がどうのこうのとか呟いてた。銀行の人じゃない?」

「木の芽時だからな」と、大木は言った。「妙なヤツが増える」

「ホントね。忙しくなりますよ。突っ立ってないで、早く行きましょう」

バス停から、城南警察署の正面玄関まで、歩いて二、三分の距離である。ここからも、署の前の駐車場に停められているパトカーが見える。洗車したてなのか、春の陽光に照らされて、玩具みたいにピカピカ光っている。

歩き出しながら、大木が言った。「ポンちゃん、最近なんか悩んでねえか?」

口調は呑気だが、大木らしい率直な訊き方だった。貴子はぎくりとした。

「男か」と、大木は続けた。おかげで、貴子は笑うことができた。

「ワタクシが男に悩めるくらいなら……」

「まあ、そうだな」

「警察なんかにいやしませんよ」

「故郷（くに）からきた見合いの話はどうなったんだよ？」

三カ月ほど前、両親が見合い話を持って上京してきたことがある。貴子の故郷は静岡市で、父親は公立中学に勤め、現在は教頭の職にある。見合いの相手は父の知人の息子で、やはり教師だった。

「公務員同士だから、どうだ」という口上がおかしくて、貴子はまともに相手にしなかった。

「どうもなりませんよ。父が持って帰りました」

「会わなかったのかい？」

見合い話については、「上総（かずさ）」で飲んだときに、同僚たちに話した記憶があるが、見合いなんて嫌だというようなことを、ちらりと言っただけだ。大木は物覚えがいい。

「大木さん、わたしが片づいちゃうと困りますか？」

署の正面玄関が近づいてきた。「春の交通安全運動月間」の立て看板の脇のドアが開いて、制服の巡査がふたり出てきた。彼らと挨拶を交わしてから、大木は答えた。

「困るなあ。なんたって俺は、老後はポンちゃんとゲートボールをやろうと決めてるんだから」

「ゲートボールより、あたしはゴルフがいいな」

大木と貴子は、しょっちゅうこういう冗談を言い合っている。大木の台詞（せりふ）は、時には「フルムーン旅行に行く」だったり、「孫のお守りをする」だったり、「寝たきりになったら世話してもらう」だったり、様々だ。刑事課のメンバーのなかで、独身者は大木と貴子のふたりだけだから、こんなやりとりを耳にする刑事たちも、みんな笑って聞いている。

「ゴルフは金がかかるからよそうよ」

「ケチなんだなあ」

そんな会話をしながらふたりは署の正面玄関を抜け、さすがにまだ閑散としている受付の脇を通り抜けて、階段をあがった。二階のフロアの約半分を占領している刑事課の刑事部屋は、階段をあがったすぐ右手、始終どこかのパイプが水漏れしているじめじめしたトイレの隣にある。

朝の挨拶を投げながら、立て付けの悪い引き戸を引いて刑事部屋に入ってゆくと、コの字型に並べられた机のそこここから、挨拶の言葉が返ってきた。

「なんだ、本田君は同伴出勤か」

椅子にそっくり返って煙草を吹かしながら声をかけてきたのは、刑事部屋のなかでは最古参の脇田達夫だ。どこか病んでいるのではないかと思うほどやせ細った人相の悪い男で、顔つきに釣り合って口も悪い。気はいい人なのだとわかるまで、貴子は彼が苦手で仕方なかった。

「うらやましいですか、主任」

言い返すと、脇田は「ケッ」と言いながら煙草を消した。

「いやあ、俺はポンちゃんで充分」と言いながら、大木が朝の茶をいれに行った。彼は象のように水気を必要とする男で、出先でもしょっちゅう何か飲んでいる。で、刑事部屋にいるときも、こまめにお茶くみをする。

過去に一度——そう、あれは刑事課に異動してきて半年ほど経ったころだった——貴子は、大木のこの種の台詞が果たしてどこまで本気のものなのか、女らしい好奇心と必要に急かされ、彼の内側をのぞいてみたことがあった。大木の留守に、椅子の背に掛けてあった彼の上着に触れてみたのである。

そのとき刑事部屋にいたのは貴子と課長の美濃田だけで、彼は貴子の方に背中を向け、机の上のファイルをめくりながら、電話をかけていた。通話の相手を説得しているか、もしくは嘆願しているかのようで、一方的に長々としゃべっては、しばらく聞きいる。そんな課長の声を背中に、貴子は大木の上着の襟のところに触れてみたのだった。

最初は、まるいすべすべしたものの上っ面を撫でているような感じだった。とても明るく、陽気な感じ。丸いスタンドに手をかざしたみたいだ。そういうことは珍しくない。とりわけ、彼のように人当たりのいい、柔和な人によくあることだ。柔らかな心は、つるつると滑ってつかみにくく、ちょっと当たっただけでは、その人の心の外側を覆っている、いわば「意識的な人格」とでも言うべきものしかつかめないことが多い。

そこで貴子は、少し大胆に、大木の上着の内側にまで手を滑らせてみた。ちょうど、心臓の上にあたるところまで。

とたんに、貴子はぴしりと緊張した。いきなり泣き出したくなるような強い悲哀の念が、手のひらを伝って駆け昇ってきたからだ。あまりに意外なことだったので、貴子はどぎまぎしてしまった。大木はいったい、何を哀しんでいるのだろう？

背広はだいぶくたびれたもので、裏地には一カ所、指が通るほどの大きさの穴が空いていた。そこに指先が触れると、悲哀の念はさらに大きくなった。真っ暗な穴が、貴子の心にも空いたみたいに感じられた。

背広から手を離し、美濃田の方をうかがうと、彼はまだ話しこんでいる。そっと机を離れ、カモフラージュ用に日報の綴りを取り出してページをめくりながら、貴子は乱された心を鎮めようと努めた。

心に飛び込んできた悲哀の念は、明らかに、何かを——あるいは誰かを——失ったことを嘆き哀しむものだった。怒りや恨みはこもっていない。ということは、この悲哀を生む元となっている原因は、かなり古いものだということだ。

人間の心に去来する感情は、どんな場合でも、純粋で混じりけのないものではない。喜びにはそれを失うのではないかという不安が、悲しみにはそれを生む元となったものに対する怒りが、侮蔑には優越感が——という具合に、配分の度合いはどうであれ、多種多様のものが入り交じって存在しているのが普通だ。だが、年月が経過すると、それらは次第次第に濾過(ろか)されてゆき、最後には、いちばん強かったもの、いわば全体の「核」になっていた感情だけが残る。だから、人の心に触れて純度の高い感情にぶつかったら、それはほとんどの場合、古い思い出に根ざしたものだと判断していい。少なくとも貴子の経験則ではそうだ。

大木は昔、もっと若いころに、誰かにこっぴどく振られたことがあるのだろうか――真っ先に考えたのは、それだった。その失恋が心の傷になって残り、今でも彼を嘆かせているのだろうか。

美濃田課長はまだ電話機にとりついていた。もっと探ろうとすればできないことはない。が、貴子は自分で決めた内規を守り、必要な情報を必要なだけ手に入れた以上、深入りはしないことにした。大木が何を嘆いているにしろ、あんな深い悲嘆を心に隠している以上、貴子にじゃれかかるような台詞も、本心から出ているものではあるまい。

大木が二十五歳のとき、挙式を目前に控えた婚約者を交通事故で失ったということを知ったのは、それからしばらく後のことである。ざっと十年ほど前の出来事だ。大木は彼女を失った悲しみから、まだ抜け出ることができないでいるのだろう。

それを教えてくれたのは、大木と貴子のコンビの共通の先輩である、鳥島(とりしま)という刑事だ。刑事課では脇田に次ぐベテランである彼は、脇田と対照的な関取のような巨漢だが、やはり「上総」で飲んだときだったか、その大きな身体をかがめて、貴子の耳元に、亡くなった大木の婚約者を悼む口調も隠さず、話してくれたのだった。

「大木の冗談を、あんまり真(ま)に受けないでくれよ」と、鳥島は言ったものだ。「でも、真に受けるなら、本気で真に受けてくれや」

貴子は静かに笑って、念には及ばないと言った。わたしだってもう女子高生じゃないですよ、と。鳥島はそれを聞くと、酔って真っ赤になった大きな顔を歪(ゆが)めて呟いた。

「ポンちゃんは、大木の彼女に似てるんだ。だから俺は、勧めないんだ」

――どっちにも、不幸だからな。

とつとつとしたその言葉は、貴子の心の底に、しっかりと根付いて残っている。

そういえば、今朝は鳥島がまだ来ていない。いつもなら、貴子が出勤してくる時間にはもう机についていて、新聞の詰将棋の欄を検討しながら、途中で買ってきた缶コーヒーを飲んでいるはずの彼の席が、今朝はまだ空いている。

「鳥島さん、どうしたんでしょう？」

脇田に尋ねると、彼はおおざっぱに窓の外の方へ手を振ってみせた。

「もう出たよ。被害者(マルガイ)がアルバイトしてた喫茶店は、朝六時から開いているそうなんで」

「昨日の件ですね？」

昨日四月四日の午後二時ごろ、管内の三芳(みよし)四丁目のアパート「平和荘(へいわそう)」から、店子(たなこ)のひとりが刺されたという通報が入った。巡査が駆けつけてみると、モルタル塗りの二階建てアパートのいちばん西側の二〇四号室で、二十代の男性がひとり、包丁で腹を刺され、意識不明になって倒れていた。通報してきたのはアパートの大家で、蒼白な顔をひきつらせ、悲鳴を聞いて駆けつけたとき、入れ違いに若い男が出ていったと話した。

緊急配備を布くまでもなく、問題の若い男は、アパートに隣接する公園で、血だらけの両手もそのままに、ブランコに乗っているところを発見された。巡査が話しかけても応答がなく、とろんとして、目を開いたまま寝ているんじゃないかと思うほどに、すべてに対して無反応だった。名前も住所も年齢も、何を尋ねても答えない。ひと言もしゃべらない完全黙秘の状態だ。

彼が入れ違いに部屋を出ていった若い男に間違いない、それだけでなく、以前からときどき被害者の部屋を訪れているのも見かけたことがある——という大家の証言もあり、城南署では、とりあえず公園の若い男の身柄を押さえた。彼も右手のひらに切り傷を負っていることがわかったので、救急病院に連れて行った。十針も縫う大怪我だった。刃物を使った傷害事件の場合、被害者を切ったり刺したりしたときに、そんな殺伐としたことに不慣れな加害者の側も、この種の手傷を負うことがある。

完黙の状態でも、公園の男は事件の第一容疑者であり、昨日から署内の代用監獄に入っている。まだ身元さえわからない。もっとも、ただしゃべらないというだけで、昨夜はちゃんと食事もしたし、夜は熟睡している様子だった。

「被害者は助かりそうですか?」

貴子の問いに、脇田は渋い顔でちょっと首をかしげてみせた。

「どうかね。身元は判ったから、親御さんが来て病院に詰めきりだよ。若いから、なんとか大丈夫だろうと思いたいね」

「大学生でしたよね」

「東工大の二年生のはずだってさ」

「はず？」

「親に内緒で中退してたらしい。住所も、親にあてがわれたアパートから移ってるんだよ。保証人には、アルバイト先の店長がなってる」

「あら……」

「容疑者の顔写真を親御さんに見せてみたんだけど、知らないっていうもんで。で、トリさんが、アルバイト先の同僚じゃないかってね」

「厄介ですね」

「コレじゃないかね」脇田は、頭の脇で指をクルクル廻してみせた。「普通、なかなかあれほど完璧に黙ってはいられないもんだぜ」

すっかり苦りきっている。

「さすがのトリさんも苦労するんじゃねえかね。下手に手こずると、また上が――」と、やはり空席の課長席を見て、「ガミガミうるせえからな」

「うちの管内としては、大きな傷害事件ですもんね」

銀座や新宿などの大きな繁華街や丸の内などのビジネス街を擁しているところはまた別だが、城南署のような、管内の大半が住宅地や第二種商業地や工業地という小さな所轄警察署では、刑事課と言っても、本庁の捜査一課とはすべてが違っている。昨日は殺人がありました、今日は強盗がありましたというような多忙さはないが、そのかわり、迷子や酔っぱらいの保護や家出人の捜索、酒の上での喧嘩や暴力沙汰、激烈な夫婦喧嘩から発展した傷害、幼児虐待、空き巣狙いや夜道での痴漢やのぞきに到るまで、ありとあらゆる細かな事件を、常に両手いっぱいに抱えてさばいていかねばならない。生真面目だが万事にあまり気のきいたところのない美濃田課長が、着任したばかりのころ、会議の席上で、

「我々の扱う事件の九割は、刑法の条文には明記されていない。条文の行間に書かれているのだ」

と言ったことがあるそうだ。あの課長にしちゃ上出来だと、脇田が教えてくれた。

実際、そうなのである。貴子は刑事課に来て、この春で丸二年になるが、そのあいだに手がけた事件のなかで、いかにも刑事課の刑事らしいものと言ったら、昨年の暮れ、初めてのボーナスを懐にして気が大きくなった二十三歳のサラリーマンが、したたか酔っぱらってタクシーでご帰館の折、請求された料金を払うかわりに、運転手を一発ぶん殴って昏倒させて逃げた——という事件だけだ。このように、本来支払うべき代金や料金を、暴力や脅迫を行使する

ことによって払わずに逃走すると、立派な強盗罪に問われる。刑法二三六条の強盗の条文の第二項に規定されているので、通称「二項強盗」と呼ぶ。

それだから、学生時代の友人たちに、どんな事件を扱ってるのかと問われたときなど、貴子は好んでこの事件を口にする。「二項」は抜きで、「強盗事件よ」と。件のサラリーマンは、ひと晩たって酔いが醒めたらすっかり怖じ気づいてしまい、殴られた運転手の証言を元に、貴子たちが捜査を始めたばかりのところへ、母親に付き添われて出頭してきたので逮捕に向かう手間もなかった――ということなども、もちろん伏せておく。すると友人たちは大いに喜ぶし、貴子の自尊心も満足させられるというわけだ。

こんな次第で、平和荘の事件のような見事に決まった傷害事件は――不謹慎ではあるが――城南署管内では一種の貴重品だ。脇田がよく言うところの「額に入れて飾っておきたくなるような」事件なのである。貴重品であるだけ、扱いも難しい。きれいに解決しないと、署の汚点になる。で、ベテランの鳥島が担当しているのだ。

もちろん、城南署も田舎のひなびた派出所とは違うから、四、五年に一度くらいの割合で、全国紙に載るような凶悪な事件が発生しないこともない。が、そういう事件の時には本庁がお出ましになり、所轄は捜査本部をつくるためのスペースを提供し、凶悪犯罪捜査専門の刑事たちを手助けして下働きするだけだ。貴子自身は、まだその経験さえない。なくて幸せと思うか、つまらないと思うかは、そのとき貴子が市民として考えているか、それなりに昇進を望んでいる刑事として考えているかによる。

茶をいれに行ったきり、大木が戻ってこないと思ったら、湯飲みを手にしたまま、美濃田課長と話しこんでいる。大木がしきりとうなずいている。課長の迫力に欠ける鼻の下の長い顔も、いつになく真剣だ。

なんだろうと思いながら見守っていると、しばらくして大木が課長の机を離れ、片手にクリップボードを持ち、横着にも歩きながら茶を飲み飲み席に戻ってきた。茫洋とした面もちはそのままだ。

「なんですか？」と、貴子は訊いた。脇田も新しい煙草に火をつけ、椅子を動かして身を乗り出した。

「痴漢」と、大木は言った。「高田堀公園の回りで、一時やたらに出ただろう？　覚えてますか、脇田さん」

脇田はうなずいた。「去年の夏場だろう？　白いレインコートの男だろうが」

それなら貴子も覚えている。痴漢と言っても、女性を襲うわけではない。全裸の上に白いレインコートだけを羽織った男が、夜道を帰る若い女性などの前に現われて、彼女たちの視線の届くところでコートの前を開けてみせるというものだ。「女性など」という表現を使うのは、一カ月半ほどのあいだに散発的に十五件も発生したこの事件のうちの二件では、コートを開けられて中身を見せられた被害者が若い男性だったからだ。

「あの変態男がどうかしたか」

「また出たらしいんです」

　昨夜十一時ごろのことで、通報ではなく、パトロール中の巡査が、被害者の女性と相前後して、白いレインコートの男を目撃したのだった。報告書によると、男の歳格好は昨年の夏に出没した男のそれとよく似ており、発生場所も、昨年の十五件の現場にほど近いところだった。

「去年、捕まえ損ねてますからね。本腰入れてやってくれと」大木は貴子に向き直った。

「午後の会議でも取り上げるけど、とりあえず俺とポンちゃんで、昨日の被害者に会いに行けってさ。俺らが担当だ」

　大木と貴子は、先週末から、管内の内原町にあるコンビニエンス・ストアでの窃盗事件の捜査を担当していた。そちらもまだとりかかったばかりだが、複数の事件を並行して抱えるのは、別段珍しいことではない。

「昨夜見せられちゃった女性は、学生さん？」

　大木はクリップボードの報告書に目を落とした。「いや、勤め人だ。会社は日本橋。商社みたいなところだな」

「じゃ、昼間は会社ね。帰宅時間を見計らって行ってみましょうよ。コンビニの方が気になるし」

　脇田が大あくびをした。「ヘンタイが嫌なら、俺が代わってやってもいいぞ」

彼は今、盗犯係の方から特に頼まれて、「ベルビュウ城南」という大規模集合マンションの、自治会費の横領事件を担当しているのだ。自治会費と言ってもなまなかな額ではなく、修繕積立金なども含まれているので、なんだかんだで五千万円ほどになるのだが、そのうちの総額二百万円が、ここ一年のあいだに勝手に引き出されているという告発があって、捜査にとりかかることになった。

貴子が見るところ、脇田は報告書なども達筆できちんと書くし、事件簿の管理にもうるさくて、非常に几帳面な性格なのだが、数字だけは苦手であるらしい。帳簿を相手に細かな金の出入りをチェックしなければならないこの事件には大いに閉口している節があり、しばしば同僚をつかまえて「代われ、代われ」と言っている。

貴子も、数字よりは生身の人間の方が有り難いというクチだ。たとえそれが「ヘンタイ」であっても。脇田をかわし、大木をせっついて出かけることにした。

出がけに、ふたりとすれ違うようにして鳥島がやってきた。すっかり後退した生え際に、春の汗を浮かべている。汗っかきの彼のところには、泊まりの仕事でないときでも、彼の妻や娘がときどき着替えを届けに来る。

「当たりでした？」

貴子が訊くと、鳥島はぽってりと厚い手のひらをひらひらさせながら首を振った。

「やっぱり、本人から聞き出した方が早そうだ」

「容疑者の身元の手がかりになりそうなものが、何もないんすか？」大木が訊いた。

「容疑者は、被害者のところを訪ねてきてたんでしょ。財布くらい持ってなかったんすかね」

「財布は持ってた。小銭ばかりで二千円くらいあったかな。あとはまるで何も」

「免許証もないなんて、今時珍しいですね」

鳥島はうなずき、ちょっと考え込むような顔になって、大木に言った。「あとでちょっと、ポンちゃんを借りていいか？」

大木はまばたきをした。「ちゃんと返してくれれば」

貴子はちょっと驚いた。刑事課に来たばかりのころ、三月ばかり、暴力犯専門の鳥島と組んだことがある。いわば研修を受けたのだ。が、それ以降は、ずっと大木とペアだ。鳥島には、倉橋という大木と同期のパートナーがいるのである。

「やっこさん」と、鳥島は顎で、留置場のある地階の北側を指した。「女の子になら、何か話すかもしれないと思ってさ」

「ははあ」と、大木が笑った。「色仕掛けだなあ」

「わたしならかまいませんけど、じゃ、午後でも？」

「ああ、そうしてくれ。頼むよ」

鳥島と別れて、貴子たちは署を出た。春風が吹き荒れ、出勤してきたときよりも、さらに気温があがったようだ。鳥島の額の汗の理由がわかった。さすがの大木も、コートを脱いだ。

鳥島は、貴子のことを、たまに「女の子」と呼ぶ。脇田はときどき、吐き出すように「女」と呼ぶ。たいていそのあとに、「の分際で」とか「のくせに」のくっつく「女」だ。警察という組織全体のなかでも、まだまだ女性刑事は少ないけれど、城南署では、貴子でやっと三人目だそうだ。よくも悪くも男社会の刑事畑で、貴子は「女の子」か「女」か、どちらかの記号抜きでは一人立ちすることができないでいる。

それでも貴子は、その種の差別に、他の女性刑事たちが感じているであろうはずの不快感や焦燥感を、ほとんど抱いていなかった。そして、抱いていないということを口に出したこともない。なぜかと問われるのが怖いからだ。

貴子には、もっともっと根本的な引け目がある。もともと、わたしなんかが私服刑事になれたこと自体がおかしい――そう思っている。自分は一種の裏口入学で、今の立場をつかんだのだと自覚している。

試験を受け、厳しい訓練を経て現場で働くすべての警察官たちの進路を分け、出世昇進の程度に差をつける要素は、ひとつは能力であり、もうひとつは純然たる運だ。事件に巡り会うかどうか。その事件に適切に対処し、解決に貢献することができるかどうか。ただそれだけだ。だが、貴子の場合は、もうひとつ別の要素が左右している。

それを「能力」と呼ぶことに、貴子は抵抗がある。「能力」というのは、もう少し能動的で、自分で意図して磨いたり、訓練したりすることのできるものではないかと思うからだ。貴子は、自身の持っている力を鍛練した覚えがない。ただ必死でコントロールすることを覚え、あとはただ、経験を重ねることによって、使い道を見つけてきただけだ。だからこそ、引け目にも思うのだ。

二十八年間の人生のあいだに、貴子は何度か、世間を騒がせる「超能力ブーム」に遭遇してきた。近頃また、その方面の関心が高まっているようだ。透視や、念写や、読心術。失踪人探し。貴子も何冊か雑誌を読み、テレビの特集番組を観た。

貴子がまだ交通課の婦警だったころ、一緒にパトロールしていた同僚が、やはりそんな番組を観たと言って、しみじみ呟いたことがある。もしもわたしにあんな力があったら、テレビなんかには出ない、力のあることを隠しておいて、難事件をじゃんじゃん解決して、本庁の一課に配属されるくらいにまでなるわよ、と。

そのとき、貴子は黙って笑っていた。そうよそのとおり、あなたは正しい。現にあたしはそうやってるの——と、心のなかだけで囁きながら。

急用だったから仕方なかったと抗弁する駐車違反のドライバーや、自転車のふたり乗りをしてふらふら走っている中学生が、心の底にどんな感情を隠しているのか、彼らの口にする抗弁や言い訳が本物か偽物か、すべてのことが、貴子にはわかった。たいていの場合、彼らのそばに立ち、彼らの車に触れてみたり、時には彼らの呼吸を感じたりするだけで。

テレビで超能力者が、封をした缶のなかに入っている鍵を探し当てたり、遠く離れた場所で描かれた絵をなぞって描いてみせたりしてたでしょう？　あたしのやってることも、あれと同じよと、貴子は心のなかで言っていた。あたしも、彼らの自称するものと同じなの。い、い、い、い、い、あたしは透視能力者なの。喉元までその言葉がこみあがってくることが、今までに何度あったことだろう。ねえ、警察官にとっては、すごく便利なことよね？

そしてあたしは、実際に、この力を使って早々と私服刑事になることができたのよ——

「タクシーも、バスも来ないね」と、大木が言っている。「歩いちまおうか」

そうね、と同意したとき、大木の腕が貴子に触れた。貴子は身じろぎした。

彼の背広に触れ、彼の悲哀を感じとって以来、貴子はきわめて注意深く、大木に触れることを避けていた。彼との関係は、単なる同僚、組んで仕事をしている相棒の範囲内を出るものではなかったけれど、いつもくっついて行動していれば、何かの拍子に触れてしまうことがある。それさえをも、貴子は懸命に避けてきた。何かを——それがどんなものであれ——不用意に読みとってしまうことが、大木に対してとても不実で卑怯であるように思えたからだ。

だが今、貴子が身じろいだのは、そういう感情のせいではなかった。大木はバスかタクシーを探そうと、通りの方に身を乗り出していた。そして、貴子の方を振り向きながら腕を動かしたので、その腕がまともに貴子の背中に触れた。春物のスーツとブラウスを通して、ごつい感触まではっきりとわかるくらいに。

それなのに、貴子は何も感じなかった。何も見えなかったし、何も聞こえなかった。大木に触れたら、最初は必ず感じるはずの、あの明るい、丸い感触さえなかった。

「おっと、ごめんよ」と、大木は言った。「タッチしちゃった」

貴子は口の端が強ばるのを感じて、すぐには反応することができなかった。

こういうこと——誰かに、何かに触れても何も感じられないことは、初めてではない。だが、目新しい経験だ。ここ一カ月ほどのあいだに、こういうことが、これで三度目。

今朝、バスに乗り合わせたカーキ色のコートの男のことが思い出された。彼の意識のなかにあった、ころころと笑い転げている可愛い女性。貴子なら——これまでの貴子なら、あれほどはっきりと女性の顔を「見る」ことができた以上、彼女に対する彼の意識や想念も、同時に必ずつかむことができたはずだった。

それが、今朝はできなかった。

今はまた、大木を「読む」こともできなかった。人はいつでも、何かしら考えている。大木だって、今の今、（コートは置いてくりゃよかったな）とか（タクシーに乗りたいな）とか、些末なことを考えていたはずなのだ。そして貴子は、そういう些末なことなら、ほとんど景色を目に見るようにして、街の雑音を聞くようにして、「見たり」「読んだり」することができるはずだった。それがあまりにも頻繁に簡単にできてしまうので、ノイローゼにならないように、自分の能力を絞る訓練をすることが、少女時代の貴子の日課だったくらいだ。

それなのに、今は読めなかった。すぐそばにいて、知り尽くしているはずの大木の意識が。

――あたし、衰えてきてる。

それこそが、今の貴子が抱えている、そして次第次第にふくれあがりつつある、もっとも大きな問題なのだった。

2

内原町のコンビニの件は、窃盗事件といっても、誤解を恐れずに言うならば、かなり「笑える」種類のものだった。店舗の奥にある倉庫から、トイレットペーパーばかりが四箱、きれいに盗み出されたのである。ひと箱には、一ダースパックが六パックずつ入っている。捜査を命じられた当初、大木は、「ひでえ下痢腹(げりばら)の奴を捜そう」と言った。

このコンビニは二十四時間営業ではなく、朝六時から午前零時までの営業で、深夜には人がいなくなる。ドアや窓を破って侵入した形跡がないので、大木は最初から内部の人間のやったことだとにらんでいたし、当のコンビニの店長も、部下のアルバイト店員たちを怪しんでいた。

ただ、

「実は、これが初めてじゃないんですよ」

「以前にも？」

「ええ。これで四度目」

「全部トイレットペーパー？」

「よほど好きなんですね」

ということで、通報してきたのだ。

もちろん口には出せないが、先週初めて現場の倉庫を訪れたとき、貴子の頭のなかに、映画でも観るようにくっきりと、ひとりの若い男の姿が映った。その若い男は、その時黄色い上っ張りを着てレジを打っている店員だった。倉庫に足を踏み入れ、トイレットペーパーの箱が積んであった場所の壁に手を触れてみた瞬間に、彼が箱を抱えて運び出してゆく光景が、貴子には見えた。

さてこれをどんなふうにして大木に伝えようかと考えた。が、一応全員の聞き込みを終え、コンビニを出たところで、大木は、貴子が「見た」店員が怪しいのではないかと思うと言い出した。

「どうして？」

「態度がソワソワしているからさ」

「警察が来たら、みんなそわそわするものじゃないかしら」

「釣り銭間違えるほど？」

貴子はそれには気づいていなかった。大木の目は確かだと思った。

店長の話では、倉庫や店舗の合い鍵を作ることなど、その気になりさえすれば造作ないという。事件があった時の店員たちのアリバイも、みんなあってないようなものだ。一応鑑識にも臨場してもらったのだが、当然のことながら指紋はそこらじゅうにベタベタしていて、何ひとつ確証にはならない。貴子と大木は店長と打ち合わせ、まめに訪れて、そのたびにしかつめらしい顔で店長と話し合い、それをしばらく続けて、店員たちの様子をみようということになった。

その一方で、大木と貴子は、問題の店員の周辺を洗いにかかった。四度にわたって盗まれたトイレットペーパーを、本人が使ってしまったということはまずないだろう。どこかに横流ししているはずだ。となると、盗みを働いている店員よりも、彼が盗品をどこに持ち込んでいるのか、ということの方が重要になってくる。

だが、これも案外あっけなく解けた。問題の店員の住まいの近所に、某建設会社の社員寮があり、そこに彼の友人が入居していた。当たってみると、四度にわたり、ちょうどコンビニで窃盗事件があったころに、その寮に彼がトイレットペーパーを持って現われたというのである。

「あいつ、就職に失敗して浪人してるんだけど」と、友人は言った。「なんとかウチに入れないかって、前から頼まれてるんですよ」

トイレットペーパーの方は、今アルバイトしているところで安く手に入るからと、毎回無料で置いていってくれた、という。大人数を抱える社員寮にとっては、確かに有り難い贈り物だ。例の店員としては、どうやら、その友人の上司で寮長でもある人事係の次長に渡りをつけるための、「献物(けんもつ)」のつもりであったようだ。

貴子たちとしては、この時点で問題の店員を引っ張ってもよかったのだが、なにせ小さい犯罪のことだし、相手も若い。店長に聞いてみると、本人が罪を認めて金を払うなら、無理矢理刑事事件にしなくてもいいという。

そんなこんなで静観を続けていたのだが、一昨日来たとき、店長が笑いをかみ殺しつつ、効果が出てきたようだと言った。例の店員が、辞めたいと言い出したという。

「我々が来たってだけで、釣り銭数え間違えるくらいだからな。もともと、気が小さい奴なんだよ」と、大木は言った。

「引き留めてるんですけどね」と、店長は言った。「今辞めると、警察にヘンに疑われるぞって言ってやりました。真っ青になってましたよ」

春風にあおられながら貴子と大木が自動ドアを踏んで入ってゆくと、店長がカウンターの内側におり、すぐ傍らで、問題の店員がしょげきってうなだれていた。

「そら、刑事さんたちが来たよ」と、店長が言うと、店員は首を縮めた。

「認めましたよ」と、店長は続けた。「あたしの腹積もりは話してあるけど、でも刑事さん、一度は警察へ連れていって、こいつに説教してやってくれませんか。盗みってのは癖になりますからね」

大木と貴子は店員をカウンターから連れだし、まず倉庫へ入って、どうやって盗み出したかを説明させた。寮へ持ってゆくつけ届けはなんでもよかったのだけれど、最初は、軽いということでトイレットペーパーを選んだのだという。そしたら先方が喜んでくれたので、二度、三度と続けたのだそうだ。

「自腹切って買ったたって、たいした金はかからねえだろうに」と、大木が呆れた。

貴子は、カウンターを出るときに店員が脱いだ制服を手にしてみた。先ほどのことがあるので、何も見えないかもしれないと身構えながらそうしたのだが、制服に触れたとたん、頭のなかで声が聞こえた。店長をののしっていた。

気の小さい人間の、反動は怖い。貴子は大木の袖を引いて脇へ連れ出し、店長の言うとおり、一度油をしぼっておいた方がいいと思うと告げた。

「脇田さんに頼みましょうよ。説諭が巧いもの。あたしたちが叱ったんじゃ、あまり効果ないと思うわ。それに、下手に情けをかけると、この子、逆恨みでもしかねないような気がする」

「そうかなあ」と、大木はあやふやに言った。

「事件にすることはないと思う。でも、お灸は据えておいた方がいいわ。今度何かやったら、これじゃ済まないよって」

結局それで話がまとまり、貴子と大木は店員を連れて署に戻った。帳簿調べに退屈していた脇田は、喜んで説諭を引き受けてくれた。店員の保護者に連絡をとり、呼び出して、店長への支払いの確約をとった。

大木がその報告書をまとめているあいだに、貴子は資料室に出向いて行って、去年夏の「ヘンタイ」の事件記録を借り出してきた。机について読みながら、何度か電話をとった。そのうちのひとつは、新しい事件だった。若い主婦で、執拗ないたずら電話に悩まされているというのである。事情を聞いて、簡単な録取書を作り、一度署へ相談に来てみた方がいいが、とりあえずはかかってきた電話を録音してみたらどうか、と勧めた。テープは証拠になるし、いたずら電話の主に、警察に勧められて録音をとっていると告げるだけで効果があがる場合もあるからだ。

その電話を切ったところへ、鳥島が取調室から出てきた。休憩だという。

「わたしはまだ、いいですか？」

「うん。もうちょっとあとで頼む」

「全然しゃべりません？」

鳥島は両手でバツをつくった。彼が取調室に戻ると、入れ替わりに倉橋が出てきた。煙草をつけながら、貴子の机の端に尻を乗せる。

「何読んでるの」

貴子が説明すると、倉橋はニヤニヤした。

「一発、囮(おとり)捜査でもやるかね」

「倉橋さん、女装は似合いませんよ」

倉橋はニヤついたまま、貴子が記録を読みながらつけているメモをのぞきこんだ。

「自転車？　変態野郎が自転車を使ってると思うわけ？」

「ええ……」

「でも、野郎はたいてい走って逃げてるんだろ？」

「路地に飛び込んだりしてね。そこに自転車が隠してあるのかもしれないでしょう」

「フリチンで自転車にまたがると、痛いよ」

倉橋は真顔である。試したことがあるのかと、貴子は訊きそうになった。

「足は問題じゃないような気がするな。変態さんの現われる範囲が狭いからさ。住居が近いんだよ」

「でも、去年はその線で調べても駄目だったでしょ。案外、遠くから来てるのかも」

「なら、車だ」と、大木が言った。書き終えた報告書をぺらぺらさせながら、貴子の脇に座る。

「現場まで、車で来てるんだよ。それこそ、現場からちょっと離れたところに停めておいて、そこから出没するんだ」

倉橋が腕組みした。「遠出する露出狂なんて聞いたことがないがね」

「それに車だったら、逃げ出すときに音がするんじゃない？　被害に遭った女性たちは、車のエンジン音なんて聞いてないわよ」

「すぐに逃げ出すとは限らないだろ？　車に隠れてるのかもしれない」

「着替えもして？」
貴子は倉橋の顔を見た。彼はちょっと眉毛を動かした。
「事件当時、現場の近くに不審車輛（しゃりょう）があったかどうかだな」
素早く、大木が言った。「昼間のうちに下見してる可能性もある。交通課にも当たってみよ
うよ」
しばらくのあいだ、貴子は大木と資料を検討しながら過ごした。夢中になっていたので、大
木が、「あれ、昼飯どうする？」と言いだし、顔をあげてみて午後一時をすぎているのに気づ
いた。
大木も、取調室から鳥島が出前のどんぶりを重ねて持って出てきたのを見て、初めて昼食の
ことを考えたようだ。鳥島はどんぶりを三つ持っていた。完黙の傷害事件容疑者も、食事はち
ゃんとしているらしい。
「ちょっと外へ出るか。ついでに、このパトロール巡査にも会ってこようよ」と、大木が昨夜
の報告書を叩いた。昨夜、白いレインコートの男性を目撃し追跡した巡査は、高田堀公園の入
口から二ブロックほど北にある交番に勤務している。
「あの近くに美味しいお蕎麦屋（そばや）さんがあるでしょ。甲州庵（こうしゅうあん）だっけ」
貴子は、足元に脱ぎ捨ててある靴に爪先を突っ込んだ。朝はトースト一枚をコーヒーで流し
込んだだけだ。机に手をついて立ち上がったとき、自分で感じている以上に空腹なのかもしれ

ない、と思った。頭がふわっと軽くなったような感じがしたからだ。

「そうそう、あそこのほうとうは旨い」と、大木が言う。その声が妙に遠く聞こえたと思ったとたん、貴子の視界がくるりと九〇度ほど回転した。あわてて腕で身体を支えようとした。が、腕も萎えた感じがして、さらに身体が傾いた。

積みあげてあるファイルの山が、ばさりと崩れた。いちばん上に載せてあった一冊が、貴子の足元に落ちた。それが靴に当たったのを感じた。だが、ごくごく遠い感触だ。足が百メートルほどの長さになったみたいだ。

身体が前のめりになってゆく。胃袋がゆっくりと持ち上がり、また下がる。ポンちゃん、と呼びかける大木の声が、途中で消えた。

消毒薬の刺激臭と、あるかなきかのかすかな汚物の匂い。混じりきらない水と油のように、互いの存在を打ち消しあったり強調しあったりしながら漂うそのふたつの匂いが、病院の匂いだ。目を覚ましてすぐに、貴子はそれを感じとった。

狭い個室だった。ベッドの頭の方向に腰高窓があり、午後の日差しがさしかけている。ぼんやりと白い天井を見つめていると、窓の外からチャイムの音が聞こえてきた。近くに学校があるのだろう。

刑事部屋で倒れたのだ——ということは、すぐに思い出すことができた。で、病院に運び込まれたというわけか。貴子は体格こそ華奢だが、子供のころからきわめて丈夫で、病室のベッドに横たわるのは、これが初めての経験だ。

「目が覚めた？」と、ベッドの脇で声がした。小室佐知子が貴子を見おろしていた。

「小室先輩……」

起きあがろうとする貴子を、佐知子は押し止めた。薄手のセーターにジーンズ、化粧気のない顔に、笑みを浮かべている。

「まだ横になってなさい。嫌あねえ、びっくりさせないでちょうだい」

佐知子は貴子の二年先輩で、交通課の婦警である。貴子とはいちばんうまのあう人で、パトロール警官時代には、何かと世話になった。

小室家は、城南署の管轄内では一、二を争う資産家である。地所をたくさん持っているし、三代続いた大きな材木商だ。佐知子はそこの四人姉妹の三女なのだが、子供のころからの夢だったとかで、親の反対を押し切って警官になってしまった。

貴子には、佐知子と一緒にミニパトに乗り、交差点の信号待ちで停車しているとき、隣の車線に「小室銘木商会」の車が停まり、いかにも実直そうな中年の男性が運転席の窓をおろして身を乗り出してきて、「お嬢さんがいつもお世話になっております」と頭を下げた――という愉快な経験がある。佐知子はひどくバツの悪そうな顔をして、

「あれは、うちの番頭なの」と説明し、彼の車が交差点を右折して走り去ると、

「ウインカーを出すのが遅い」と文句を言った。生家と取引関係のある会社や銀行の車輛でも、駐車違反や過積載などを見つけると容赦（ようしゃ）なく取り締まるので、家族内では鼻つまみ者にされているのだと言っていたこともある。

「ごめんなさい、誰が先輩を呼びつけたんですか？」

「大木さん」と、佐知子は答えた。「救急車を呼んだあと、すぐにあたしに電話をくれてさ。あたし、今日は非番だったのよ」

「あわて者よね」と、貴子はかなり本気で腹を立てた。「恥ずかしいったらないですよ。ただの貧血かなんかなのに。救急車を呼ぶなんて」

佐知子はナースコールのボタンを押しながら、たしなめるような顔をした。

「そんな恩知らずのこと言うもんじゃないの。彼、ホントに心配してたわよ。当たり前だわよね、目の前でバッタリ倒れられたらさ」

天井のマイクから、看護婦の声がした。佐知子は陽気な声で、病人が目を覚ましましたと報告した。

「だけど、どこもなんともないんですよ、あたし」

「なんともない人が気絶しますか」

「あの時、お腹へってたの」

佐知子は吹き出した。「あなた、身体の割には大食いだからね。でも、文句を垂れる元気があってよかったわ」

「今、何時？」

佐知子は腕時計を見た。「そろそろ五時よ」

貴子は驚いた。倒れたのが一時ごろだ。ずいぶん長い間、眠っていたということになる。

貴子の表情を見て、佐知子が少し心配顔に戻り、言った。

「そうよ……。だからみんな仰天しちゃったのよ。刑事課の親父さんたちにとっては、気絶する女なんて、それほど目新しいものじゃないからね。慣れてるから。だけどあなた、倒れたきりピクリとも動かないし、しばらく寝かせて様子を見ても、全然目を覚まさなかったって。おまけに、いびきかいてたって」

「いびき？」貴子は笑った。「嫌だな、それって、ただ寝てたってことじゃないのよ。だけどあたし、いびきかいたりするはずないんだけどな」

「そうでしょうよ、だから心配したんだってば。知らないの？　脳卒中で倒れると、日ごろはそんなことのない人でも、おかしいくらいの大いびきをかくものなの。どうしてそうなるのか、詳しいことは知らないけど、でね、大木さんたち、こいつはひょっとすると脳の病気で倒れたんじゃないかってあわてだして、救急車を呼んだというわけ」

「脳卒中を起こすには、あたし、若すぎると思うんだけどな」

軽く受け流しながら、貴子は内心、冷たいものを感じていた。いびきをかいていた……脳卒中を起こした人のように。脳に障害を起こした人のように。

これも、あの能力が衰えてきていることと、何か関係があるのだろうか？

佐知子に気づかれないように、貴子は手の中の冷たい汗を握りしめた。そうなのだろうか？気絶して倒れるなんて、これまでの貴子には考えられないことだ。それは、「あの能力が衰えていく」という、やはり貴子にとって思ってもみなかったような事態と、関連を持っているのだろうか。

まもなく担当医と看護婦がやってきて、簡単な診察と問診があった。貴子は、意識をなくしているあいだに、薄手のパジャマに着替えさせられていた。新品のパジャマだ。佐知子が用意してきてくれたものであるようだった。

担当医は穏やかな口調で、貴子の言うとおり、若い女性が、疲労や栄養不足が重なって貧血を起こすことはよくある、と認めた。特に、仕事が忙しくて不規則な生活をしていたりすると、なおさらだ、と。しかし、ただの貧血なら、倒れたきり四時間も五時間も意識が戻らないということは、ちょっと考えられない。それが気になる。貴子の場合、重大な病気の兆候がさしているとは思えないし、だから脅かすわけではないが、念のために今夜は入院して、血液検査とレントゲン撮影を受けた方がいいと、強く勧めた。

「あまり、のんびりしてはいられないので……」

貴子が口ごもると、初老の担当医は感心したような口振りで言った。

「そうそう、警察にお勤めなんだそうですねえ。お若いのに、立派だ」

「駆け出しなんですけどね。でも、だからこそ、具合が悪くもないのに休んではいられないんです」

今朝起きたときの気分は、いつもと変わりなかった、どこか具合が悪いとか、体調がおかしいということなど、感じなかった、持病もない、倒れたときだって、直前まで、なんの兆候も感じなかった——貴子はしつこく説明して食い下がり、今週のうちに時間をつくって検査を受けにくるから、今日はこのまま帰らせてほしいと頼み込んだ。担当医が折れて、帰宅許可を出してくれるまで、小一時間かかってしまった。

「あいかわらず、頑固ね」と、佐知子が笑う。「だけど本当に大丈夫なの？　ここで無理をして、あとで大変なことになったら、刑事課の人たちにもっと迷惑をかけることになるのよ」

「わかってる。それは百も承知です」

貴子は手早くスーツに着替えた。窓の外はもうすっかり陽が暮れている。大木はどうしているだろう。昼間の話では、今夜、高田堀公園のあたりを歩いてみると言っていたけれど。

スーツの襟が曲がっているのを、佐知子がなおしてくれた。彼女の指がうなじをかすめたとき、貴子はひらりと、彼女の内側を見た。

佐知子は華やかな打ち掛けを羽織っていた。洋服の上から試し着しているようだ。顔が大きくほころんでおり、彼女のすぐ隣に誰かがいた——誰か、貴子の知らない男性だ。

貴子は佐知子を見つめた。彼女は貴子に背を向けて、ベッドを整えている。気のせいか、その仕草、手の動かし方などが、貴子の知っている小室先輩のてきぱきとしたそれよりも、ずっと女らしくたおやかに見えた。

「先輩？」と、貴子は小声で呼びかけた。毛布のしわを伸ばしながら、佐知子は「うん？」と返事をした。

「もしかして、近々おめでたいことがあるんじゃないですか？」

佐知子はパッと振り向いた。目を見開いている。口元が崩れて、照れ笑いが浮かんだ。

「嫌だ……どうしてわかるの？」

貴子は暖気のような安堵感に包まれた。ああ、ちゃんと読めた。

「なんとなく。だって、すごくきれいになったもの」

「お上手ねえ」佐知子は笑い、少し首をかしげて貴子を見つめた。「あなたのそういうところ、変わってないね」

「そういうところって？」

「勘が鋭いっていうか……。一緒にパトロールしてたころ、あたし、あなたが実によく人の心理を読んで行動するんで、ずいぶん驚かされたもんだったわ」

「そうかなあ、ドジが多かったと思うけど」

「ときどき、あなたには他人の考えていることが読めるんじゃないかって思ったこともあった」

何気ない口調だし、これは佐知子の誉め言葉なのだが、貴子は目を伏せた。

「もちろん、読心術とかそんないい加減なもんじゃないわよ」と、佐知子は続けた。「でも、そういう天性の勘を持ってる人って、いると思うのよ。警察官にとっては大切な素養よ。だからこそ、あなた出世が早いんだ」

「刑事課じゃ、こんなのを引き取ったのは間違いだったと思ってるみたいだけど」

「今日の午後にはそう思ってたみたいね。刑事課の親父さんたち、あなたが病気になったのは誰のせいかって、責任のおっつけあいをしてたから」

佐知子は笑い、貴子の肩をぽんと叩いた。

「しっかりやってよね、本田君」

触れられた肩から、佐知子の心を占めている温かな感情が流れ込んできた。「幸せ」の気分のかけらが、紙吹雪のように、貴子の心のなかに舞い込んだ。

「あなたはいい刑事になるわよ。だから、身体は大事にしてね。健康が第一よ」

「わかってます。ありがとうございました」

貴子はぺこりと頭を下げた。

「よろしい」

「で、先輩。わたし顔を洗いたいんですけど……」

「廊下を左に曲がった突き当たりが洗面所よ。わたしはロビーに降りて待ってるわ」

病室を出たところで佐知子と別れ、貴子は洗面所に入った。歩いてもふらついたりしない。気分も悪くない。ちょっぴりぼうっとしているだけだ。

古い建物のことで、洗面所は薄暗く、流しの前の鏡は曇っていた。のぞきこむと、起き抜けの冴えない目をした自分の顔があった。

両手のひらで、ぴしゃりと顔を叩いてみた。いい音がした。

さっきのは気のせいだ。自分の目を見つめながら、貴子は考えた。あの能力と、今日の昏倒――医師は貴子が倒れたことを、そう表現した――両者に関わりがあるなんて、早計に決めつけてはいけない。倒れたのは貧血のせい。そのまま眠ってしまったのは、このところ寝不足気味だったから、身体が眠ることを要求していたからだ。それだけのことだ。

能力が衰えかけてきているのじゃないかということだって、もしかしたら考えすぎなのかもしれない。もともとこの力には、多少、波みたいなものがあって、非常に鋭いときもあれば、低調のときもある。今回の場合は、低調の時期がちょっと長引いているというだけのことで――

蛇口をひねり、勢いよく溢れ出す水の下に手をさしのべた。冷たくて心地よい。

能力。あたしの力。

さっきはちゃんと読めた。佐知子はあんなに驚いていたじゃないか。鈍りつつあるなんて、貴子の考えすぎじゃないのか。

（警察官にとっては、大切な素養よ）

素養どころか、貴子はこの能力があるがゆえに、今の立場にまで来ることができたのだ。

両手のひらを丸めて水を満たし、貴子はざぶざぶと顔を洗った。湯の蛇口もあるのだけれど、今は水の冷たさが必要だった。

目を覚ませ、貴子――自分で自分にそう呼びかけていた。しっかりしてよ、貴子。

数回顔を洗い、大判のハンカチで拭いた。さっぱりとして、頰もすべすべになったような感じだ。手で顔をこすってマッサージしてやる。

そのとき、貴子はつと手を止めた。指先に妙な感覚が走った。いや、正確には、感覚が走ったのではない。何の感覚もなかったのだ。

左目のすぐ脇の、こめかみのあたりだ。指先が触れているのに、そこの皮膚は麻痺したようになっていて、触感がない。

指先を立てて、少しずつ位置をずらしながら、こめかみの周辺を探ってみた。間違いない――左のこめかみの、十円玉ぐらいの大きさの部分が麻痺している。触っても、指の方にしか触感がない。つねっても、皮膚が持ち上がる感じがするだけだ。痛くも痒くもない。まるで、その部分だけ皮膚が死んでしまったみたいだ。

皮膚が？　いや、それとも神経が？

た。

そろそろと手をおろして、口元を押さえた。指の下でくちびるが震え出すのを、貴子は感じた。

刑事部屋へ顔を出すと、居合わせていた四、五人の男たちが、驚いたように顔をあげ、椅子を離れて近寄ってきた。美濃田課長まで腰をあげてやってきた。

「入院してなくていいのかね？」

「もう大丈夫です。ご迷惑をおかけしました」

脇田が机に肘をつき、帳簿の山の陰から声をかけてきた。「夜遊びがすぎるんじゃないかね」

いつもなら言い返すところだが、貴子は素直に頭をさげた。

「大木さんは……」

「昨日の現場へ行くと言っていた。午後の捜査会議でも、高田堀近辺の事件を取り上げてね。君の代わりに、とりあえず倉橋が一緒に行ったよ」

「倉橋さんが？　じゃ、例の傷害事件の方はどうなってるんでしょう。貧血なんか起こさなければ――」

貴子は「貧血」というところに力を込めて言った。

「わたし、午後からちょっと取り調べを手伝うことになってたんです。鳥島さんに言われまして」

美濃田はうなずいた。「女性刑事に当たらせてみたらどうかと話してたからな。なにしろ、完全黙秘だから」

「まだ駄目ですか」

「何もしゃべらん」

「鳥島さんはまだ取調室ですか？」

「いや、容疑者はもう階下へ帰した。鳥島君は病院へ行ってるよ。被害者が意識を取り戻してくれたら、少しはなんとかなるんだがね」

美濃田は鼻の下も顎も長い。そのために、なんとも茫洋としたしまりのない顔つきに見える。口の悪い脇田に、「税金泥棒の小役人の顔だ」と、ぼろくそに言われる所以(ゆえん)である。

「わたしも高田堀公園に行ってみます」と、貴子は言った。

「これからかね？　今夜はやめておきなさい。顔色が悪いよ」

「いいじゃないですか、本人が行くと言ってるんだから」脇田が大声で言った。「遠いところじゃないんだし」

帳簿をにらみ、要領を得ない団地の自治会員たちから事情を聞きだしながら一日を終えると、脇田はいつも以上に意地悪くなる。貴子は早々に刑事部屋を出た。ドアを閉めるとき、「過労死なんてことになったら……」と、嘆くような口調で美濃田が愚痴を述べているのが、ちょっと聞こえた。

高田堀公園は、名称からも推察がつくように、元は貯木場だったところを埋め立てて造られたものだ。できた当時は、植樹されたばかりの樹木もみんな若く、公園のぐるりを囲む桜並木もひょろひょろで、花も見栄えがしなかったものだが、現在では木々の幹も太くなり、近隣の住人たちにとっては手近な桜の名所として愛されるようになっている。

貴子は公園の北口から入り、桜並木を左に見ながら、園内を斜めに横切って西口に向かった。昨夜の事件は、この西口の前から駅前通りまで続いている一車線の路上で発生したのだ。一方通行の道で、夜間は人通りが少ない。

ただ、今は桜の盛りである。高田堀公園ではいわゆる花見が禁止されているので、酒や食べ物を持ち込んで騒ぐということはないが、散歩がてらに桜を愛(め)でに訪れる人びとは、シーズン中にはかなりの数にのぼる。夜桜見物も然(しか)りだ。現に今夜も、午後八時をすぎているというのに、親子連れや若いカップルがぞろぞろ歩いている。昨夜の事件は午後十一時ごろに起こっているが、その時刻でも、誰か目撃者がいるという望みはあった。

若い女の身でひとり、満開の枝にも、盛りをきわめて舞い落ちてくる桜の花びらにも目をやらず、早足で公園を抜けてゆく貴子は、夜桜の宵の無粋(ぶすい)な異分子だった。その点では、白いコートの下に不健康な衝動を包んで身をひそめていたはずの昨夜の犯人と似たり寄ったりの存在だ。

それでも、途中で一度だけ、足を止めた。夜桜が競って枝を並べる並木の下の遊歩道に、珍しいものを見つけたからだ。

（あれ……？）

下草のなかに混じって、ぽつりぽつりと咲いている。貴子はちょっと身を屈め、顔を近づけてみた。

間違いない。鳩笛草だ。

りんどうに似た、淡い紫色の花である。葉が多く、茎も太く、全体としてはパッとしない花だ。切り花として売られているところなど見かけたことがないから、まったくの野草だろう。桜と同じ時期に、公園の下草のなかや、土手のコンクリートの隙間などに、ひょっこりと花を咲かせる。

実を言えば、名前さえはっきりしていない花である。「鳩笛草」というのは、花の形が鳩笛に似ているところから、貴子が勝手につけたものだ。いや、これも、正確に言えば貴子が命名したのではない。命名者は別にいる。

鳩笛草に手を伸ばし、触れてみようとして、貴子は寸前で思いとどまった。妙な暗合を感じて、気分が斜めになった。

この花の命名者の顔が頭に浮かんだ。もう一年ばかり会っていない。最後に会ったときに話したことが――

（そうだった。能力がなくなったらどうなるかっていうことだった）

今の今、ここで鳩笛草を見つけて、そんなことを思い出すなんて……。季節としては不思議はないけれど、倒れたりしたその日のうちに、鳩笛草を見るなんて。

しゃんと身体を起こして、貴子は走り出した。そぞろ歩きのカップルが、奇異なものを見るように振り返った。走りながら、こめかみの無感覚の部分に触れようとする指先をぎゅっと握って、貴子は前だけを見ていた。

それだけ一生懸命に駆けつけた甲斐はあった。西口を出て左右を見回すと、駅前通りの方向から、倉橋と大木が肩を並べてこちらに歩いてくるのを見つけたのだ。大木はポケットに両手を突っ込んで、心なしか肩を落としていた。

貴子が声をかけるより先に、倉橋が気づいた。大木が小走りで近寄ってきた。

「入院してないでいいのかよ」

「貧血だもの。ご心配かけてすみませんでした。昨夜の被害者に会ってきたんですか？」

報告書に記載されていた彼女の住まいは、ここから駅前通りへ出て交差点を渡った先にある公団住宅だった。この一方通行の狭い道は、彼女の通勤路なのだ。

「会ってはきたんだけどさ、近頃の若い娘は気丈だね」と、倉橋が言った。「こっちが話を聞いてるあいだ、ずっと笑いっぱなしさ。もっとショックを受けてるかと思ったのに」

「近頃じゃ、女子高生だって、露出狂に遭ったぐらいでショックを受けたりしませんよ」

「ひでえよな。『キャア、小さい！』って言ってやりゃよかったとぬかしたぜ」

「だからこそ露出狂が増えるんじゃないか」大木がうがったことを言った。「ポンちゃん、本当に大丈夫なのか？　顔が真っ白だ」

倉橋も怪しげな目で貴子を見ている。貴子は笑ってみせた。

「桜の花の色が映ってるんじゃないですか？　お医者さまにも健康体だって言われましたよ。どうして倒れたのかわからないって」

「俺らに遠慮することはないんだぜ。身体が資本てのはお互い様なんだから」

「お気持ちは感謝します。でも、くどいわよ、大木さん」貴子は周囲を見回した。「現場はどこです？　行ってみました？」

「あっちだ。犯人はあそこから出てきたんだとさ」

大木は自分たちが来た方向を指さした。この道が駅前通りにぶつかるちょっと手前の左側に、広い青空駐車場がある。無人の月極（つきぎめ）駐車場で、二階建てになっているのだが、ほとんど満車の状態だ。

「車の陰に隠れてて、被害者が近づいたところへ、コートの前を広げながら飛び出したんだな。被害者はキャッと言って飛び退（との）く。すると奴は回れ右をして、駐車場のなかへ駆け込んだそうだ」

「なるほどね」

駐車場は、この一区画をほとんど占領している。犯人は西口の道路側からここへ逃げ込み、なかを駆け抜けて反対側に出たのだろう。

「パトロール巡査が犯人を目撃したのは？」

「彼は駅前通りの方向から来たんだ。犯人が駐車場に飛び込んだのを見てあとを追いかけたんだが、なんせこの車の数だろう？　まかれちまって、見失った」

「反対側の道路へ先回りしていた方がよかったかもしれませんね」

「とっさのことで、そこまで考えられなかったんだろうよ」倉橋はあくびをした。「いい夜桜だってのに、つまらない事件を起こしてくれるよな」

「ほかに目撃者は？」

「今のところ、なし。被害者の話じゃ、犯人に出くわす前には、彼女の前後には誰も歩いていなかったそうだ」

貴子は駐車場のなかに入り込み、いくつかの車に手を触れてみた。これという感触はなかった。シートから革の匂いが漂ってきそうな新品のベンツに触れたとき、男女が激しく言い争うような声が、電話の混線のように切れ切れに聞こえてきただけだ。痴話喧嘩のようだ。昨夜の犯人は、生まれてこの方痴話喧嘩だけには縁がない男だろうから、これは事件とは無関係だろう。

右手で車に触れながら、左手で――ほとんど無意識のうちに、こめかみのあの無感覚の部分に触れていた。病院で触れたときより、麻痺している部分が広がったような様子はなかったが、縮まってもいない。

「本田君、車を買うつもりなの？」と、倉橋が訊いた。「えらく熱心に吟味（ぎんみ）しているね」

貴子は手をひっこめ、ちょっと肩をすくめた。大木が軽い口調で言った。

「ポンちゃんには、現場のものに触る癖があるんだよ」

貴子は思わず大木を見た。両手を腰に、駐車場を見回している。たった今自分の言ったことの意味に気づいている様子はない。

むしろ、さっと大木を振り向いたことで、倉橋の注意を惹（ひ）きつけてしまったようだった。彼は、ちょっと問いかけるように眉をあげて貴子の顔を見た。

「わたし、子供みたいに何にでも触るから」と、貴子は言った。

大木は、自作の地図を持ってきていた。高田堀公園と付近の地図の上に、昨夜の事件と昨年夏の十五件の事件の発生場所と、判っている限りの犯人の逃走経路が書き込んである。街灯の明かりの下でそれを広げ、三人で頭をつき合わせてみた。

「今さら言うまでもないけど、犯人には土地鑑がある。それもハンパじゃなく詳しい」倉橋が地図を指で叩きながら言った。「全部が全部っていうわけじゃないけど、ほら、見てみろよ。道路に躍り出て女性たちを驚かしたあと、奴はたいてい、建物と建物の隙間とか、昨夜みたいな駐車場とか、ビルの敷地のなかを通って逃げてる。道から道へ逃げてはいない」

倉橋の言うとおりで、たとえば昨年夏の最初の事件の現場は、高田堀公園の北口から百メートルほど離れたところなのだが、そこには道に面して大きな物流センターがあった。門や塀のない開放型の建物で、夜間は守衛室にしか人が詰めておらず、倉庫の裏を迂回して、表通りから裏通りへと抜けることができる。

貴子たちは、守衛室に断わりを入れた上でそこを通ってみた。街灯も、倉庫の常夜灯も届かない場所なので薄暗いが、走って通り抜けることができないほどの暗さではない。守衛に尋ねてみると、センターで働く人びとはここを通るようなことはないが、電気やガスのメーター検針員たちがここを歩くという。確かに、倉庫の裏にはメーターボックスを集めた物置ぐらいの大きさの建物があった。

「検針屋が犯人か？」と、倉橋が言った。目が笑っている。「けど、検針員は女性が多いよな」

「ああいう検針員は、建物のメーターがある場所を、どうやって覚えるのかな？」と、大木が呟いた。「ベテランだって、最初から全部知ってるわけじゃないだろ？　建物の建て替えだってあるしさ。担当地区が変わることだってあるだろうし」

「担当者から担当者へ、口伝えで教えるんじゃないのか」

「それで間に合うかね？」

「地図があるんじゃないかって思うの？」と、貴子は訊いた。なるほど、それは考えられると思ったのだ。

「あっても不思議はないやね」

「俺が今のマンションに引っ越したとき、ガスを開けに来た作業員は、メーターボックスはどこですかって、女房に訊いたぞ」と、倉橋が言う。「知らなかったんだよ。地図があれば、そんなことはないんじゃないか」

「いや、だからさ、正式な地図はないかもしれないよ。でも、たとえば検針員が個人個人で手控えみたいにしてつくってることはあるんじゃないかと思ってさ」

「まあ……それならな。けど、それがこの事件とどう関係するわけよ」

「関係って言っても……」

大木は、にわかに自信なさそうな顔つきになった。倉橋の前に出ると、彼はよくこんなふうにしぼんでしまう。それだけ倉橋の能力を評価しているということなのだろうけれど、貴子はときどき、それが歯がゆくなる。もう少し負けん気を出したらどうなの、と思うのだ。

「そういう地図が、第三者の手に渡ったりすることが考えられるんじゃないかって言いたいんでしょう？」と、貴子は言った。

「うん、まあそう」

大木がもごもご答えると、倉橋は笑った。

「考えすぎだぜ。そんな個人的なマニュアルみたいなものが、どうやって外部に漏れるっての？」

「そうだけどなあ」

大木はぼさぼさ頭をかきむしり、もっとぼさぼさにした。貴子は何も言わなかった。が、大木の意見をしっかりと頭のなかに書き込んだ。あっさり笑い飛ばすことができるほど、この意見は軽くないと思ったのだ。

地図にチェックをつけながら、三人で、現場をひとつひとつ当たっていった。念入りに検証しながら進んだので、半分までいかないうちに、十時をすぎてしまった。あまり遅くまでウロウロしていると、付近の民家の住人に、余計な誤解をさせることになる。今夜は引き揚げることにした。

高田堀公園の方向に戻りながら、倉橋が手帳に何か書き込んでいる。

「六件回ったな」と言う。「犯人の逃走経路と思われるところにメーターボックスがあったのは、三件だけだぜ」

貴子はちょっと微笑した。倉橋も気が強い。大木はちまちまとまばたきをした。

「ポンちゃんは、まっすぐ帰れ」

駅前通りに出ると、大木が言った。現場を回っているあいだも、彼は何度も、ポンちゃんはもう引き揚げろと言ってしつこかった。

「大木さんたちはまっすぐ帰らないの？」

「署に寄る」

「で、そのあと『上総』にも寄るんでしょ。あたしもお腹へったんだけどな」

「上総」は刑事課の刑事たちのたまり場である。十人も入れば満員の小さな居酒屋だが、料理が旨くて値段が安い。経営者は元城南署勤務の警邏巡査である。職務執行中に負傷して退職し、店を始めたのだ。

ネクタイをはずしてポケットに突っ込みながら、倉橋が言った。「具合が悪くなけりゃ、いいじゃないか。一杯やりに行こうよ」

彼の視線はもう流しのタクシーを探している。倉橋は、最近やや中年太りの傾向が見えてきたが、なかなかの美男なので、街灯の明かりの下、ネクタイをはずしてくわえ煙草をしているところなど、ちょっといい眺めだ。もっとも、堅気には見えないが。

「あんまりお腹がすくと、また倒れるもの」

貴子は、大木の仏頂面に笑いかけた。

「それに、うちへ帰ったって食べ物がないのよ。買い置きしてないから」

「ポンちゃんは不摂生なんだな」と、大木は非難がましく言った。「自炊してないのか?」

「忙しいんだもの」

貴子は帰りたくなかった。ひとりになると、嫌でもいろいろ考えてしまう。気分はまったく悪くなかったし、ふらついたりもしない。それならば、こめかみの無感覚な部分のことなど、今は気にしたくない。

三人で現場を歩いているとき、貴子は、やはり自分は捜査が好きなのだ——こんなふうに同僚たちと働くことが好きなのだと、あらためて感じていた。大木と働いているときにも、たとえどんなつまらない事件を扱っていても、唐突に、ああ自分は本当に刑事になったんだなと、噛みしめるようにして思うことがあるのだが、今夜は特にその気持ちが強いようだった。なぜそうなのか、深く分析して考えたくはなかった。それこそ、いちばんしたくないことだった。あの能力がなくなっても、自分はこうして働くことができるだろうかとか、あの能力が衰えてしまったら、自分は倉橋や大木たちに伍して意見を述べることなどできない、ただの素人に堕してしまうのではないだろうかなどということは、今夜もっとも考えたくないことだった。けれども、このまま家に帰ってひとりになったら、今夜は夜通し、それをやってしまいそうな気がした。

倉橋が空車を見つけ、大きく手をあげた。諦めたように、大木が溜息をつく。

「飯食ったら、帰るんだよ」と、貴子に言った。「送ってってやるからさ」

分別臭い人、と貴子は思った。八つ当たりに近い感情だけれど、ぎゅっと腹が立った。

「あたしは健康体です」

「救急車で運ばれといて、何言ってんだ」

「誰も救急車呼んでなんて頼んでないもの」

「死人みたいにぐったりしてたんだぞ。もしも大きな病気の前兆だったらどうするんだよ」

思わず、貴子は声を張り上げた。「余計なお節介よ」

大木がはっと顎を引いた。怒ったのではなく、驚いた顔だ。タクシーが停まり、ドアが開く。倉橋がヘラヘラ笑った。

「痴話喧嘩するなって。ほら、行くぞ。俺は前に乗るから」

身を屈め、倉橋が行く先を告げたそのとき、ピーという音がした。倉橋が止まった。大木も止まった。貴子はふたりを見た。

「誰の？」

「俺のだ」と、倉橋。上着の懐を探る。ポケットベルは鳴り続けている。ついで、大木のも鳴り出した。

「運転手さん、この車、電話ついてる？」

倉橋の問いに、運転手は黙って貴子たちの背後を指さした。グリーンの公衆電話があった。

タクシーを待たせたまま、倉橋が電話をかけた。貴子のポケベルは沈黙していたが、これはたぶん、昼間の入院騒ぎがあったから、連絡員が遠慮したのだろう。あとのふたりのが同時に鳴り出したということは、何にせよ、全員召集されているということだ。

倉橋の電話は短かった。受話器を置いた彼に、大木が素早く訊いた。

「何だ？」

「子供がいなくなった」と、倉橋も短く答えた。「十一歳の女の子だ。塾から帰らない。いつもは親が送り迎えしているんだが、今夜に限って別の人間が迎えに来て連れ出してるらしい」

大木はすぐにタクシーに乗り込んだ。倉橋が運転手に声をかけた。

「悪いね、行き先変更だ」

行方不明の子供。

ほとんど反射的に手をあげて、貴子はこめかみに触れた。あの無感覚な部分に。

3

大木と倉橋と一緒に、貴子が署の刑事部屋に戻ると、美濃田課長が驚いた顔をした。何か言いかけた。

「もう大丈夫ですから」と短く言って、貴子は課長の言葉をさえぎった。それで済んでしまった。脇田や鳥島は、貴子が戻ってきて捜査に加わることに、何の異議もさしはさまなかったし、第一そんなことを考えている余裕などなさそうに見えた。

今の段階では、指揮は脇田がとっていた。団地の自治会の事件の資料をそばの机の方に載せてしまい、電話の前を広く開けて、そこに自治会の連絡簿や消防団員の名簿、地区の電話帳などを、ページを開けて積み重ねている。

「帰宅していない児童の名前は小坂(こさか)みちる、十一歳。城南第一小学校の五年生だ」

手控えを見ながら、脇田は早口に言った。表情には、それほど緊迫した色は浮かんでいない。

「帰宅していない」という表現にも、彼一流の慎重なところがうかがえた。

「自宅の住所は宝橋町四の六の九、カーサ宝橋の五〇三。父親は小坂伊佐夫、四十九歳、明星運輸倉庫の方南町支店というから、中野の方だな、そこで営業課長を務めている。母親は小坂則子、四十五歳、職業は持っていない。小坂みちるは一人っ子で、兄弟はいない。通報者は母親で、娘を塾まで迎えに行ったのが今夜の九時過ぎ、そこで娘が十分ほど前にほかの人物と一緒に帰ったということが判明して、すぐに一一〇番通報している。塾は、伊沢町一の一の四、高橋ビル一階の東邦進学塾、自宅からはかなり離れているので、いつも母親が車で送り迎えしていたそうだ」

手控えをめくり、脇田は空咳をした。

「塾の担任講師、氏名は武田麻美、女性、二十五歳の話によると、迎えに来た人物は三十歳代前半の女性で、身長一六〇センチくらい、ロングヘア、ジーンズの上下で、運動靴のようなものを履いていたということだ。小坂家では、かつてほかの人物が娘を迎えに行ったことはないので、最初は不審に感じたが、その女性がみちるの叔母だと名乗り、小坂みちるもそれを認めたので、安心して送り出したと話している。ふたりはとても親しそうに見えたそうだ」

「その叔母さんてのは、名前は名乗ったんですか」と、倉橋が訊いた。

「名乗ってない。ただ叔母だと言っただけだ」

「車で来たんですか？」

「わからん。だが、講師の武田は車を見ていないし、エンジン音のようなものも聞いていない」

大木がこめかみのあたりをぼりぼりかきながら、ちょっと苦笑した。「みちるって娘は、その女性を叔母さんだって認めて、自分から進んでついていったみたいですね」

「状況としては、そのようだな」

「そうすると――なんでいきなりこんな騒ぎに？」

倉橋も、やや拍子抜けしたような顔をしている。貴子はメモを取り終え、目をあげて脇田に言った。「母親が取り乱してるんですね？」

脇田はぐいとくちびるをねじ曲げた。「そのとおり。通報のあった時点では、父親の小坂氏はまだ会社にいた。今さっき帰宅したという電話が入ったよ」

「母親は、父親に知らせるよりも早く、我々に通報してきたということになりますね？」と、倉橋が言った。まだ拍子抜けした顔のままだが、目つきはたるんでいない。

「そういうことになるな。しかも、最初の通報の時点から、頭から『娘が誘拐された』の一点張りだ。なんとなれば、彼女にも夫の小坂氏にも兄弟姉妹はおらず、娘のみちるには叔母にあたる人物は存在しないから。該当するような女性にも、まったく心当たりがないから」

貴子は大木の大きな顔を見あげた。大木はまた頭の脇をかいている。が、口元からは、苦笑の色が消えていた。倉橋も大木も、この件は、当初連絡を受けたときに思ったのとは別の意味で、厄介な事件であると考え始めているのだろう。

「それともうひとつ。これが肝心な点になるかもしれんが、ならないかもしれんということがあってさ」と、脇田が声をひそめた。「小坂夫人の旧姓は篠塚。区会議員の篠塚誠の一人娘だ」

「篠塚――」

　貴子は、町のそこここに貼り出されているポスターを思い浮かべた。そこでは、「篠塚まこと」と表記されていたはずだ。あと二週間ほどで、統一地方選挙の投票日なのである。

「じゃ、選挙がらみだと?」と、貴子は訊いた。

「まだ断言はできんだろう。でも、一応頭に入れておいた方がいいな。だからこそのこの体制だ。万に一つ、本当に誘拐だった場合のことを考えると、我々がおおっぴらに捜し回るわけにはいかない。自治会や消防団にも一応連絡をしてはあるが、今のところはまだ、あの人たちには動いてもらいようがない。一応、パトロールを強化して、検問もやってるがね」

　脇田は淡々としている。いつもの辛辣な口調がいくぶん影をひそめていた。もしもこれが空騒ぎに終われば、ここで抑えていた分、倍にも三倍にもして毒づくのだろうけれど、事が事であるだけに、彼も控えめにならざるを得ないのだろう。

　大木が持ち前ののんびりした口調のまま言った。「そうか……篠塚誠って、確か地下鉄の換気塔建設問題の中心人物ですよね」

この地区を東西に横切る新しい都営地下鉄線の建設工事が始まったのは、今から三年ほど前のことである。完成には、まだあと二年ほどの歳月を要する。

地下鉄が通ること自体には、地元からこれという反対意見が出されたわけでもなく、むしろ歓迎の色が濃かった。地区内に新駅がふたつできるということもあり、商店主たちが連合してつくっている商業振興会など、率先して旗振りをやったくらいだ。

だが、都営交通当局から、ふたつの新駅のちょうど中間地点にあたる松本町の一角に、換気塔を建設したいという申し入れがきたときから、話がややこしくなってきた。当然のことながら、松本町の換気塔建設予定地の周辺の住民たちから、猛烈な反対運動が起こったのである。

都が換気塔を建てたいと希望している土地そのものは都有地であり、広さはおよそ五十坪ほど。換気塔建設のために新しく土地を買収しなくても、充分にまかなうことができる面積だ。だからこそ白羽の矢も立てられたのだろう。だが、周辺の住民たちにしてみれば、冗談じゃない。我々に毎日排気を吸って暮らせというつもりか、ということになる。幾度か公聴会や説明会が開かれ、意見調整を重ねてはきたものの、未だに決着がつかず、今のところ、換気塔を建てるか建てないか結論は出さないままに、地下鉄の工事だけが進行しているというのが現状である。そして篠塚誠は、松本町の住民たちのあいだでは掛け値なしに蛇蠍の如く忌み嫌われている、「都営交通当局べったり」の換気塔建設推進派議員なのだった。

「だけど、今まで、例の問題にからんで、篠塚誠の事務所が嫌がらせや脅迫を受けたなんて話は聞いたことねえよな?」と、倉橋が大木に言った。「相当険悪になってるって噂は聞いたけど、なんせ、反対派は松本町のなかでも、ほんの一握りの連中でしょ? あそこはもともと一丁目しかない小さな町なんだし――。だいいち、小坂みちるは篠塚の孫娘だ。いくら強硬な反対派住民でも、孫娘にまで手を出しますかね。刑事ドラマじゃあるまいし」

大木はちょっと首を振った。「けど、みちるちゃんのお母さんはそう思ってるんだわ。だからあわてて通報してきたんだわな」

「そういうことだ」と、脇田がしめくくる。「それに、事実として、十一歳の女の子が、両親が身元を掌握していない人物に連れ出され、この時刻――今、何時だ?」

「十時半になりますね」

「――になってもまだ帰宅していないということは重大だろうが。倉橋、おまえはトリさんと小坂家に行ってくれ。伊藤が向こうで捜査の指揮をとってる。大木と――」ちょっと間を置いて貴子の目を見ると、「お嬢さんは東邦進学塾へ行ってくれ。最初の通報のあと戸崎が行ってるんだが、入れ替わりに彼をこっちに呼ぶから」

戸崎刑事は、貴子よりひとつ年下の、刑事課では最年少の若い刑事である。貴子の目にはおよそ頼りなく映る青年なのだが、脇田は高く買っていて、何かというと戸崎、戸崎と便利に使う。たぶん、彼が「男」で、「お嬢さん」なんて呼ばなくていいからだろう。

一緒に外に出ると、大木が訊いた。「たぶん徹夜仕事になるよ。ポンちゃん、本当に大丈夫か?」

「くどい」と貴子は言い捨て、ちょうど流してきた空車のランプに手をあげた。空いた左手を力をこめて握りしめ、こめかみのあの無感覚な部分には決して触れまいと努力した。

そのとき、大木が何かぼそぼそと呟いた。

「なあに? 何か言った?」

彼はタクシーのシートに身体を埋めながら、ふうとため息をついた。

「遅い子供だよなって言ったんだ。みちるちゃんは十一歳だろ?」

小坂夫妻はそれぞれ四十九、四十五歳だ。確かに、遅くに恵まれたひとり娘ということになる。

「それだもん、騒ぐのも当たり前だよ。区会議員の孫とかいうことがなくたってさ、それだけでもさ。たとえ空騒ぎになっても、お袋さんの気持ちはわかるよ」

いかにも大木らしい感想だ。貴子はうなずいた。そして考えた。これは大事件ではないかもしれない。その方がいい。少女は無事で、すべてが取り越し苦労に終わってくれればいい。その可能性は充分にある——

だが、今日という日は最後の最後まで、ことのほか、貴子の祈りが届かない一日であるようだった。東邦進学塾の、夜目にも遠くからよく目立つ看板の下でタクシーを降りた貴子たちは、そろそろ洗車の必要のありそうなくすんだ覆面パトカーの脇に、ひきつった顔で立ちすくんでいる戸崎を見つけた。彼は片手で無線機をつかんでいた。コードがいっぱいいっぱいまで引き延ばされて、ねじれている。

「今し方、小坂家に電話が入ったそうです」

塾の看板が発する白い光の下で、痩せぎすの戸崎の尖った喉仏が上下した。

「娘を預かっている、身代金として一億円を用意しろと要求してきたそうですよ」


小坂みちるを受け持っていた講師の武田麻美は、がら空きになった教室の教卓に向かい、取り残されたようにぽつりと腰かけていた。戸崎の話では、東邦進学塾は都内に十数カ所の教室を開いている大きな組織で、経営者は日常、西麻布にある本部に詰めているという。今夜はまだ連絡がとれず所在がつかめないらしい。教室に来る途中、事務室の前を通り過ぎると、数人の事務員が、それぞれ電話にかじりつくようにして声高に話をしていた。

そんな騒ぎのなかで、誰も武田麻美に構っている暇がないのだろう。彼女はひとりきり、目を真っ赤に泣きはらしていた。彼女のそばに近づきながら、貴子は自分の身分と氏名を名乗った。麻美は立ち上がらず、うつむいたまま頭だけうなずかせた。

「今し方連絡が入りまして、状況が少し変わりました」できるだけ静かな口調を保って、貴子は言った。「みちるちゃんのご両親のところに、身代金を要求する電話がかかってきたそうです。ですから、これは誘拐事件ということになります」

麻美はいきなり顔をあげた。はずみで、目から涙がぼろぼろこぼれ落ちた。

「ホントですか？」

「残念ながら」

「あたし、これからどうなるんでしょう？」麻美の顔がくしゃくしゃに崩れた。「罪になるんですか？　うちには帰れないんですか？　みちるちゃんは無理矢理連れ出されたわけじゃなくて、喜んで出て行ったんです。あたしには責任なんかないはずです」

おやおや、この人はまだほんの子供なのだと、貴子は思った。彼女の生徒である子供たちと、おっつかっつの精神年齢しか持っていない。確かに、今の彼女は気の毒な立場にあることに間違いはないけれど、それにしても、もうちょっとしっかりしてくれないと。

「今現在、すぐにも誰かがあなたの責任を云々して問いつめにくるなんてことはありませんよ」と、貴子は言った。「ただ、お願いがいくつかあります。営利誘拐事件ということになると、わたしたち地元の警察ではなくて、警視庁の刑事が捜査を担当します。彼らが到着するまで、少し時間がかかるでしょう。彼らもあなたに、みちるちゃんが連れ出されたときの状況についてお尋ねします。先ほどの刑事にお話しされたのと同じことをお伺いすることもあると思いますが、ぜひご協力を願います」

「あたし、家には帰れないんですか？」

「いいえ、話が済んだら、きっと帰宅できるはずです。ですからそれまで、もうしばらくここにいてください。わたしも一緒におります。それがひとつ」

麻美は指先で涙を拭（ぬぐ）っている。鮮やかに赤く染められている爪が、とてもきれいだ。そのマニキュアの色は、彼女が身につけているミニ丈のワンピースの小花模様のうちの一色に、きちんとマッチさせてあった。この服装が教師としてふさわしいかどうかは別として、武田麻美はかなりお洒落な女性であるようだ。

「もうひとつ――」ゆっくりした口調で貴子は続けた。「このことについて、けっして他言をしないでください。誘拐事件が起こった場合には、報道も控えられるということはご存じですね？　人質を無事に取り戻すことが最優先だからです。あなたはご家族と一緒にお住まいですか？」

麻美はたじろいだような顔をした。「なんでそんなことを訊くんです？」

貴子は微笑した。「ご家族と一緒にお住まいならば、帰宅したあと、何があったのか、ご家族にはお話しになりたいだろうと思うからです。厳しく言えば、本来はそれさえ控えていただかなくてはなりません」

「あたし、ひとり暮らしです」と、呆（ほう）けたような口調で麻美は言った。

「そうですか。では、お帰りになったあとも、ご友人などにこの話はなさらないでくださいね。いろいろ不安なことも多いと思いますが、みちるちゃんのためです。少し辛抱をしていただけますか」

麻美は返事をしなかった。片手で額を押さえ、きれいな木目の教卓の上にじっと視線を落としている。と、いきなり貴子を見て、言った。「弁護士を呼んでいいですか？」

貴子は目を見張った。「は？」と、我ながら間抜けな声を出した。「弁護士？」

「はい。知り合いの先生がいるんです。刑事さんたちがあたしを調べに来るんでしょ？　弁護士に立ち会ってもらっていいですか？　電話すれば、すぐ来てくれると思います」

充血した麻美の目が、まっすぐに貴子を見つめている。貴子も彼女を見つめ返し、その目の奥の色を読みとろうとした。弁護士を呼ぶ？　単に外国産の犯罪映画の見過ぎなのか、それとも——

「わたしには、今のあなたの立場で、弁護士の先生を必要とするとは思えないですよ。少し落ち着いて、気を鎮めてください」

優しくなだめるような口調を心がけて話しかけながら、貴子はそっと手を伸ばした。ふわりとした袖に包まれた華奢な麻美の腕を、服の上から軽く叩いた。

感じたのは、薄いジョーゼットの下で息づいている麻美の体温と、滑らかな肌の感触だけだった。何も「見え」はしなかった。こんなにもあからさまに取り乱している女性に触れているのに、何も「見え」ない。貴子は、胸の奥で心臓がたたらを踏んだような気がした。

「だけど小坂さんは、あたしを訴えるって言ったんです」

まだ「見え」ない。ずっと麻美に触れているのに、まだ駄目だ。動揺を押し隠して、貴子は麻美の言葉に集中した。

「訴える？」

麻美は少女のようにこっくりとした。「みちるちゃんを迎えに来て、あの子が叔母さんと先に帰ったって知ったとき。そんなデタラメな話を信じて、保護者の許可もなしに子供を渡すなんてとんでもない怠慢だ、みちるに何かあったら、あんたを訴えてやるって」

そうか。それがあって、こんなに怯(おび)えているのか。貴子の顔を上目遣いで見て、麻美は小声になった。

「小坂さんのお父さんて、有力者なんだそうですね？　議員さんだとか」

「ええ、区議会議員さんですよ」

「区議会？」麻美の目が大きくなった。「なんだ、区議会なの。国会議員じゃないんですか。なあんだ、そうなの」

麻美の現金な態度に、貴子は意に反して吹き出してしまった。麻美も笑った。

「国会議員というのは、小坂さんの奥さんがそうおっしゃったんですか？」表情を引き締めて、貴子は訊いた。

「ううん、はっきりそうと言ったわけじゃないです。ただ、あんまりガミガミあたしのこと責めるので、あたしもかっとなって、『みちるちゃんは迎えにきた叔母さんと、仲良く手をつないで出て行ったんですよ、それだもの、あたしだって怪しんだりできませんでしたよ』って、言い返しちゃったの。そしたら奥さん、顔を真っ赤にしてね。あたしが生意気だって。『わたしの父は議員で、方々に顔がきくんだからね』、みたいなことを言ったわけ」

「それはまたずいぶん――」ヒステリックな反応ですねという言葉を、貴子は飲み込んだ。身代金の要求もないうちから誘拐だと決めつけていたことにしろ、小坂夫人のふるまいは、かなり奇矯(ききょう)に見える。

「今、みちるちゃんは迎えに来た女性と手をつないで出ていったとおっしゃいましたね。確かにそうでしたか？」

麻美は強くうなずいた。「ええ。みちるちゃんの方から手をさしのべて、つないだんです」

「みちるちゃんは、その女性のことを何と呼んでいましたか？」

「さあ……」麻美は首をかしげた。「叔母さん、と紹介されたような気がするわ」

「女性の方は、みちるちゃんを何と？」

「みちるちゃん、と」

「仲が良さそうだったとおっしゃいましたね」

「ええ、とっても。怪しい感じなんか、全然しませんでしたよ」

麻美は目を伏せた。「言い訳するわけじゃないけど、だから今でも信じられない。あれがお金目当ての誘拐だなんて……。電話があったって、本当なのかしら。便乗とかいうことじゃないんですか」

貴子はちょっと首をかしげてみせただけで、答えずにおいた。麻美はため息をついた。

「ごめんなさい。あたしのこと、無責任だと思うでしょう。だけど、真面目な話、あたしには、みちるちゃんの身が危険にさらされてるっていう実感がないんです。あの、叔母さんて呼ばれてた人とみちるちゃん、それこそ親子みたいに仲がよかったもの」

「その女性がここに来たのは、初めてですか？」

「あたしの知ってる限りでは、初めてです」

貴子はまだ、麻美の腕の上に手を載せたままでいた。そのとき、ふっと何かが伝わってきた。ひどく混乱して、怖がっているような感じが。同時に、今にも走りだそうとする子供のような、ワクワク高揚した気分も。

貴子は思わず、麻美の顔を見つめ直した。今、彼女の内心を「見た」のだろうか。「見えた」のだろうか。

「あの、何か？」と、麻美が言う。

「いえ、何も」貴子はあわてて麻美の腕の上から手を除けた。

今は、力を使うことができた——そういうことだろうか。まるで接触の悪くなったスイッチみたい。切れたり、ついたりする。貴子は、学生時代に友達から安く譲ってもらった中古のラジカセのことを思い出した。スイッチをいじっていないのに、時々急に音が入らなくなったり、逆にボリュームが大きくなったりして、閉口したものだ。今の貴子のあの能力も、それと同じようになってきつつあるのだろうか。

そして、それはやはり「衰えてきつつある」という事実に繫がる。

そのとき、教室の入口の方で低い咳払いの声がした。大木が立っていた。貴子のことを、ちょっとたしなめるような目で見た。

「失礼」貴子は麻美のそばを離れ、大木に近寄った。彼が何か言う前に、先んじて言った。

「ごめんなさい。出過ぎたことだとわかってます。もう何も訊かないわ」

本庁の刑事たちが到着する以前に、所轄署の刑事があれこれ尋問するなかれ、ということだ。今現在、貴子が受けている命令は、本庁の捜査班員たちが来るまで、塾の関係者の身柄を確保・保護し、連絡系統を明らかにしておくべしということだけなのだ。

貴子の謝罪については、大木は何も言わなかった。「塾の経営者と連絡がとれたよ。今、こっちに向かってる」と、穏やかに言った。

「武田さんは、このことで自分が疑われたり、責任を問われたりすることをすごく怖がっているみたい」

「それはばっかりは、俺らには何とも言えないな」

「わたしは、彼女は関係ないと思う」

「即断はいけないよ」と、大木は真面目な顔で言った。「俺らが判断することでもないしな。それより、今までにみちるちゃんが塾で書いたものとか、撮った写真とかの類がないかどうか、彼女に訊いてみてくれよ。それと、名簿を持ってくるから、そのなかから、みちるちゃんと仲のいい子供たちを選び出してほしいんだ」

「わかったわ」

さっそく作業にかかったが、麻美は、生徒たち同士の付き合いについては、ほとんど把握していなかった。

「ここは塾だもの」

それでも、ためらいつつ、小坂みちると親しいように見えた生徒たちとして、ふたりの少年を選びだした。

「男の子ばかり？」

「そう。みちるちゃんはモテるから」

今年の正月明けに、ここの生徒たちで新年会を開いたとき、撮影したというスナップ写真のなかでも、小坂みちるは、麻美の名指したふたりの少年にはさまれるようにして映っていた。長い髪をポニーテールにして、赤いセーターにショートパンツ、タイツにスエードのブーツというスタイルだ。小学校五年生には見えない。中学二年でも通りそうだ。

そんなところに、東邦進学塾チェーンの経営者であり社長である片田(かただ)という人物と、本庁の捜査班の刑事とが、あいついで到着した。麻美は見るからに縮こまった様子になり、貴子の背中に隠れるようにして、早口にささやいた。「あたし、ここの仕事はつなぎのつもりだったの。

今年、就職が見つからなくて――。何か面倒なことになったら、この先、どこにも勤められなくなっちゃうかもしれない」

麻美をもっとも怯えさせているのは、そのあたりの事情であるらしい。貴子は彼女の肩をちょっと抱いて、やはり早口にささやいた。

「そういう不安があるってことも、素直に担当の刑事さんに言うといいわ。大丈夫、あなたが本当の事を話している限り、ちゃんと聞いてくれるから」

抱いた肩からは、さっきと同じ、麻美のなかにある混乱と怯えと、震えるような興奮の切れ端しか伝わってはこなかった。というより、それぐらいは感じ取ることができたというべきか。貴子の力。切れかけたスイッチ。

――小坂夫人に触れてみたい。

触れたら、どうなるだろうか。何が「見え」るだろう。一介の所轄署の駆け出しの刑事である貴子ではない、あの能力を持つ貴子に。

この事件の鍵を握っているのは、小坂夫人であるように、貴子には思える。それは刑事としての目だけで見ても、そう見える。小坂夫人の心のなかを「見る」ことができたら――

本庁の刑事たちが到着すると、入れ替わりに、貴子は署に呼び戻された。営利誘拐という大事件が発生したと言っても、所轄警察署が丸ごとその捜査にだけ没頭するというわけにはいかない。通常の業務や、ほかで発生している小さな事件を処理する人員が必要だ。だが、有り体に言えば、貴子は誘拐事件の担当からは外されたということになるわけで、それは決して愉快なことではなかった。

大木は東邦進学塾に残っている。彼はあちらの捜査に加えられたのだ。それなのに、コンビの貴子だけがなぜ？　本庁のベテランたちの手伝いをするためだけとは言え、その場にいるのといないのとでは、天地ほどの差がある。それに、こうして外されてしまった以上、もう小坂夫人に触れてみる機会は永遠になくなってしまったも同然だ。

——あたしに任せてくれたら、あの奥さんが何を考えているのか、どうして最初から取り乱して誘拐だと決めつけたのか、不可解な部分を、きっと読みとってみせるのに。

腹立ちまぎれに、駆けるようにして署の階段をあがっていた貴子は、そこで足を止めた。

きっと読みとってみせる。いえ、たぶん読みとることができる？

そろそろと手をあげて、こめかみの無感覚な部分に触れてみた。夕方、病院で触れてみたときと同じ感触があった。皮膚が死んでいる。ただ、その範囲が広がっているということはないようだ。もしかしたらこれは、あの力とは何の関係もない、別の現象かもしれない……

強く頭を振って、ごちゃごちゃした考えを断ち切った。こんなこと、考えていたって何の足しにもならない。思い切って刑事部屋の戸を開けた。

がらんとしていた。課長もいない。電話番をしていた鳥島が、ご苦労さんと声をかけてきて、特別捜査本部は同じ二階の会議室につくられたから、と教えてくれた。

「あっちは戦争だろうが、おかげでこっちは静かなもんだよ」

鳥島の穏和な顔が、灰をなすりつけられたかのように、全体に青白く曇っている。だいぶ疲れているのだろう。

「わたしも待機組です。電話番、代わりますから、少し休んでください」

「休んだ方がいいのは、私よりポンちゃんだよ。あまり脅かさないでくれよ」

貴子はあわてて、心配をかけたことを詫びた。大したことはない、ただの貧血だ、と言うと、鳥島は検分するように貴子の顔を見て、「左の目がはれぼったいね」と言った。

貴子はひやりとした。左目？ あの無感覚な部分も、左のこめかみにある。傍目にもそれとわかるのだろうか。

「化粧してないせいですよ」と、気楽そうな声を出してみせた。「わたしより、トリさんの方がよっぽど病人に見えるけど」

「おうさ、わたしゃ立派な病人だもの」と、鳥島は笑った。「やれ高血圧だ、やれ血糖値が高い、やれ不整脈があるで、毎日、手のひらいっぱい分くらいの錠剤を飲んでるからな。歳はとりたくないよ」

そう言って、ちょっと笑いを引っ込めた。

「そういえば、完黙のあの子、な」

例の傷害事件の第一容疑者である。

「まだ何もしゃべりません？」

「相変わらずだよ。しゃべらないだけで、飯も食うしよく眠るみたいだけどな。今日も取調室で一緒に丼ものを食ったんだけどな、そのあとで私が薬を飲んでたら、じいっと見てるんだな、それを。医者からもらう薬だから、病院の名前入りの袋にがさっとまとめて入れてあるだろ？　それを一個一個、確かめようとするみたいにして見てるんだな。で、私は最後に胃薬を飲むんだけど、それもじいっと見てるんだな。どうやらラベルを読んでるらしい。だから、胃薬が欲しいのかって聞いたら、首を振る」

首筋をこすりながら、鳥島はちょっと笑った。「なんてことはないんだが、気になってね」

「彼、身元もはっきりしてないんですよね？」

「まるっきりだ。天から降ってきたみたいなもんでね。被害者の方からも、まだ何も聞き出せないし」

「明日、わたしにお手伝いさせてください。ホントなら、今日やってるはずだったんですよね。ご迷惑かけてすみませんでした」

貴子はそのまま席にいて、日報を書いたり電話に出たりしていたが、午前零時を過ぎたころになって、鳥島は仮眠をとりに行った。刑事部屋は、人の出入りはあるものの、全体としては静かで、管内で営利誘拐事件を捜査中とは、とても思えない。外されてしまうとこんなものかと、貴子は寂しく感じた。

寂しさを噛みしめると、小坂夫人に会えさえすれば――彼女を「見る」ことさえできれば――その思いが、どうしても頭をもたげてくる。そしてそのたびに、あたしになら「見える」という高揚した気分と、でもひょっとしたら「見えない」かもしれない、力はこのままどんどん衰えてゆく一方かもしれないという恐怖とが、代わるがわるこみあげてきて、貴子の心を乱した。

夕刻、高田堀公園で見かけた鳩笛草の、淡い紫色の花を、ふと思い浮かべた。あの花が好きで、あの花に名をつけた人のことも、心に思い浮かべた。一度、会いに行ってみようか。あの人になら、何かいい助言をしてもらえるかもしれない。身体が空いたら、すぐにでも行ってみようか――

その内々の葛藤にくたびれて、ほんの短いあいだのことだが、机についたままうとうとしてしまったらしい。「本田君！」と呼ばれてはっと目を覚ました。

美濃田課長と脇田が、刑事部屋の入口にいた。ふたりとも険しい顔をしていた。貴子はあわてて立ち上がった。とたんに、ぐるりとめまいがした。身体がよろけた。手近の椅子の背につかまると、椅子は大きく動いて机にぶつかり、派手な音がした。

「寝ぼけてんのか」と、脇田が厳しい声を出した。

「すみません」もつれそうになる足を強いて動かし、貴子は彼らのそばに駆け寄った。

「これから病院に行ってくれ。共立大付属の豊洲病院だ。場所はわかるな」怒ったような口調で、脇田は早口に言った。

「知ってます。でも何が?」

誰かが怪我を?

「小坂夫人が手首を切ったんだよ」と、美濃田課長が言った。いかにも困ったというように、両の眉を下げている。

「いったいどういうことです?」

「どうもこうもない」脇田は苦り切っている。「子供を誘拐された責任がどっちにあるかってことで、旦那と喧嘩したんだ。で、風呂場にこもって手首を切った。本人はすぐ車で病院に運んだが、傷が深いのか、入院が必要なんだとさ」

「わかりました」貴子は言って、すぐに刑事部屋を出ようとした。と、ぐいと袖をつかんで、脇田が止めた。

「早合点(はやがてん)しなさんなよ。何がわかったんだ。お嬢さんには、夫人の入院の支度をして病院に行ってほしいんだ。パジャマだのなんだの、いろいろ要るもんがあるだろ? 女の入院だからさ」

「はあ……」なんだ——そういうことか。

「間抜けな声を出しなさんなよ。夫人のまわりには本庁の連中がついてるが、どこで犯人が様子を見てるかわからないからな、彼らに使い走りをしてもらうわけにはいかんだろ。だからお嬢さんの出番なんだ。いいか、お手伝いか身内みたいな顔して行くんだ。届けたらすぐ帰ってこい。用はそれだけなんだから、余計なことはするなよ。普段着に着替えて行くんだぞ」

ロッカーには、ジーンズとシャツをひと揃え入れてある。すぐにも着替えることはできた。

「入院の支度なら、小坂家に行って、夫人の身の回りのものをもらって届けた方がいいんじゃありませんか?」

「家からは何も持ち出させたくないし、人も外へ出したくないんだそうだ」と、課長が言った。

「——そうだ」というのは、つまりは本庁の特捜班の意向では、という意味だろう。

「小坂家にはお手伝いさんもいるんだがね、その人も家に足止めしておってね。こんな時間だが——」

課長は腕時計を見た。午前二時過ぎだ。

「必要なものを買い集めることはできるかね?」

「なんとかします」

貴子はロッカールームへと走った。なんてことだ。だけどこれで、小坂夫人と会えるかもしれない!

課長の言うとおり、時刻が時刻だ、店など開いていない。が、幸い貴子の住まいはすぐ近くだ。すっ飛んで帰ると、押入の奥から、きれいに洗濯したパジャマ、タオル数本、買い置きしておいた新しい下着ひと揃いを取り出し、紙袋に詰めた。そういえば昨日、病院にかつぎ込まれた貴子に対して、小室佐知子が同じことをしてくれたのだった。

豊洲病院の夜間受付には、貴子が行くことを知っていて、本庁の刑事が待っていた。鳥島くらいの年齢だが、鳥島よりずっと健康そうな大柄の刑事で、「とんだことでね」と、気さくな口調で言うと、貴子を小坂夫人の病室まで案内してくれた。しんと寝静まり、ナースセンターを除いては灯りも落としてある暗い病棟の通路を、ふたりは早足に歩いた。

「夫人の怪我はどの程度なんですか？」

「傷はそれほど深いもんじゃないそうですよ。ただ、だいぶ混乱してるのでね。病院で保護した方がいいと」大柄な刑事は首をすくめた。「誘拐事件の捜査中にこんなことになるとは、なんともはや」

「夫人の様子は、最初からヘンでした」と、貴子は言った。「妙にヒステリックで。彼女、何か隠してることがあるような気がします」

大柄の刑事は、それまでの親切な態度のまま、口調もやわらかいまま、すらりと言った。

「そんな余計なことを夫人に言わないでくれよ。邪魔になるから」

貴子は思わず相手の顔を見た。これは明らかに貴子の失策だった。

「申し訳ありません」呟きながら、頬が熱くなった。その後犯人から連絡はあったのかとか、交渉はしてるのかとか、みちるの無事は確認できたのかとか、訊きたいことはいろいろあったが、口に出せなくなってしまった。

直接捜査にあたっている本庁の刑事たちも、夫人や小坂氏に対して不審を抱いているのだろう。そのことは、先ほどの美濃田課長の言葉からもうかがえる。お手伝いさんさえ足止めして外に出していないというのは、内部の人間がこの誘拐に関わっている可能性がある、もしくは、この誘拐についてよく知っている可能性があると、彼らが考えているからなのだ。その種の疑いがなければ、今貴子がしているような使い走りなど、警護をつけたうえで、家の者にしてもらえば、それで済むのだから。

夫人の病室は病棟の南端にあった。三つ並んでいる特別個室のうちの、中央だ。名札はまだ出ていなかったが、制服警官がひとり警備についており、貴子の連れの刑事を見ると立ち上がって敬礼した。貴子は会釈した。

大柄な刑事は、ドアを低くノックすると、貴子を促した。

「今は看護婦がなかにいるから。荷物だけ渡したら、出てくるように」

うなずいて、貴子は病室に足を踏み入れた。心臓が高鳴った。

こんな重大犯罪を扱うことのできない、所轄の、それも駆け出しの女刑事。ほんの今さっき、その立場を嫌というほど強く実感させられた。それだからこそ余計に、貴子は震えるほど強く、あの力を使うことを求めた。子供っぽい反発心が、貴子のなかで繰り返し叫んでいた。見てらっしゃい、あなたたちにはできないことが、あたしにはできる——

夫人を「見る」ことが。「読む」ことが。

病室というよりホテルのスイートルームのような部屋だった。すぐにはベッドが見えない。対になった豪華なソファとガラステーブル、壁に絵画が掛けられている。床は絨毯敷きだ。足音が吸い込まれる。

ソファの向こうに白い布製の衝立が立てられていて、ベッドはその陰になっていた。近づいてゆくと、ベッドの足元に立っていた看護婦が、貴子に気づいて会釈をした。

「城南警察署の本田と申します」きちんと姿勢をただして、貴子は言った。「着替えなど、身の回りのものをお持ちしました」

「ああよかったわ、小坂さん、着替えられますよ」看護婦が言った。笑顔の丸い、優しげな中年の女性だった。

小坂則子は、ふたつ重ねた枕に背中をもたせかけて、ベッドに横座りになっていた。左手は肘のあたりまでがっちりと包帯を巻かれているが、点滴も輸血もしていない。怪我そのものは、本当に大したことはないのだろう。

薄い綿のガウンのようなものを羽織り、腰のあたりまで毛布をかけているので実際のところはわからないが、ずいぶんと小柄で、華奢というより、子供っぽい体格の女性に見えた。顔は小さく、こぢんまりとまとまっている。髪は肩までくらいの長さで、かなりきついパーマをかけている。毎日きちんと手入れしていればエレガントに見えるが、手を抜くとただのざんばら髪になるという、厄介な髪型なのだろう。

「どこから持ってきたの」貴子の手のなかの紙袋に目をやりながら、小坂夫人は訊いた。鎮静剤の影響か、いくらか舌がもつれていた。

「奥様のものをお預かりしてこられればよかったんですが、ご自宅には迂闊に近づくことができませんので、大変申し訳ないんですが、パジャマはわたくしのです」と、貴子は言った。

「でも、それほど古いものじゃありませんし、洗濯はしてあります。下着は新品です」

「いいじゃないの、ね、小坂さん」看護婦が、子供をあやすような口調で言った。「とりあえず、間に合わせに手術着を着てもらってたんですよ」と、貴子に笑いかける。

「お店が開いたら、新しいのを買ってくればいいんだし、とりあえず、刑事さんが持ってきてくれたのをお借りしましょうよ」

看護婦の言葉にも、貴子の声にも反応せず、小坂夫人は、ぼうっとした視線を紙袋に向けている。やがて、震える声で呟いた。

「自分の着替えが欲しいわ。うちに帰りたい」

「しばらくは無理ですよ。様子を見なくちゃね」と、看護婦が言う。

「どうしてあたしの着替えを持ってきてくれないの？　どうして主人が来てくれないの？」

「ご主人は今、ご自宅を離れるわけにはいかないんですよ」と、貴子は言った。先ほどまでの高揚した気分の上に、途方もなくねじくれた疑問が重なってきた。なんだろう、この女性は。この人が、今の今誘拐されている娘の身を案じる母親か？

「主人に来てもらいたいわ」小坂夫人は、傷ついていない方の手で顔を押さえると、泣き始めた。「そばにいてほしいの。うちに帰りたいわ」

泣きじゃくりながら、息を詰まらせ、同じ事を繰り返す。看護婦が優しく肩を撫でながら、さあさあ、泣かないのと慰める。貴子は紙袋を抱えたまま啞然としていたが、看護婦に小声で「着替えをください」と言われ、急いで中身を取り出した。だが、簡素な花柄の綿のパジャマを、小坂夫人は手で払いのけた。

「そんなもの着られないわ。他人のものなんて。あたしは綿なんか着ないのよ」

思わず、貴子は看護婦の顔を見た。看護婦は口元だけで微笑していた。貴子のように驚いているのでもなく呆れているのでもなく、少し困り、大いに同情しているように見えた。

「気に入らないなら、無理に着ないでいいですよ。それより、少し休みましょうね」

「主人を呼んでちょうだい。会いたいの」

「あとで警察の方に訊いてみましょう。もしかしたら来ていただけるかもね」

看護婦が夫人を寝かしつけようとする。貴子も手をさしのべた。夫人を「読む」チャンスが訪れた。

とたんに、激しく振り払われた。「触らないでよ！」

右手の先が、夫人の左の二の腕、包帯のすぐ上に触れた。

だが、拒絶されたショックよりも、貴子は、自分の内側に伝わってきたものから受けた衝撃の大きさに、はっと息を飲んでその場に棒立ちになった。夫人の感情は電撃のように素早く、鞭のように強く、貴子を打った。

(あんな女死んでしまえどうしてみちるがわたしは死んでしまいたい死んだらみちるだってお父さんがあんな事を言ってあんな女がみちるの母親だなんて)

一瞬の接触で、貴子がつかんだ言葉。呪詛のようにも、子供の駄々のようにも聞こえる言葉。脈絡もなく、意味さえつかみにくい。だが、言葉と同時に貴子のなかになだれ込んできた夫人の感情は、あまりに暗く、悲嘆の色に塗り込められていて、貴子はまるで、びっしょり濡れた冷たい毛布を頭からかぶせられたような気になった。

——あんな女?

あんな女がみちるの母親だなんて。

みちるは、小坂夫人の実の子供ではないのか?

4

その夜の帰り、署に戻って、貴子は三時間ほど眠ることができた。ひどい顔色だから横になれ——という鳥島の強い勧めで、署の仮眠室の薄い毛布をかぶり、横になってみると、確かに疲れていたのか、眠るというよりは失神するという感じですっと意識がなくなった。が、切れ切れの意味のわからない夢ばかり続けて見てしまい、かえって疲労度が深くなったような気分で起き出したのが、朝六時半ごろのことだ。

洗面所で顔を洗いながら、慎重に指を滑らせて調べてみた。こめかみの無感覚な部分は、まだあった。消えていなかった——ということに、覚悟していた以上にひどくがっかりした。

貴子の身体が貴子の心に、あんたの抱えてる問題は、ちょっと横になった程度で消えるものではないんだよ、いい加減でそれを認めてくれと、頑固に主張しているのだ。それが消えていなかったことに落胆するよりも、広がっていなかったことに安堵しなくてはならないところまで、事態は進んできているのかもしれない——そんなことを考えながら食べる朝食は、味気なかった。

誘拐事件のその後の進展については、刑事部屋までは、ほとんど情報が入ってこなかった。脇田も課長も姿を見せないし、あれきり、助っ人を頼まれることもない。大木さえ顔を見せない。それでも、ちょっと捜査本部の様子をうかがいに行ってみると、運良くなかから戸崎が出てきた。目は充血しているが、大事な捜査に加えてもらえたことで張り切っているのか、くたびれた様子はない。

「ね、進展はあった?」

貴子の顔を見ると、戸崎は露骨に優越感を見せて、ちょっと顎をそらした。正直な男だ。

「部外者には話せないよ」

貴子は下手に出た。「割り込もうってわけじゃないのよ。ただ心配なだけ。わたし、昨夜病院の小坂夫人に会ったの。心配のあまり半狂乱になってた。気の毒でたまらなかった」

戸崎はちらっと周囲をうかがい、それから探るように貴子の顔を見て言った。「動きはないよ」

「みちるちゃんの無事は確認できたの？」

「わからないんだ。一億円を要求する電話があったきり、連絡そのものがないんだから」

「おかしいわね……」

戸崎は肩をすくめた。「我々も焦ってるよ」

戸崎の「我々」という挑発に、貴子は乗らなかった。それより、訊いておきたいことがある。

「おかしなことを訊くようだけど……みちるちゃんは一人っ子よね？ 小坂夫人の実子なのかしら？」

戸崎は濃い眉をひそめた。「なんでそんなこと訊くの？」

「だいぶ遅いお子さんだから。もしかしたら養女かなって思ったの」

「そんなことはないよ。実の子だ。欲しくて欲しくてやっと恵まれた一人娘だって。だからこそ、奥さんも半狂乱になってんじゃないか」

「そう……そうよね。じゃ、頑張ってね」

不得要領な顔をしている戸崎を残して刑事部屋に戻ると、ぼんやりと席について、貴子は、昨夜小坂夫人から「読みとった」事を、心のなかで転がしては吟味した。

いいいいいあんな女がみちるの母親だなんて。

みちるは小坂夫妻の実子であると、世間的には認識されている。だとすると、夫人のこの「言葉」を、どう解釈するべきだろう？

まず、表向きに反して、みちるが小坂夫妻の実子ではないという前提が成り立つ。みちるは養女なのだ。そして、彼女を養女にした時点では、小坂夫妻、いや少なくとも小坂則子は、みちるの実母がどんな女性であるか知らなかった——と考えることができるのではないか。みちるをもらうときから実母について知っていたのなら、今さらのように「あんな女が母親だなんて」という感情は湧いてこないだろうと、貴子は思う。小坂夫人がみちるの実母について情報を得たのは、比較的最近のことなのではないだろうか。

だとすると、次の段階として、みちるは正当な方法で養女として小坂夫妻に引き取られた子供ではない——という推測が生まれてくる。我が国では、実母の身元を隠したままの養子縁組みは認められていないからだ。

では不正な、闇の養子縁組みが行われたのか？　実母についての情報は伏せたまま、密かに子供をもらい、実子として出生届を出す——我が国では珍しいケースだが、前例がないわけではない。一昔前だが、そういう斡旋をやって逮捕された医師もおり、これは当時、社会的にかなり大きなニュースとなった。

あんな女がみちるの母親だなんて。そんな思考が、みちるが誘拐されたという非常時に、小坂夫人の頭のなかで渦巻いている――それを考えると、貴子には、昨夜東邦進学塾にみちるを迎えに行き、彼女と手をつないで仲良く出ていったという「叔母さん」の正体が見えるような気がした。

実母だ。みちるの産みの母親だ。そして小坂夫人は、みちるを連れ出したのが実の母親であることを知っているのだ。夫人は、武田麻美からみちるが叔母と名乗る女性と一緒に帰ったと聞いたその瞬間に、そうと悟ったのだ。

そして彼女が、その時点ですぐに、「誘拐だ」と騒ぎ始めたということは、ごく最近、小坂夫人とみちるの実母とのあいだに、みちるを巡る諍いがあったということを証拠づけるのではないか。紛争のたねは、もちろんみちるだ。みちるの実母が、彼女を引き取りたいと希望して、小坂夫妻に接触してきていた。それだけでなく、みちる本人にも、自分が実母であるということを明かした上でであるかどうかは別として、接近し、親しくなっていた――

だが、小坂夫妻は実母の申し出を拒絶していたのだろう。だから実母は直にみちるを取り返すため、彼女を連れ出した――

しかし、この推測を推し進めてゆくと、身代金を要求する電話の件の説明がつかなくなってくる。実母がみちるを取り返しに来ただけならば、そんな電話などするはずがない。

机の上のメモに思いついたことを書き散らしながら、貴子は考えた。

ひとつ。一億円を要求する電話があったというのは嘘であり、実際にはそんな電話はかかってこなかった、ということはないか？　小坂夫人がこの件を誘拐事件として、警察に強硬な捜査に取りかかってもらうために、虚偽を述べたという可能性は？　これについては、電話を受けたのが誰か、録音機は回っていたかなど、確認する必要がある。

ふたつ。電話は本物で、みちるの実母が――彼女ひとりか共犯者がいるかは不明だが――本気で小坂夫妻から身代金を奪おうと企てている場合。だが、これはちょっとややこしくなる。みちるがどう関与しているかによって、想定が違ってくるからだ。みちるは、「叔母さん」が実母だと知っているのか、知らなくて騙されているだけなのか。あるいは利用されているのか――

「熱心だね」

鳥島の声に、貴子ははっとして机から顔をあげた。貴子の肩越しに、鳥島がメモ書きをのぞきこんでいる。あわてて肘で隠した。

「やっぱり気になるよなあ」と、鳥島は微笑して言った。「私も同じ気持ちだよ」

「ちょっとあれこれ考えてただけで」貴子は笑ってみせた。「役にも立たないことですよ」

鳥島は、ぽんぽんと貴子の肩を叩いた。父親のような優しい仕草だった。

「いいことをひとつ教えよう。一人前の刑事になるためには、大きな事件の捜査から外されたときの身の処し方を覚えることだよ。悔しがらないことが肝心、ただ、忘れないことも肝心だ」

貴子は鳥島の顔を見あげた。彼は特捜本部のある方向を見やっている。貴子の肩に触れている手のひらから、何かぼうっとした、つかみどころのない、だが明るいエネルギーのようなものが伝わってきた。鋼鉄のシャッターの向こうで、滑らかに駆動している強いエンジン——音もなく振動もないが、その存在は確かに感じられる、というような。

「昨日の話だが、あの子を出して来たんだ。一時間ばかし、調べてみようと思う。手伝ってくれんかね」

「喜んで」と、貴子は立ちあがった。そのとき、またふわっとめまいがした。机の上のメモ書きが、一瞬、一八〇度回転してまた元に戻った。

手で額を押さえ、目を閉じる。鳥島が、思いがけないほど強い力で肩を支えてくれた。

「ふらつくのか？　大丈夫かね？」

めまいは、潮が引くようにおさまってゆく。貴子は目を開けた。

「ごめんなさい。平気です」

「昨日も、こんな感じだったな」

救急車で運ばれたときもこうだったし、昨夜遅く、脇田と課長に呼ばれたときも同じようにめまいを感じた。あのときは、居眠りをしていたせいだろうと思ったけれど——

「ちょっと貧血気味なんです」貴子は言って、机から身を離した。「今度、薬をもらいに行ってきます。さ、取りかかりましょうよ」

鳥島のいう完黙の「あの子」は、被害者を刺したときに怪我をしたと思われる右手を包帯でぐるぐる巻きにし、肩から吊っていた。それを除けば、いたって元気そうに見えた。

ひょろりと背の高い、顎の尖った若者である。耳が大きく、全体に骨張った身体つきをしているので、ぱっと見た瞬間、貴子は大きなコウモリみたいだと思った。襟刳り（えりぐ）のたるみきった薄いTシャツに、これまた膝の出たジーンズ姿だ。服装にくらべればかなりましな、新しいスニーカーを履いているが、紐は抜いてあった。ジーンズのウエストがだいぶだぶついているところを見ると、本来はベルトも締めていたらしい。

犯行直後、公園で身柄を押さえられたときには、すべてに無反応で目を開いたまま眠っているみたいな状態だったと聞いていたが、現在の彼は、だいぶ様子が違っていた。貴子と鳥島が取調室に入ってゆくと、ちゃんと目を動かしてこちらを見たし、貴子を認めて、（あ、新顔がきた）とでもいうように、細い目をちょっと見開いた。

「こんにちは」貴子は彼に声をかけ、調書をとるべく脇の机に向かっている巡査にも会釈をした。

「ちょいと気分転換はどうかね」と、鳥島が言いながら、彼の向かいに腰を降ろした。

「いつも私の顔ばっかりじゃ退屈だろう。うちにひとりだけいる女の刑事だよ。ちょっと君と話したいというから、来てもらった」

「おはよう、わたしは本田といいます。鳥島刑事の後輩よ」

貴子は敢えて、すぐには座らなかった。窓に近寄り、格子の隙間から外をのぞいてみた。昨日と同じ、明るい晴天の空が広がっている。強風も去り、額に入れて壁にかけておきたいようなのどかな景色だ。

「いい天気ねえ」と、振り返って若者の顔を見ながら、貴子は言った。「こんなところに閉じこもってるの、つまらないでしょう」

若者は鳥島とのあいだを隔てている机の上に目を据えて、黙っている。机の上には何もない。灰皿も、湯飲みも、鉛筆も。時々ここで食される店屋物の丼の糸じりの跡が、丸い輪っかになってぽつりぽつりと残っているだけだ。若者は、それを数えてでもいるのだろうか。

「傷は痛まない？」

若者はまばたきをし、軽く目をつぶった。喫茶店で、なかなか来ない友達を、あるいはガールフレンドを待ちながら、ぽつねんとしている――というような風情だ。でも、決して無反応ではない。彼が、逮捕当時心配されていたような、そして脇田が頭の脇で指を回して暗示したような状態でないことだけは確実だ。

貴子は鳥島を見た。彼は、たぷんとたるんだ腹の上でゆったりと腕を組み、椅子の背に寄りかかっている。平和そうな顔だ。

「君の名前、教えてくれないかな」言いながら、貴子はゆっくりと若者の背後に回った。

「友達が刺されて入院してること、知ってるでしょ？　命はとりとめたわよ、良かったわね」

若者は視線を動かさない。

「君は見たんだものね、近くで。そのあと公園で、うちの巡査に保護されてここに来た。君が、友達が刺されたことについて何か知ってるんじゃないか、知ってたら教えて欲しいって、わたしたちは思ってるの。警察なんかに連れてこられて、緊張してしまうのはもっともだけど、決して怖がることないのよ。肩の力を抜いて、わたしたちに協力してくれないかな」

若者の顔をのぞき込む。着たきり雀の彼の身体から、汗と体臭が匂った。

「ね、ご家族にも知らせて、着替えとか持ってきてもらいましょう。このTシャツ一枚じゃ、夜なんか肌寒いでしょ。ジーンズもぶかぶかだし……。署内では、ベルトとか紐の類はとってもらうことになってるの。もっと楽な服装になった方がいいわよ。ジャージの上下がいちばんいいんだけど」

そう言いながら、貴子は、左右の手を若者の両肩に乗せ、さっき鳥島が貴子にそうしてくれたのと同じように、軽く叩いた。

とたんに、音楽が聞こえてきた。あまりに意外だったので、驚いた貴子は、若者の肩をくっと摑んで手を止めた。この音楽――クラシックだろうか？　荘厳と言ってもいいようなメロディだが、しかし深みのない薄い音だ。玩具のフルオーケストラが、モーツァルトの交響曲を奏でているという感じ。

若者が、ぐっと肩を動かした。貴子の手をはらいのけようとする。はっとして、貴子は手を離した。鳥島が、驚いたようにこちらを見ている。

「ま、とにかく」貴子はちょっと手のやり場に困り、意味もなく軽くぽんと叩いた。「今日はお医者様にも診ていただきましょう。傷の具合を確かめて、包帯を取り替えたりしなくちゃね。化膿止めの薬とか、もらっていないんですか?」

質問は、鳥島に向けてしたものだった。彼はうなずいた。「もらっているよ。ちゃんと飲んでいる。診察も受けることになってるしな」

「それなら良かった」貴子は、今度は鳥島の脇に立ち、机に軽く両手をついた。「お医者様に会ったら、友達の容態も訊いてみましょう。何か話せるようになってるかもしれないわよ」

若者は、依然として机から視線を離さない。鳥島が貴子に何を期待したかはわからないが、今までのところ、単なる気分転換にさえなっていないようだった。

こういうタイプの容疑者を取り調べることなど、貴子にとっても初めての経験だった。鳥島が手伝ってくれと言ったのも、貴子に経験するチャンスを与えてくれるためだったのだ。貴子はそれに応えなければならないのだし、そのことはよくわかっていたが、さあ次にどんな言葉を若者に向けたらいいかということさえわからなかった。もっと事件と関係のないことばかり話すべきか？　それとも、強面で脅すべきか？

焦り、迷う心が、ちくちくと貴子をせっついた。貴子は、深い考えもなく、ほとんどとっさに、さっき若者のなかから流れてきたあの音楽をハミングしていた。

すると、いきなり若者がぱっと目を見開き、半ば腰を浮かせた。

鳥島はベテランだから、ハミングどころか、たとえばこの場で貴子がいきなり若者に張り手を食らわしたとしても、驚いたふりはしても、本気で驚きはしないだろう。だが、若者が示した驚愕の態度が、鳥島にも伝わった。鳥島も椅子から立ち上がりかけ、脇机の巡査も中腰になった。

若者は、腰を浮かせたまま、食いつくように貴子の顔を見つめている。貴子は、若者が立ち上がりかけたとき、反射的にちょっと身を引き、口をつぐんだが、若者が貴子を凝視し、その顔に明らかなショックが浮かんでいるのを見ると、さらにハミングを続けた。さっき聞き取った音楽を、二度、三度繰り返して口ずさみ、三度目が終わったところで、若者にほほえみかけた。

「音楽、好き？　この曲、聞いたことある？」

若者は、まだ貴子の顔を見つめたまま、のろのろと腰を降ろした。口を半開きにして、何度か激しくまばたきをすると、鳥島に目をやった。

「この人を――」若者の声は、体格から想像するよりもはるかに子供っぽかった。「ここから出してくれよ。オレ、この人嫌いだ」

しゃべった。

貴子の身体の奥で、心臓が踊り狂っていた。久々の感覚だった。当たりだ。あたしの力。あたしにしかできないこと。勝ち誇ったように、貴子の血の流れが速くなる。こめかみが脈打つ——

ふと目をやると、若者のむき出しの左腕に、びっしりと鳥肌が浮いていた。

鳥島が、脇机の巡査と素早く目を合わせた。それからゆっくり立ち上がると、

「じゃ、本田君、ちょっと」

貴子の肘をとり、取調室から出ようとする。貴子は若者に背を向けながら、もう一度あの音楽の一節をハミングした。今度は、若者も椅子から動かなかった。

刑事部屋の戸を閉めると、素早く向き直って、鳥島が訊いた。「ありゃ、何だね?」

「何って?」

「君の歌ったあの音楽だよ。なんかクラシックみたいだったね」

まだ動悸が激しい。貴子はいい気分だった。

「どこかで聴いたことのある音楽なんです。なんてことありませんよ。ちょっと口ずさんでみただけです。彼があんまり激しく反応するから、わたしも驚きました」

「じゃ、当てずっぽうか?」

貴子は笑った。「当たり前ですよ。何でしょうね、彼のあの態度は」

「音楽、なあ……」鳥島は頭に手を当てた。

「何か手がかりになりますか」

「わからん。しかし、あれで初めてあの子がしゃべったんだし、君を追い出してくれと言ったのも、ショックを与えられたからだろうしね。被害者に関係あるのかな」

「調べてみましょうか。倉橋さんは誘拐事件の方にとられてるんでしょう。わたし、これから行ってみますよ。被害者が持ってるCDとかテープのなかに、この音楽があるのかもしれません。気づかれました？　鳥肌が立ってましたよ、彼」

「うん……」

鳥島が腕組みしたとき、刑事部屋の戸が開いて、どたどたと誰かが入ってきた。見ると、大木だった。徹夜明け独特の脂ぎった顔をして、ワイシャツの襟がくしゃくしゃだ。

「あ、ポンちゃん」と、大声を出した。「帰って来たよ、無事だったよ」

貴子と鳥島は、声を揃えた。「誰が？」

「決まってるじゃないか、みちるちゃんだよ。解放されて、ひとりで自宅へ帰ってきたんだ」

一時間ほどてんやわんやの騒ぎがあって、ようやく大木も一息つくことができるようになり、貴子を連れ出した。

「昨夜から何も食ってないんだ、蕎麦屋へ付き合ってくれよ、詳しいこと、話すからさ」

戸崎から訊いたよと、天ぷら蕎麦をすすりながら、大木は言った。

「小坂夫人の病院へ行ったんだってな。すごく取り乱してて気の毒だったって」

「今頃はほっとしてるでしょう」

わざと、意味ありげに聞こえるようにゆっくりと言った。が、みちるの無事を喜び、空腹を満たすことに夢中になっている大木は珍しく鈍感で、貴子の口調に気づかなかった。

「ホントによかったよ」

「だけど、みちるちゃんがひとりで帰ってきたってことは、犯人は捕まってないのね？　本当に解放されたの？　それとも逃げ出してきたの、どっち？」

「実は、どっちとも言えないんだ」お冷やを飲み干し、ほうっとため息をついて、大木は言った。「ポンちゃん、ロイアルホテル、知ってるだろ？　東京シティエアターミナルのとこにある」

「ええ、知ってる」この町から、車で五分ほどの場所である。

「みちるちゃんは、あそこにいたんだ。塾から連れ出されたあと、ずっとそこの十一階のスイートにいた。叔母だと名乗った女と一緒にね」

みちるの話では、叔母だと名乗った女性と、彼女は面識がないという。昨夜は彼女が、お父さんに頼まれて迎えに来た、ロイアルホテルに部屋をとってあるので、一緒に行こうと言ったからついていっただけだという。迎えの女性は、お父さんの部下で遠山(とおやま)という者だと名乗ったという。

「だけど、武田麻美にはその女性のことを『叔母さんだ』って紹介してるじゃないの」

「それがさ、みちるちゃんは、それについては武田先生に嘘をついたことを認めてるんだ。叔母さんだと言わないと、武田先生が帰してくれないだろうから、わざと嘘をついたって。迎えの女性のことは、彼女が自称したとおりの人だと信じ切っていたそうだ」

貴子は、大木には悪いが思わず鼻で笑った。

「そんな馬鹿な。だいたい、夜の九時に、どうして親がホテルに部屋をとって子供を呼ぶわけがあるの？　非常識よ」

「こりゃ、俺の話の順番が悪かった」と、大木は笑った。「ポンちゃんは知らないもんな。小坂一家が住んでる宝橋のマンションさ、かなりの老朽マンションで、ここ一年ぐらいのあいだに、配管がつまったり給水タンクのポンプが故障したりして、何度か断水してるんだよ」

つい一カ月ほど前も、夕飯時にいきなり断水したことがあり、修理に二日ほどかかって、入居者は往生(おうじょう)したのだという。

「そのときに、小坂一家は断水が直るまで、ロイアルホテルに泊まったんだそうだ。で、昨夜みちるちゃんを迎えに行った女性も、また断水してしばらく水道が使えないから、ご両親がホテルに部屋をとったと説明したんだそうだ」

区会議員を務める篠塚誠は、元は地元の大きな不動産業者である。いくら嫁に行ったとはいえ、その娘である小坂則子が、夫と子供と、そんな古いマンションに住んでいるとは合点がいかない。貴子がそう言うと、大木は吹き出した。

「ポンちゃんも、脇田さんみたいに細かいことを突いてくるね。小坂夫妻の結婚に、篠塚誠は大反対だったんだとさ。結局、則子夫人は駆け落ち同然に家を出て旦那と一緒になったんだ。みちるちゃんが生まれてから、少しは和解したらしいけど、今でも小坂夫婦と篠塚誠のあいだはしっくりいってない。経済的にも、一切実家には面倒みてもらってない。だからこそ、小坂伊佐夫は篠塚誠の不動産会社を継がずに、余所でサラリーマンをしてるわけだよ。彼自身の力で、結構出世してるようだしね。問題のおんぼろマンションからも、近々引っ越す予定があるんだそうだ」

そういう次第で、昨夜、みちるは何の疑いもなくロイアルホテルに行った。着いたときには両親はおらず、一緒に行った「遠山」という女性は、みちるに、「お父さんはまだお仕事だし、お母さんは、家から着替えなどを持ってくるとおっしゃっていたから、少し遅れるかもしれない」と言ったという。そして、みちるの夕食にルームサービスを頼んで、自分はちょっと用があると言って部屋を出て行った。

「それでだ、女が部屋を出た直後なんだよ、小坂家に身代金を要求する電話がかかってきたのは」と、大木は勢い込む。

夕食を済ませたみちるは、部屋でのんびりとテレビを見ていたという。特に疑いは感じなかった、お父さんはいつも帰りが遅いし、お母さんは、外出の時などいつも手間取るし、待ち合わせにはよく遅れてくる人だから、と話したそうだ。

「そのうち、疲れたから眠ってしまったんだとさ」と、大木は続けた。「で、今朝目を覚ましてみると、ひとりで部屋にいた。さすがにおかしいと思って家に電話してみて、お父さんが出て、それでみちるちゃんもびっくりさ。本庁の連中の話じゃ、小坂氏はみちるちゃんにそこを動くなと言ったそうだけど、みちるちゃんとしちゃ、誘拐されてるなんて気づいたら恐ろしくて、とてもじっとしていられなかったんだろうな。幸い、少しは金も持ってたから、タクシーで家にすっ飛んで帰ったってわけさ。あわててホテルに飛んでいった本庁の連中は、入れ違いになっちまった。部屋代を精算して、今頃は現場検証をしてるよ」

大木はちらと時計を見上げた。午前十一時過ぎだ。

「午後、記者会見をやるって言ってたよ。もう報道はされてるだろう」

貴子は首を振った。「あたしにはその話、すごくよくできた作り話に聞こえるわ」

「作り話？」

「そうよ。誘拐犯人はどうなったの？　何が目的だったの？　一億円要求してきたのに、どうして途中でみちるちゃんを放り出したのよ？」

「おかしな点は、確かにいろいろあるよ」と、大木は認めた。「まだ内々の話だけど、本庁でも、最初から、これはマジな営利誘拐ではないと考えてた」

「何だって言うの？」

「嫌がらせさ」

「換気塔建設反対派の？」

「そうじゃないよ。実は、小坂伊佐夫の女性関係が怪しいんじゃないかと言ってる。どうやら、彼には愛人がいるらしいんだ。部下の女性だけどね」

貴子は顔をしかめ、大木を見つめた。彼はゆっくりとうなずいた。

「そのことで、半年ほど前から、夫婦のあいだは相当まずくなってたらしい。離婚話も持ち上がっていたと、これは小坂氏が認めてるよ。実際、みちるちゃんが連れ去られたとたんに、夫人が手首を切ったりしてるだろう？」

「じゃ、夫婦間に諍いを起こさせるために、愛人が偽装誘拐でみちるちゃんを連れ去って、目的を達したからさっさと解放したというわけ？」

「じゃないかな、と」

「ホテルでは、『遠山』と名乗った女性の顔を確認してるの？」

「してる。モンタージュもつくってるよ。だが、『遠山』という女性は、小坂氏の勤めている会社の社員ではない。つまり、彼の愛人でもない。共犯者かもしれないね。でも、いずれにしろ、小坂家の事情にかなり詳しい人物が――断水やホテルの件を知ってるわけだからね――一枚噛んでいることは間違いないだろう。俺としちゃ、小坂氏本人がいちばん怪しいと思うな」

「武田麻美は、みちるちゃんが迎えの女性に手をさしのべて、みちるちゃんの方から手をつないだって言ってるのよ」貴子は指先でテーブルを叩いた。「十一歳の女の子——もう充分に多感な時期よ。両親が父親の愛人をめぐってもめてることだって、当然気づいてるわよ。そんな女の子が、お父さんの部下だって言って近づいてきた初対面の女性に、いきなりそんな親しげなふるまいをすると思う？　おかしいわよ」

大木は、貴子の勢いに首をすくめた。

「みちるちゃんが、『遠山』と名乗った女性と親しげにしていたかどうかは、わからないぜ。彼女本人は、お父さんの会社の人だから、ちゃんと挨拶しなくちゃと思ったとは言ってるそうだけど」

「武田麻美が見てるわよ」

「彼女ひとりだけだよ。それに、親しそうだったたっていっても、主観の問題だからね」

「こんなことに主観もへったくれもないわ」貴子は椅子を引いた。「あたし、武田麻美に会ってくる。これじゃ、彼女が嘘つきにされちゃうじゃない」

「落ち着けよ、ポンちゃん、なんかおかしいぜ。なんでそんなにムキになる？」

「いい？　武田麻美は、みちるちゃんが連れ去られた直後、小坂夫人に脅されてるのよ。何かあったらあんたの責任だ、訴えてやるって。父親が議員だってことまで持ち出して脅しつけてるのよ。それで武田さん、震えあがってるのよ。そんな状態で、いい加減なことを言うかしら？　あたしは、彼女は本当のことを言ってると思う。小坂みちるの方こそ嘘をついてる——少なくとも、本当のことを言ってはいないわ」

大木はちらっと周囲を見た。貴子の声が高いので、隣のテーブルの客が驚いてこちらを見ている。

「声が大きいよ、ポンちゃん」

カッとなったせいか、頭がふらふらしてきた。お冷やを一口飲んで、貴子はふうと息を吐いた。

「とにかく、小坂みちるの事件はおかしいことばっかりよ。本人に会ってみたいわ」

「彼女も今は、本庁の連中に囲い込まれてるよ。まだ事情聴取——」

不意に、大木の声が遠のいた。ぐっと床が持ちあがった。ひやりとして、貴子はテーブルの端を手でつかんだ。

いきなり、がつんと殴りつけられたかのように、こめかみ——あの無感覚な部分のある頭の左側に激痛が走った。まぶたの裏に無数の光点が砕け、それから目の前でフラッシュがたかれたみたいに真っ白になった。

前のめりになった。膝頭（ひざがしら）がテーブルの脚にぶつかり、大きな音がした。が、痛みはなかった。感覚がなかった。あるのは白い閃光（せんこう）に満たされた視界と、ますます激しくなる頭痛と、身体が震えてコントロールのきかなくなる感覚——

「ポンちゃん！」

気がつくと、大木に抱きかかえられていた。貴子はほとんど彼にすがりつくようにして、床に膝をついていた。手足が痺(しび)れた。口もうまく動かない。

「しっかりしろ、誰か、救急車を呼んでください！」と、大木が首をよじって叫ぶ。店内の客たちが騒いでいる。

痺れた手を動かして大木の胸を叩くと、貴子は懸命に努力して首を振り、声を出した。

「いいの、いいの」

「何言ってんだ、病院へ行かなきゃ！」

「いいの、それより家に帰る」

こんなところ、人に見られたくない。誰にも知られたくない。もうこれ以上、おかしいと思われたくない。

「馬鹿な――」

「お願い、家に帰りたい。送って」

貴子は自力で立とうとした。力の抜けた足は、濡れたゴミ袋みたいに重い。靴が片方、脱げてしまった。

「お、願いだから」

わななく口で言葉を発しながら、貴子は頬に温かいものを感じた。涙だ。ああ、あたし、泣いてる。

「家に連れてって。お願いだから、病院には行きたく、ない」

貴子の部屋は、四階建てのマンションの二階にある。大木は、自力では歩くことのできない貴子を、ほとんど担ぐようにして連れ帰ってくれた。家に向かう途中、ひどい頭痛はだんだん収まりつつあったが、麻痺したような手足はそのままで、バッグのなかから鍵を取り出すこともできず、大木にドアを開けてもらった。

大木は、壊れ物でも扱うみたいにして、貴子をソファに降ろした。自宅にたどりついた安堵感で、貴子はまた涙がこみあげてきた。

「どうもありがとう」

大木はすぐそばに膝をつき、大きな身体をかがめて貴子の顔をのぞきこんでいる。

「もう大丈夫。だいぶよくなったから」

「ちっともよかないよ」と、大木は低く言った。「何がいいもんか」

「病院には行くから」貴子は重い腕を持ち上げ、手で顔を拭った。「約束します。ちゃんと診てもらうわ。だから、今日のところはね、このこと、内緒にしておいて。誰にも言わないで」

「ポンちゃん――」

「署に電話して、今日は休暇とらせてもらうから。ね、それならいいでしょ」

「重い病気かもしれないんだぞ。本当に病院へ行くか？」

「うん、行く」

「じゃ、これから行こう。署にわからないようにすればいいんだろ？　騒ぎにならなきゃいいんだ。俺が連れてくから」

貴子は首を振った。頭を動かすと、また痛んだ。目の裏に光点が散った。

「今は駄目。もう少ししたら」

「何でだよ。無茶苦茶だ」

「無茶でもなんでもそうするの。大木さんはもう署に戻って。まだまだやることがあるでしょう？」

しかし、大木は動きそうにない。いかにも悔しげに、腹立たしそうに、大きな拳を握りしめている。

「ごめんね」と、貴子は小さく言った。申し訳ないと、心底思う。その思いが貴子に言わせた。

「だけどあたし、どうしてこうなってるのか、理由を知ってるの」

「――え？」

「わかってるの、どこが悪いのか」

あたしは衰えてきてるの。あの力が衰えてきてるの。あの力を司る脳のどこかが死にかけてるの。たぶんそうなの。きっとそうなの。こういうことが来るかもしれないって、ずっと怖かったの。

「わかってるなら……」

「お医者に診せても、どうにもならないの。よくわかってるのよ」

「そんなことがあるもんか」

「あるのよ」貴子は努力して微笑した。「大木さん、ちょっと手を貸して」

差し出された彼の手を、貴子はできる限りの力を振り絞って握りしめた。

何も「見え」なかった。空白よりもひどい。電源を切ったあとのテレビ。電池の入っていないラジオ。電波を受けることのできないアンテナ。大木に触れたときにいつも感じる、あの丸いすべすべした明るい感じさえ伝わってこない。今現在、彼が感じてくれているであろう心配や混乱や、わからずやの貴子への怒りも。

大木の表情を見、声を聞いて、彼の感情を知ることしか、もうできなくなっているらしい。あたしも普通の人間になってしまった。スイッチが切れたのか。ブレーカーが降りたのか。ああ、これで本当に終わりなのかと、貴子は思った。アウト。終了。こんなふうに？　伏せた顔から、ぼろぼろっと涙がこぼれた。それが大木のズボンの膝の上に落ちた。

大木は貴子と貴子の涙を、まるで叩かれた犬みたいな顔で見た。彼の目も赤くなっていた。徹夜のせいだと、貴子は思った。泣きそうになってるなんてこと、ないよね――

　大木が腕をさしのべて、貴子を包み込むと抱きしめた。彼が震えていることが、貴子にも感じられた。まばらに髭の生えた顎が、頬に当たってちくちくした。

「何だよ、ポンちゃん」大木の声が震えていた。「何を隠してるんだ？　どういうことなんだよ。どうしちまったんだよ」

　ごめんねと、また言おうとしたけれど、言葉にならなかった。あとからあとから涙が出てきて、しゃくりあげながら、大木の肩に頭をもたせかけて、力無く、貴子は泣いた。

「なあ、病院へ行こう。診てもらえばきっとよくなるから」貴子の身体を優しく揺すりながら、大木が言った。「言えない理由があるなら、何も言わなくていいよ。だけど、頼むから医者には診てもらってくれよ。俺、ポンちゃんに元気でいてもらいたいんだよ。死なれたくないんだよ」

「……死んだりしない」

「死にそうな顔してるんだよ、わかってるのか、おい」

　貴子の顔をのぞきこんで、大木は言った。貴子より、もっと怯えたような目をしていた。

　思い出してるのだと、貴子は思った。昔、婚約者を失ったときのことを。大木にとって、身近な人間を失うことへの恐怖は、もしかしたら彼自身の死への恐怖よりも強いのかもしれない。

「一日ぐらいのあいだに二度も三度も倒れてさ。幽霊みたいに真っ白になってさ。今にも死んじまいそうだよ、ポンちゃんは」

「死なないってば」と、貴子は言った。確証はないけれどと、心のなかで言った。

能力がなくなったとき、身体の方がどうなるか、それは貴子にとってはまったくの未知の事柄だ。あの人――鳩笛草の人も、それは知らなかった。ふたりで、どうなるのだろうかと話し合ったことはあるけれど、結論は出なかった。

もしかしたら、死ぬのかもしれない。脳が死んで、動けなくなるのかも。そう、能力がなくなっても、ただの人間に戻るだけで、あとはまったく正常でいられるなんて虫のいいことを期待するのは、きっと間違いだろう。だからこそ、このめまい、しびれ、頭痛があるのだ。

それでも――

「死なないよ」と、貴子はもう一度呟いた。このまま眠ってしまえるといいな、と思った。目を閉じると、すぐにも眠れそうだ。大木の腕のなかにいると、とても温かい。

大木が絞るような声で言っている。「惚れた女がみんな死んじまうなんて、俺をそんな可哀想な奴にしないでくれよ――」

そうなの……そうだったの……だけどあたし、あなたの心のなかにそんな想いを見たことなかったよ……

ほんの少しだけ微笑みながら、貴子は目をつぶった。そのまま、小石が水に沈むように、眠りのなかに陥っていった。

5

――遠くで人の声がする。

暗い。暗くて、少し寒い。身動きすると、身体にまつわりついていた毛布がずれて、肩がむき出しになった。

貴子はまばたきをした。自室の、自分のベッドに横になっていた。窓にはカーテンが引かれ、灯りも消してある。人声は、閉じられているドアの向こう、小さなリビングキッチンから聞こえてくるのだった。

起きあがり、床に足をおろしてみた。下着姿になっていた。どうりで寒いはずだ。

(目が覚めたんだ――)

まだ生きてる。あのまま死にはしなかった。二度と目覚めないということはなかった。なんだか他人事みたいに淡々と、そう思った。

手をあげて、こめかみに触れてみた。異常な感触がした。顔が腫(は)れあがっているみたいだ。が、指先でゆっくりと探ってゆくと、顔が腫れているのではなく、無感覚な部分が広がったために、むくんだような感触が伝わってくるのだとわかった。

無感覚な、皮膚が死んだようになっている部分は、額からこめかみ、頬、顎の先まで、顔の左半分全体を覆うくらいにまで拡大していた。頭も、左半分が膨れあがったみたいな感じがする。

進んでいるんだ……。いや、後退しているという言葉の方がふさわしいか。この現象は明らかに、貴子の能力の衰退や身体の変調と密接な関係があるのだろう。

リビングから、また人の声が聞こえてくる。頭がはっきりと目覚めてきたので、耳を澄ますまでもなく、その人声はテレビの音声なのだと判断することができた。誰かがリビングにいて、テレビがつけてある。どうやら、ニュース番組のようだ。

そのとき、ドアチャイムが鳴った。椅子を引く音、ついでスリッパ履きの音がして、リビングにいる誰かが玄関へと出てゆく。狭い家のことだ。すぐにドアが開く音がした。

「遅くなってすみません」

大木の声だった。ついで、小室佐知子の声が聞こえた。

「いえいえ、あたしは全然かまわないんです。だけど、署の方はいいんですか？」

「何とか今夜は抜け出してきました」

ふたりとも、声をひそめている。リビングに引き返して来ながら、

「様子、どうですか？」

「ずっと眠ってるわ。あたしがこっちに来てすぐに、ひどいいびきも止まったしね」

「助かりました。何度もご迷惑おかけして」

「いいんですよ。そんな気にしないで」佐知子の口調は優しい。「ポンちゃん、言い出したらきかないからね。大木さんも大変だわ」

いったい、今何時だろう。枕元の目覚まし時計をのぞいてみると、午後七時を過ぎていた。半日も眠りこけていたことになる。

おそらく、貴子が眠ってしまったあと、困った大木は、またもや小室佐知子に助けを求めたのだろう。そして、佐知子がここへ来てくれると、彼女に貴子の世話を頼み、彼は入れ替わりに署に戻っていったのだ。そうして、今また帰ってきたということか。

貴子の頼みを聞き入れて、医者に連れていかずにいてくれたことには、感謝しなくては。

「それじゃあたしはそろそろ……」

「すみませんでした」

「ポンちゃんにお説教してあげてください。身体は大事だって。まだ寝てるかな……」

佐知子が寝室に近づいてくる気配がしたので、貴子はあわててベッドに潜り込んだ。毛布をひっかぶったとき、戸が開いた。

「眠ってるわね」と、佐知子が小声で言う。「お粥を炊いておいたから、食べてもらってくださいね」

「いろいろ、ありがとうございます」

寝室の戸が閉まる。貴子は毛布から首を出した。

「署もてんやわんやの状態だし、大木さんも疲れてるんじゃないですか」

「大したことないですよ。誘拐の方は、ああいう形だったし」

「まあ、良かったんだけどね」と、佐知子がちょっと笑う。「なんだか、おかしな事件だったですよね。結局、記者会見もなかったでしょう。狂言らしいって噂をちょっと聞いたけど、本当ですか？」

「確かなところはまだ、なんとも」

「そうですね、迂闊におしゃべりできることじゃないですね。じゃ、あたしはこれで。何かあったら、どうぞ連絡してください」

大木は何度も佐知子に礼を述べ、彼女を送り出すと、リビングに戻ってきて、椅子に腰をおろした。象みたいな、大きなため息が聞こえた。

貴子には、パジャマをたたんで枕の下に入れておく習慣がある。手を突っ込んでみると、ちゃんとあった。急いで着替え、パジャマの上から薄いガウンを羽織り、腰紐をちゃんと締めて、そっと寝室の戸を開けた。

大木はリビングのテーブルに向かい、頬杖をついていた。昼間と同じ服装で、上着の裾がしわくちゃだ。すぐには貴子に気づかず、ひどくくたびれた顔で、ぼうっと空（くう）を見ていた。

「ごめんなさい」

貴子の声に、大木は文字通り飛びあがるほど驚いた。貴子は急いでテーブルに近寄り、立ち上がろうとする彼を制してから、ゆっくり腰をおろした。

「起きたりして、動いて大丈夫なのか？」

「うん。気分はだいぶよくなったから。また、小室先輩にお世話になっちゃったみたいね」

「聞いてたの」

「うん。ちょっと前に、目が覚めてた」

大木はバツの悪そうな目をした。「俺も芸がないから、いつもあの人に頼っちまって。ホントなら、俺がずっとここにいられればよかったんだけど……」

「そんなの無理よ」貴子はきちんと頭を下げた。「ご迷惑をおかけして、すみませんでした」

「やめてくれよ、そんなの。それより、俺はただ、ポンちゃんの身体が心配なだけなんだから。小室さんだってそうだよ」

大木は怒っているようにも、傷ついているようにも、悲しんでいるようにも見えた。ひどい言い争いをした後のような、言葉を、視線を、どっちへ向けていいかわからない、気まずい雰囲気に包まれて、貴子と彼は間近にいた。

音量をしぼったテレビから、ぼそぼそとニュースが流れてくる。貴子は、明るい顔つきで今日のスポーツの結果と途中経過を知らせる、若い女性アナウンサーを見つめた。とても健康で、なんの憂いもない人生を送っているように見えた。

「ポンちゃんの分の休暇願いは出してきた」貴子の顔から目をそらしたまま、大木がぼそりと言った。「やっぱりまだ体調がよくないようで、出先からそのまま病院へ行ったって言ったら、課長が心配してたよ。トリさんも、入院でもするようなら、いい医者を紹介するからって言ってたな」

「ありがとう」

「俺としては、やっぱりポンちゃんに病院へ行ってもらいたいと思うけど、どうしても嫌だっていうなら、しばらく実家へ帰ったらどうかなと思う」

大木も、いろいろ考えてくれたのだろう。詰まりがちな口調で一生懸命に、だけど目を伏せて、貴子の顔を見ないようにして言った。

「考えてみる」貴子は言って、大木の顔をのぞいた。「大木さん、ちょっとこっち見て」

大木はこちらに顔を向けた。駄々をこねる子供を扱いあぐね、しまいには一緒に泣き出してしまう若い母親みたいな目だ——と、貴子は思った。同時に、大木に対する温かい感情がこみあげてきて、それに圧倒されそうになった。

「ごめんね」と呟くと、喉が塩辛くなった。

ふと、ほんの今し方までここにいた小室佐知子が、限りなくうらやましく思えてきた。優しくて、気丈な佐知子。幸せに値する佐知子。貴子だって、彼女のように穏やかに平和に暮らすことができるはずだし、できないわけはないのだ。この厄介な——これまでは貴子の役に立ってきてくれたけれど、今や厄介でしかなくなってきつつある、力のことさえなかったら。

「泣かないでくれよ」と、大木が気弱に言った。「泣くなら、そのまえにちゃんと医者に診てもらおうよ。どこが悪いかわかってるなんて、嘘だろ？　何か隠し事があるなら、もう、無理に言えとは言わないからさ」

「泣かないよ」貴子は頭を振り、熱くなってきた目尻を指で拭った。「大木さん、あたしの顔、見て。おかしくない？」

「俺は、ポンちゃんがおかしな顔してるだなんて、一度も思ったことないぜ」

「そうじゃないのよ。よく見て」顔の左半分を、指で示してみせた。「こっち側、おかしくない？　笑っても、目尻とか口の端っこが動きにくいでしょう」

大木は真顔になり、つくづくと目を近づけて、貴子の顔を見つめた。貴子は顔の表情を動かしてみせた。

「なんか……そんな感じがするな」

「感覚がないの」思い切って、貴子は言った。「昨夜からなの。昨夜は、左のこめかみのあたりだけだったんだけどね」

大木の目が揺れ動いた。「どういうことだろう？」

貴子は手を伸ばすと、彼の手を握った。大木はびっくりしたようだったが、手を引っ込めはしなかった。

はっきりとしたものは、なにも感じない。かすかに――あの明るい感じが、遠くでついているスタンドの明かりを透かし見るように伝わってくるだけだ。燃え尽きかけている電線に、かろうじて、わずかに流れている電流。やがては、それも断たれてしまうだろう。衰えてゆく力。

できるだけ静かな口調で、貴子は言った。

「驚かないで、否定しないで、そんな馬鹿なんて言わないで、最後まで聞いてくれる？　全部話すから」

すべてのことを——初めてこの力の存在に気づいた子供の頃の話から始めたので——話し終えるまで、二時間以上かかった。大木はそのあいだ、身じろぎもせずにじっと聞き入っていた。途中で貴子の喉が枯れ、声がかすれたときに、水を一杯くんでくれただけで、あとは椅子から動かなかった。

語り終えると、貴子は大きくため息をついた。長いこと背負ってきた荷物を降ろしたような気がした。それはただの錯覚で、荷物はまた背負わなければならないし、ひょっとしたら大木に話す以前よりも重い荷物になっているのかもしれないけれど、それでも今は、ほっとした。

大木はすぐには何も言わなかった。立ち上がり、今度は自分のために水をくんで、ぐっと飲み干した。それからゆっくりと振り返った。

「ポンちゃんのご両親は、このこと、知ってるのか？」

いかにも、親思いの大木らしい発言だった。以前に偶然、大木を「読んで」しまったとき、彼が（もうじきお袋の誕生日だったっけなあ……）と、ぼんやり考えているのを見つけたことがある。大木は九州の生まれで、生家は彼の兄夫婦が継いでおり、両親も健在だと聞いている。

貴子はうなずいた。「知ってるわ。というか、先に気づいたのは母だったの。あたし自身は、小さいときには、自分のやってることがいわゆる『透視』というものだなんて、わかりもしなかったもんね」

「そりゃそうだよな」大木は、飲み込みにくいものを飲み込むときみたいに、ごくりと喉を鳴らした。「千里眼ってやつだよな」

「古い言い方だなあ」貴子はちょっと笑った。笑えたことで、少し気持ちが軽くなった。

「お母さんは、そんなことをめったにするもんじゃありませんて、言わなかったか？」

「言われたわ。だけどできちゃうんだもの。それであたし、コントロールする訓練をして、口をつぐんでおくことも覚えたの」

「使いこなせるっていうか――人に悟られたり、まずいことになったりしないで、ポンちゃんがその力と折り合いをつけられるようになったのは、いつ頃だ？」

「十五、六の頃かな」

「そんなにかかったのか……」

「ちょうどその頃よ。大人になったら、この力を活かす仕事につかなきゃ嘘だって、決心したのは」

「それで警察官に」

「ええ。とても役に立ったわ」

「ポンちゃんは優秀な警官だよ」

「この力があるからなのよ」

大木は何か言いかけて、黙った。彼が何も言わないうちに、貴子は続けた。

「あたしはね、大木さん。自分の持ってるこの力を、あまり特別のものだと思ってないの。いえ、特別なんだけどね、ただ、これは単に、あたしには、普通の人たちが使っていない――使うことのできない脳のある部分を使うことのできる力があるっていう程度のことだと思うの。だから格別、変わったことだと思わないの」

「超能力だよ……」

「そうかな。これからずっと脳の研究が進んだら、きちんと解明できることなんじゃないかな。すごく――先のことかもしれないけど」

大木は当惑したように頭を振り、大きな手で顔を拭った。

「だからこそ、そういうふうに考えているからこそ、この力もいつかは衰えることがあるんじゃないかって思ってきたの。たとえば老眼とか、歳をとって耳が遠くなるとか、筋力が落ちて激しいスポーツができなくなるのと同じようにね。それと、そういう視力とか運動能力とかの衰えは、普通、ゆっくり来るものだけど、あたしのこの力は、とっても著しくて強いものだけに、衰えるときも急激に来るんじゃないかなって思ってきた」

　大木は貴子の顔を見守っている。

「ただ、問題はね、あたしが……刑事としてのあたしが、この力に完全におんぶしてるってことよ。この力がなくなったら、あたしはなり立てのホヤホヤの婦警より役に立たないわ」

「そんな馬鹿なことあるもんか。極端に考えすぎだよ。ポンちゃんだって、ちゃんと経験を積んで――」

　貴子は激しく首を振った。「積んでない。あたしは何もしてこなかった。この力を使ってきただけ。この力抜きじゃ、あたしは何者でもないのよ」

「そうは思わないよ」大木は声を強めて言った。「俺は思わない。トリさんだって脇田さんだって、きっとそう言う」

「そんなの、ただの慰めよ」辛くなってきて、貴子は声が震えるのを感じた。「一度道具を使うことを覚えたら、もう素手では戦えないでしょ？　それと同じよ。便利に使ってた能力をなくしたら、あたしはとてもやっていかれない。悲しいけど、あたし、そこまでの根性も能力もないのよ」

「そんなの、やってみなきゃわからねえじゃないか」

「やってみることそれ自体が、できるかな？」貴子は問いつめるように大木を見上げた。

「今のあたしを見てよ。確かに病人よ。きっとね、あたしのこの力を司ってきた脳のある部分が、すり切れて、使い果たされて、死にかけてるのよ。だからめまいがしたり、倒れたり、感覚がなくなったりしてるの。このどこかに、そういう脳のまだよく解明されていない働きをする部分があるんでしょう。どこだかわからない、存在も知られてない、もちろん治療の仕方もわからないどこかがね。だから、病院へ行っても無駄だって言ったの。治せやしない。そして、この力がなくなったとき、この力を生み出してる脳の部分が死んでしまったとき、あたしの身体そのものにもどういう影響が出るかってことも、まるでわからないのよ。もしかしたら死ぬかもしれない。半身不随になるかも。どんなことになるか、見当もつかないのよ」

貴子の語気に押されて、大木は困ったように目をしばたたかせ、言葉を探していた。が、貴子が息を切らして口をつぐむと、そっと差し出すように、こう言った。

「ポンちゃん、このこと、今まで家族以外には誰にも話したことないのか？　誰かと、この力について話し合ったことがあるんじゃないか？　今の話、ポンちゃんひとりで考えたことなのかな」

今さらながら、貴子はちょっと驚いた。大木は、いかにも刑事らしい考え方をするのだ。微笑して、言った。「大木さんを見直しちゃうな」

「やっぱり。ほかに誰かと話をしたんだな？」

「ひとりだけ」

「どんな奴？　医者か？　科学者か？」

「知り合ったころには、その人、ホテルに勤めてた。都心の超一流ホテルよ。支配人だった」

「男？」

「そう。なんてことないの。あたし、その人に駐車違反のチケットを切ったのよ」

「じゃ、交通課にいたころか」

「ええ。最後に会ってから、もう一年くらい経つかな。そのときに、能力がなくなったらどうなるんだろうかって話、したわ」

大木の口調が、ちょっと変わった。「そいつと付き合ってたの？」

貴子は吹き出した。「あたしより二十歳も年上で、きれいな奥様と、大学生の息子さんがいる人よ」

「そうなのか」大木は気抜けしたみたいに呟いた。

「でも、何度かデートはしたわ。仲間内だけの話をするためにね。大木さんの言う、千里眼同士のね」

今でもよく覚えている。貴子から交通違反のチケットを受け取ったとき、彼の、あの人の顔に——長い間探していたものがこんなところにあった、とでも言うような——素朴な驚きの色が浮かんだことを。貴子も驚いた。ほんの一瞬触れあった指先から、予想もしていなかった反応を——貴子が相手を「読んだ」のと同時に、相手からも「読まれた」という感触を——得たからだ。

あのとき、あの人は言った。

（あなたもですか？）と。

貴子はすぐには答えられなかった。私も驚いたから。すると彼は笑って、

（驚くなという方が無理だな。私も驚いたから。しかし、怖がることはないですよ。あなたひとりじゃない。私ひとりでもなかったということだ）

ひとりじゃなかった。ほかにもいた。冷静に考えるなら、その可能性はあったのだ。

（本田貴子さんとおっしゃるんですね。ポンちゃんと呼ばれてる。子供のころ、シロという犬を飼っていたでしょう？　あなたとお父さんが造った犬小屋は、ひどい雨漏りがしましたね？）

当たっていた。そして、彼に対する貴子の「読み」も正確に当たっていた。彼が駐車違反をしたのは、仕事で急ぎの連絡をしなければならないのに、自動車電話の調子が悪く、夢中で公衆電話を探していたからだった。

（ご名答）

彼は貴子に名刺をくれた。もし気が向いたら、ぜひ訪ねてきてくれ、と。

（駐車違反の罰金は、ちゃんと払います）

会いに行くまで、一週間ほど迷い、決めあぐねたものだった。それでも、生まれて初めて出

会った「仲間」の存在を見過ごすことはできなくて、結局出かけていった。あれほど緊張したことは、かつてなかった。

「何度くらい会ったの？」

気になるのか、遠慮がちながら、大木は訊いた。貴子は微笑した。

「三年ぐらいのあいだに、四、五回かな。忙しい人だったの。だけどあたし、嬉しかった。心強かったしね。その人、ホテルのベルボーイから、支配人にまでなったのよ。この力が大いに役立ってくれたって言ってた。あたしにも、この力を活かすことのできる職業を選んだのは、とても賢明だったって言ってくれたわ。奥さんとのなれそめとかも聞かせてくれてね。恋をしたら、相手に対してはこの力をどう使ったり抑えたりするべきかとか、そのへんの苦労とか、打ち解けて話してくれた」

その人が、北海道にある新しいリゾートホテルの経営を任され、東京を離れることになったのが、一年ほど前のこと――以来、貴子は彼に会っていない。連絡先は聞いているけれど、何しろ遠方のことだし、訪ねてゆくこともできないままに時間が経ってきた。

敢えて訪ねてゆく必要も感じなかったのだと、貴子は思った。貴子もひとり立ちし、多忙にもなり、この能力を使うことにも熟練し――

だが今は、それが衰えてきつつある。辛く、急激に。だからしきりにあの人のことを思い出す。彼が東京を離れる前、最後に会ったとき、この能力の不思議さと、それがどこから来るものであるかということと、そして、これがなくなったらどうなるかということについて、深く話し込んだものだったから。

(私が大丈夫なんだから、本田さんの力も、私ぐらいの年齢まではちゃんとなくならずに働きますよ)と、彼は言った。(私はもう、わからないけどなあ)

(なくなったらどうなるだろうって、考えられたこと、ありますか?)

(ありますよ、たびたびね)

(怖くなりませんか?)

(怖いよ。まして私は、この力で世渡りしてきた身だからね。なくなったら——生きていかれないかもしれないな。もう、この力に頼ることに慣れきっているからね)

願わくは、そんな時の来ないことを願おうねと、あの人は笑って言っていた——

「思いこみだよ」と、大木がぽつりと言った。

「え?」

「思いこみだって言ったんだ。その人だって、もともと有能で努力家だったから——それに運もあったろうけどさ——だからこそ、ベルボーイから支配人までなったんだ。透視能力があったからだけじゃないよ。それは思い過ごしだよ。ポンちゃんだってそうさ」

貴子は何も言わなかった。言っても、大木にはわかってもらえないだろう。あたしやあの人が——この力を持つ者が、どれだけ深くそこに根を張って生きてしまうものかということを。

「ひとつ、お願いがあるんだけど」

「俺にできること？　北海道に連れてけっていうなら、休暇とるよ」

貴子は笑った。「そうじゃないの。誘拐事件のこと。記者会見が中止になったんですってね。本庁でも、狂言じゃないかってにらんでるんですって？」

大木は顔をしかめた。「聞いてたんだな」

貴子は、小坂夫人や武田麻美から「読みとった」ことを話し、昨日あれこれ考えていたことを説明した。

「みちるちゃんが実子じゃない……」

「ええ。そう考えると、この事件のよくわからない部分が見えるような気がするの」

「で、俺に何を頼みたいの？」

「みちるちゃんに会わせて。それが駄目なら、彼女がいたっていうロイアルホテルの部屋に入らせて。何か読みとれるかもしれない。あたしが——完全に駄目になる前に」

「駄目になりゃしないよ」大木は決めつけるように言った。「だから、今はそんな事件なんかに関わるより、身体を休めて——」

「あたし、休暇中よ」

貴子は椅子からすべりおり、寝室に向かった。クリーニングから戻ってきたばかりのスーツがあるはずだ。

「何をしようと自由でしょ？」

　駄目になる前に、能力が消える前に、そして何より、身体が動くうちに、せめて小坂みちるの事件だけでも何とかしたい。たとえそれが自己満足のためだけだとしても。たとえ、使える限りにこの力を使いたいという、しがみつくような願望を満足させるためだけだとしても。

大木は動かなかった。貴子が着替えにとりかかると、

「勘弁してくれよ」と、うめいた。

「みちるちゃんには会わせてあげられないよ。所轄にはそんな権限ないし――」

貴子はストッキングを穿いた。

大木はため息をついた。「ロイアルホテルの部屋なら、なんとかなるかも」

「ありがとう」

また、ふらりとめまいがしたが、それをこらえて、貴子は微笑した。

現場検証も済んでいたし、誘拐事件の捜査本部からも、部屋はもう自由に使用していいというお許しが出ていたらしいが、一応はばかったのか、ロイアルホテルでは問題の部屋をまだ空室にしていた。大木が、申し訳ないがちょっと調べたいことがあってと申し出ると、さして嫌な顔もせずにキーを貸してくれた。

サーモンピンクとモスグリーンで統一された、瀟洒なインテリアのスイートだった。足を

踏み入れるとき、貴子は緊張に手のひらが汗ばむのを感じた。

ドアのノブ。大勢の人間の触れる場所だ。感度の鈍りつつある貴子のアンテナには、とらえきれない雑踏のような感触があるだけだった。

部屋に踏み込む。壁。テーブル。フロアランプ。大きな肘掛け椅子。

歩き回りながら、あちらへ、こちらへ、手をさしのべ、目を閉じ、心を鎮めて、何でもいいから感じられるものをすべて受け入れようと、神経をとぎすます。

大木は貴子から少し離れて、両手を背広のポケットに突っ込み、様子を見るようにして少し首を縮めて、貴子の動きを見守っていた。

ときどき、電池の切れかかったラジオに切れ切れに音が入るように、言葉の断片、人の姿、気配のようなものが、貴子の頭のなかに、風に飛ばされて窓に舞い込む落ち葉のように、ひらひらと入ってくることがあった。だが、それだけだ。まとまったものはない。

落ちてきてる。衰えてきてる。今まで、こんなことはなかった。おまけに、部屋のなかを徘徊していると、幾度となくめまいが襲ってきた。幸い、立っていられないほどひどくはなかったし、大木にも悟られないように繕うことはできたが、不安は募った。胃が持ち上げられるような不快な吐き気も始まり、貴子は何度か泣き出しそうになった。

お願い、お願い。こんなに急に衰えてゆくなら、せめて最後にもうひとつだけ仕事をさせてよ——心のなかで、必死に願った。こんなに早く消えてゆくのは、あたしが力を使い過ぎたせい？　酷使しすぎたから？　その報いなら、受けてあげる。だから最後に一度だけ――

「ポンちゃん、大丈夫か？」

そのときだった。みちるが眠ったというベッドの枕に手が触れたとき、切り取ったように鮮やかに、貴子の目の裏に、少女の顔が浮かんできた。涙混じりの声が響いてきた。

（お母さん、やめてよ）

小坂みちるの声だ。そしてこの顔。写真で見たとおりだ。年齢よりずっと大人っぽい。将来、大した美人になるだろう。その切れ長の目が涙ぐんで――

（あたしもお母さんと暮らしたいけど、それにはこんなことしなくても）

貴子は枕をぎゅっと握った。ここだ。ここに、小坂みちるは彼女の「お母さん」といた。昨夜のことだ。何かを――「こんなこと」をしようとしている「お母さん」を止めていた。

「大木さん」

「何だ？」

「みちるちゃんが両親のことをなんて呼んでるか、知ってる？」

大木は首をひねった。「さて……パパ、ママだったかな」

貴子はゆっくりとうなずいた。「お母さん」は、小坂夫人とは別人だ。

（あたしもお母さんと暮らしたいけど）

間違いない。

大木がベッドルームの入口に立ち、貴子を見守っている。枕に手を乗せたまま、貴子は言った。「大木さん、みちるちゃんは、やっぱり小坂夫妻の実子じゃないわ。実子として届けられてるけど、ホントは違う。養女よ。彼女をここに連れてきて、ひと晩一緒に過ごした『叔母さん』が実母だわ。そのこと、頭に入れて捜査してあげてくれる？　巧(うま)くやってくれる？　本庁の人たちに、巧くつないでくれる？」

かなり長い間があって、ようやく大木は答えた。「やってみるよ」

足がふらついて、貴子はベッドに腰かけた。そのとき、何気なくサイドテーブルに乗せた手から、別の映像が入ってきた。

時計だ。古風な銀細工のベルトの、ローマ数字の時計。かなり珍しいデザインだ。きっとみちるの実母のだ。彼女が昨夜、はずしてここに置いたものだろう。

「みちるちゃんの実のお母さん、きれいな時計をしてるわ」

時計のデザインを伝えると、大木はそれをメモにとった。その後も三十分ほど粘ってみたが、それ以上のものは「見え」ず、「読め」ず、貴子はひどく衰弱した。

「あんまり、役に立たないかもね」

帰りのタクシーのなかで、自嘲(じちょう)気味にそう呟いてみると、大木が怒ったように言った。

「そんな弱気になるくらいなら、何もしない方がよかったんだ」

「そうね。ごめん」

大木は小声になった。「こっちも、ごめん」

自力では部屋まで帰れなかったので、また連れていってもらった。ひとりで歩けないくせに、貴子は絶え間なくしゃべった。抱えている事件のこと。もうひとりの能力者、あの人のこと。

「そうだ、昨夜、高田堀公園へ行ったとき、鳩笛草を見たわ」

「鳩笛草?」

「本当はどんな名前か知らないの、野草だから。だけど、リンドウの仲間なんだと思う。きれいな薄紫色の花をつけるのよ。で、その形が鳩笛に似てるから、そう呼んでるの」

あの人がつけた名前だ。

「あの人、鳩笛草が好きなんだって言ってた。自分に似てるんだって」

「花に似てる男なんているかよ」

貴子は笑った。そうあれは、あの人と、あのころ貴子が住んでいたアパートのそばの河川敷を散歩したときのことだった。そこに鳩笛草が咲いていたのだ。

「鳩笛草ってね、歌うのよ」

「花なのに?」

「うん。風の強い夜や、朝早くに。風が花びらを通り過ぎるときに音をたてるだけなのかもしれないけど、確かに歌うの。それもちょうど、鳩笛みたいな音なの。あたしも、一度だけだけど、聞いたことがある」

あの人はそれを指して、自分に――自分たちのような不可思議な能力を持つ者に似ていると言ったのだった。

「歌うことのできる花なんて、花のなかじゃ異端児でしょう。だから、こっそり隠れて、朝早くとか夜遅くとかに、密かに歌うのよ。だけど、鳩笛草は、きっと歌うことが好きだろうって。目立たなくて、ちっとも鮮やかじゃない地味な花だけど、でも、歌うことができるってことを楽しんでるだろうって、あの人は言ってた」

だからこそ、歌えなくなったら悲しむだろうね、花だってさ――そう言った。

「それに、鳩笛草って、寿命が短いのよ」

「今度見てみるよ」と、大木は言った。「ポンちゃん」

「なあに?」

「心配だから、俺、今晩ここに泊まるよ」

「布団、ないよ」

「床に寝るよ」

「大木さん」

「何だよ」

「今日の昼間、ここであたしに言ったこと、本当?」

大木はちょっと黙った。貴子に背を向けて、ガスレンジに火をつけた。

「小室さんがお粥つくってってくれたから、少し食え」

「大木さんてば」

ふらふらして、ベッドに腰かけていても身体が横に倒れてしまいそうだ。それでも貴子は、なんとか頭をあげて大木の背中を見ていた。

「俺は、あんなことで嘘なんかつかないよ」

背中を向けたまま、大木は言った。

「だけど、ポンちゃんが元気になってくれないと、辛くて、あんな話、二度とできやしないよ」

二度も、惚れた女に死なれたくないよと、大木はそう言っていたのだった。

「泊まってって」と、貴子は言った。

6

貴子の休暇は、三日が四日に、四日が一週間に、一週間が半月のものへと、ずるずると延びた。体調は悪くなる一方で、毎日がめまいや吐き気との戦いだった。顔の左半分の無感覚な部分はそのままだったが、時々、手足にも軽い麻痺がきた。動けなくなるほどのものではなかったが、ひどいときにはコーヒーカップも持てなくなった。

坂を転がり落ちるように、能力の低下も続いた。何もキャッチできない時の方が多くなり、かすかに何か感じられたかと思うと、そのあとで反動のように強い頭痛に襲われたりした。

終わってゆくんだ――ベッドに横たわり、明けては暮れてゆく空を窓越しに見ながら、貴子は自分にそう言い聞かせた。力は消えてゆく。その部分は死んでゆく。

ひょっとしたら、命も終わるかもしれない。でも、力がなくなってしまったら、そもそも貴子には生きる意味などないのだから、それでいいじゃないか?

大木は毎日来てくれたし、佐知子もちょくちょく様子を見にきては、世話を焼いてくれた。ただ彼女は、貴子を説得する役割であるはずの大木までが貴子に同調し、医者にはかからないと言い張ることに、向かっ腹を立てていた。

職を辞して、故郷へ帰ろうかと、貴子は考え始めた。大木や佐知子の世話になりっぱなしで、今後どうなるかわからないまま、徒(いたずら)に時を過ごしてはいられないだろう。能力が消えきったあとの貴子は――それがどういう状態であれ――落ち着くまで、実家でひそかに身体を休めていた方がいいかもしれない。

家に電話をした。母が出た。途中で、母の方が先に泣き出してしまった。帰っておいでと言った。きっとよくなるよ。あんなやっかいな力、消えてくれていいんだよ――

「俺が送っていくよ。静岡だろ？　車借りて、ポンちゃん乗っけて行くよ」

「あたし、もう東京へは戻れないかもしれない」

「だからこそ送ってくんだよ。俺もポンちゃんの両親に会いたいし」さらっと言って、大木は、照れ隠しに怒った顔をした。「だいたい、ひとりじゃ帰れねえだろうが」

　貴子はちょっと泣いた。

「大木さん、静岡の警察に入る？」

「それもいいな、のんびりしてていいだろうな」

「田舎だと思ってバカにして」

　大木はぱっと貴子の顔を見た。「そうだ……ポンちゃんだって、身体がよくなったら静岡の警察で働いてもいい」

「身体がよくなっても、あの力がなくちゃ駄目だってば」

「そんなことは――」言いかけて、大木はちょっとためらった。

「なあに？」

「トリさんの、完黙の容疑者、覚えてるか？」

「うん。覚えてる」

「あいつな、ポンちゃんが倒れた翌日、吐いたんだ」

　彼に触れたとき、にぎやかだが奥行きの薄い、面白い音楽が流れてきたことを、貴子は思い出した。

「あいつと被害者は、パソコン通信で知り合った仲間だったんだってさ。どっちも大学中退で、バイトしながらフラフラしててね。それはよかったんだけど、被害者が、一緒にソフト会社をやろうとかうまいこと言って、あいつからなけなしの金を五十万ばかりだまし取ったらしいんだ。それを怒って刺したというわけでね」

血だらけで押さえられたが、何もしゃべらなければひょっとしたらうまく切り抜けられるかもしれないと思って、黙秘を決めこんでいたのだ、という。

「何を話しかけられても質問されても反応しないように、一生懸命別のことを考えて、トリさんの飲んでる薬のラベルまで読んでみたりして、とうとう考えることがなくなったんで、最後には頭のなかで記憶をたどってファミコン・ゲームをやってたんだって言ってた。トリさん、驚いてたよ」

好きなロールプレイング・ゲームを、頭のなかで再現してプレイすることに集中し、外界からの言葉を閉め出していたのだそうだ。貴子が「聞いた」のは、その音楽であったらしい。

「あいつがしゃべる気になったのは、その音楽を、ポンちゃんに見抜かれたからだって」

「あたしに?」

「うん。あの女刑事さんが音楽をハミングしたときには、ぞっとしたって。警察には何も隠せないんだって思ったたってさ」

「純情ね」

「トリさん、ポンちゃんのおかげだって言ってたぞ」

「あたしじゃない。あたしの力のなせるわざ」

もう、消えてなくなってしまいつつある力の。

「そういうふうに言うだろうと思った。話さなきゃよかったな」

ポンちゃんはポンちゃんで、力がなくなったってポンちゃんだと、大木は呟いた。貴子は返事をしなかった。

四月も下旬になって、鳥島と倉橋が連れだって見舞いに来てくれた。仕事の合間にちょっと身体が空いたからと、倉橋はいつもながらの気さくな感じで、鳥島は穏和な大きな顔にいっぱいの汗を浮かべて。

ふたりはニュースを持っていた。

「小坂みちるの誘拐事件が、どうやら落ち着くところに落ち着きそうだよ」

未遂に終わったとは言え、誘拐は誘拐だ。地道な捜査は続いていた。大木は、はっきりしたことがわかるまでは何も教えないと言って黙(だんま)りを決め込んでいたので、貴子がみちるのその後について知るのは、事件以来、これが初めてだった。

「みちるちゃんは、小坂夫妻の実子じゃなかったんだ」と、倉橋は言った。見舞い用の大きな果物かごを持ってきて、置き場所がなくてウロウロしている。お茶を入れようと貴子が立ち上がりかけると、鳥島がそれを制して台所に立っていった。

「経済的な理由で子供を育てられないで困っている未婚の母から、有り体に言えば、赤ん坊を買い取ったんだね」と、倉橋は続けた。端正な顔に、いくぶん不愉快そうな表情を浮かべている。

「小坂夫妻には子供ができなくて、医者にも諦めろと言われていたらしい。夫人の父親の篠塚誠は結婚そのものに大反対で、まして子供に恵まれないことで、ずいぶんと辛いことを言っていたらしい。それに堪えかねて——という事情があったようだ。手引きした人間を押さえることができたんで、そっちはそっちで事件になるだろう」

小坂夫妻は、手引きした者から、実母の素性を問わないことを条件として出されていたので、みちるがどこの誰の子供であるか、まったく知らなかった。しかし、実母の方は、年月が経つにつれ、手放した子供のことが頭から離れなくなっていったのだ。

「どっちも気の毒に……」

その実母が、やはり、みちるが「叔母さん」と呼んだ女性だった。数年前にみちるの消息をつかみ、彼女を引き取りたいと、盛んに夫妻に働きかけていたのだという。みちる本人にも密かに接触し、彼女の心をつかみ、一緒に暮らそうと持ちかけていた。

小坂氏の愛人の存在もあり、小坂家はお世辞にも明るいと言える状況ではなかったし、産みの母への愛情にも惹かれて、みちるも揺れ動いたらしい。が、これほどの問題に、簡単に結論を出すことなど、みちるの歳でできることではなかった。

そしてロイアルホテルでの一件は、そもそもは、そんなみちるに決断を迫るためのお芝居だったのだ。

「みちるちゃんの母親は、ゆっくり話し合いたいからと言って、みちるちゃんを東邦進学塾へ迎えに行き、ロイアルホテルに連れていった。そうして、このまま小坂家に帰らず、ふたりで一緒に逃げようと、みちるちゃんを説得にかかったんだ。だがみちるちゃんは、小坂のパパとママの——実母がそばにいるときは、みちるちゃんは小坂夫妻のことをこう呼んでいたそうなんだが——許しがなければ家を飛び出すことなんかできないって答えた。そこで実母は、それならここから電話してパパとママと話をしてみればいいじゃないのってな感じで、かなり頭がカリカリした状態で小坂家に連絡した」

だが、そのときにはもう、小坂夫人は小坂夫人なりのパニックに陥っていて、わたしたちも動き出していた——貴子は、あの夜の記憶をたどりながらうなずいた。

「小坂夫人は、みちるちゃんが連れ出された段階でもう、誘拐だ誘拐だと叫んでただろ？　そんなところへ当の実母からの電話だ。それでなくても神経の切れやすい女性だから、完全に頭に来ちゃって、で……」

「誘拐犯人が一億円要求してきただなんて、嘘をついたわけですね？」

「そういうこと」倉橋は苦笑した。「あのときはまだ、電話も録音してなかったんだ。我々は、電話を受けた小坂夫人から間接的に話を聞いただけでね。ちょっと、迂闊だったな」

　鳥島が、インスタントコーヒーをいれながらふふんと笑った。

　倉橋は、鳥島をちょっと横目で見て、続けた。「夫人としては、とにかく娘は本当に誘拐されたんだ、それが証拠に身代金も要求されましたってことで押し通せば、警察も本腰になってくれて、それだけ早くみちるを取り返せると思う一心で嘘をついたっていうんだけど」

　身代金を要求する電話があったという小坂夫人の話は嘘なのではないか――ということは、病室の夫人を見舞ったあと、可能性のひとつとして、貴子が考えたことではあった。

「まあ、小坂夫人としても、本当のことを言うわけにはいかないんだから、苦しい立場だったとは思うけどね」倉橋は手で髪をかきあげた。「しかし、そんな嘘をついてさ、我々が犯人を見つけちまったらどうするつもりだったんだろうね？　営利誘拐犯に仕立て上げられそうになったら、みちるちゃんの実母だって全力で抵抗するだろうからさ。いいえ違います、真相はこれこれですってしゃべるだろうから」

「感情的になると、そんなふうに筋道立てて考えることができなくなっちゃう人もいるんですよ」と、貴子は言った。

　病室で、小坂夫人の手に手を触れたときのことを思い出した。あんな女がみちるの母親だなんて――呪詛のようにそう繰り返し、憎しみと憤怒のぬかるみのなかにはまって、立ち上がることもできずに泣き叫んでいた。あのときのあの人に、状況を判断したり、推測したり、おもんぱかったりする余裕があったはずはない。

「気の毒に」と、貴子はもう一度呟いた。

「小坂夫人がか？　俺はあんまり、そうは思わんね」と、倉橋はあっさり言った。「それより、みちるちゃんが立派だったと思うよ。あの夜は、あの子だって、実際問題としてはロイアルホテルに軟禁されてたも同然だったんだぜ。実の母親の方だって、身代金がどうのという嘘っぱちについては知らなくても、小坂家の方で騒動が起きてることはわかってたんだから、もう後戻りは出来ないんだよって、泣いてみちるちゃんをかきくどいたんだそうだから。それを、小坂のママが興奮してたようだから、とにかく今日は帰らせてくれって、粘りに粘って説き伏せたんだ。で、小坂家へ電話をかけてみたら、自分が誘拐されてることになっていて二度びっくり。そこからあの小さい頭を働かせて、小坂のママも嘘つきにならずに済むように、実のお母さんも捕まったりしないように、筋書きを練って居もしない誘拐犯をこしらえあげたっていうんだから、お見それしましたよ」

「なかなか大した子だよ」と、鳥島も大きくうなずいた。本当に感心しているようだった。

「でも、こうして真相がわかったのは、誰かが本当のことを言ったからなんでしょう？」と、貴子は言った。「誰が白状しちゃったんです？」

「みちるちゃんの実のおっかさん」と、倉橋が言った。「我々が身元を突き止めて、会いに行ったらね、新聞なんかで、事件の経過があまりに大げさで事実と違うことになってるんで、彼女は彼女なりに混乱してたんだろう、すぐに吐いたよ。ホッとしたような顔をしてた。これ以上、みちるに嘘をつかせるわけにはいかないから、出頭しようかどうしようか迷っていたとも話してた」

黙々とインスタントコーヒーを飲んでいた鳥島が、ここでつと顔を上げると、貴子の目をのぞいた。

「みちるちゃんの実母の身元を特定する手がかりは、大木が持ってきたんだよ」

「大木さんが?」

貴子は、なんでもないふうを装って鳥島の目を見返すのに、かなり芝居っ気を出さなければならなかった。

「そうなんだ」と、倉橋があとを引き取った。「あいつがさ、どこからか——どうしてもネタ元を明かさないんだけど——みちるちゃんとロイアルホテルに泊まってた女が、非常に風変わりで古風なデザインの腕時計をはめてたっていう情報をつかんできてね」

あの時計か……と、貴子は思った。胸の奥にさわやかな風が吹いたように感じた。あれが役に立ったのか。

最後のご奉公になったんだな……と、心のなかで呟いた。妙に古風な言い回しを思いついたことがちょっとおかしかったけれど、いいじゃない古風でも、あたしは公僕なんだから、とも思った。あたしは公僕——だった。あの力、今はもう使うことのできなくなっている力のおかげで。

鳥島が、そんな貴子の顔を見ている。倉橋はふたりの様子に気づく風もなく、続けた。

「で、その時計を手がかりに目撃証言を探してゆくと、ホテルのベルキャプテンがね、そういう時計をはめた女性に、タクシーの手配をしたことを覚えていたんだ。時間をつきあわせてみると、みちるちゃんが家に帰る直前のことだったんだけどね。ベルキャプテンはそのときのタクシー会社がどこだったかも覚えてた。彼女を乗せた運転手を見つけ出して、どこで降りたか調べることができたら、あとはスイスイさ」

貴子は、心が高ぶっていることを悟られないように、しきりとまばたきをして、コーヒーカップのなかばかりのぞいていた。鳥島は、まだ目を離さずに貴子を見ていたが、やがてにこりと笑うと、言った。

「このコーヒーは美味しいね。インスタントでも大したもんだ。どこのメーカーのだい?」

「えーと……どこのだったかしら」

実は大木が買ってきたものなのだ。

「なんか、輸入品らしいんですけど。いただきもので」

インスタントコーヒーの瓶を取り上げた貴子に、鳥島が言った。

「ポンちゃんが辞めちまうと、我々の三時のコーヒーが殺風景になるね」

貴子は目を伏せた。倉橋が意外そうに声をあげた。

「あれ、辞めるの？　休職にしとくんじゃなかったのかい？　俺はそう聞いてるぞ」

「どうなるか……」

貴子の声が小さくなった。鳥島は寂しそうだ。ふたりの顔を見て、まるで空元気（からげんき）を出そうとするみたいに、倉橋が笑った。

「ま、どっちにしろ、健康第一だからな。治ったらまた出てくりゃいいんだよ。早いとこ頼むよ。脇田のおっさんが、ガミガミうるさくってしょうがねえから。自治会費の横領の方が一段落したんで、おっさん今、例の高田堀公園の変態男の捜査の方へ回っててね。こんな女の腐ったようなヤツは、女に捕まえさせればいいんだなんて、メチャクチャなことわめいてるよ。そういう言い方で、脇田のおっさんも、ポンちゃんがいなくなって残念だってことを表明してるわけなんだけどな」

そういえば、あの件も途中で降りてしまうことになる。貴子は、目をあげて倉橋の顔を見ることができなかった。

帰るとき、倉橋も鳥島も、なんだか妙に改まった顔をして、握手を求めてきた。

「元気でな」

「身体を大事にするんだよ」

倉橋の手はがっちりとしており、鳥島の手は温かかった。どちらの手からも、何も「読み取る」ことはできなかった。それは、貴子の力がすでに底をつきつつあることの、何よりも雄弁な証だったけれども、今はそのことよりも、彼らから離れて行かなければならないことの方が、遥かに辛く、悲しく感じられた。

階段を降りる前に、鳥島は一度だけ振り返った。何か言いたげに、丸い顔をこちらにねじ向けて、でも黙って去っていった。

貴子はドアに手をかけたまま、ずっとその場に佇んでいた。寂しくて寂しくて、ふたりがとっくに階下に降り、姿が見えなくなったあとでも、「さよなら」と声に出して呟くことができなかった。

その週の日曜日、大木がニコニコしながら訪ねてきて、俺も今日は丸一日休みがとれると言った。

「日曜にちゃんと休めるなんて、二年ぶりくらいだと思うよ。ポンちゃん、実家へ帰る前に、遊びに行きたいところはないかい？　どこでも連れてってあげるよ」

世間は大型連休に突入したところだ。映画館やプレイスポットやレストランなど、人の集まるところはみんな大混雑の状態だろう。貴子は首をかしげ、積み上げてある引っ越し業者のネーム入りの段ボール箱の山を眺めた。

「まだ、荷造りが全部は終わってないのよね……」

大木はちょっと残念そうだった。

「女の引っ越しってのは、手がかかるんだね。物が多いからなあ」

「どっちにしろ、どこへ行っても満員よ」

「まあな。しょうがねえ、じゃあ、荷造りをやっつけちまうか」

「うん」貴子は笑顔でうなずき、言った。「だけど、ちょっとは外へも出てみたいな。ねえ、高田堀公園に連れていってくれない？　で、甲州庵にお蕎麦を食べにいきましょうよ」

「えらい安上がりのレジャーだね」大木は目をぱちぱちさせた。「なんで高田堀公園に行きたいんだ？」

「鳩笛草を見に行きたいの。あの公園に、咲いてるのを見つけたのよ。もう枯れちゃって、見分けもつかないと思うけど、跡だけでもいいから見に行きたいの」

貴子がそう言っても、大木はなんだか釈然としないような顔をしている。

「ふうん……そうなのか」

貴子はおやと思った。それで気づいた。

「渋るところを見ると、高田堀公園の近辺でまた何かあったんでしょう？　もしかして、例の白いレインコートの男がまた出たの？」

貴子の目をじっと見て、大木は言った。

「それと知ってて行きたがってるんだろ？」

「とんでもない。何も知らなかったもん。今の大木さんのリアクションから推測しただけ」

「だって先週、倉橋とトリさんが来たろ？　ふたりから聞いたんじゃないの？」

「あの人たちはお見舞いとお別れに来てくれただけよ」

大木は、大きな身体に似合わぬ小さな舌打ちをした。「まずったなあ」

「こういうのをやぶ蛇というのよね」

先週の月曜日の夜九時頃、公園内を散歩していたアベックが、白いレインコートの男に驚かされたのだという。木立の陰からいきなりふたりの前に飛び出してきて、アベックの女性の方に向かって奇声を発し、そのまま木立に飛び込んで逃走。アベックの男性があとを追いかけたが、男が公園を出たところで見失ってしまったという。

「今度は、コートの前を広げてみせなかったの？」

不謹慎ではあるが、貴子はクスクス笑った。が、大木は笑わなかった。

「コートのボタンはとめてなくて、その下はいつもながらの素っ裸だったらしいけど、わざわざ見せることはしなかった。けど、その代わりに、俺らの馴染み（なじ）のヘンタイ野郎は、今度は別のものを見せたらしいよ」

「なあに？」

「ナイフ」

貴子は笑いを引っ込めた。

「アベックの女性が、ヘンタイ野郎の右手にナイフが握られてるのを見たと証言してるんだ」

貴子は軽く下唇を噛んだ。「エスカレートしつつあるのかもね」

「俺もそう思う。早いとこ捕まえないと、ただのヘンタイから、本物の犯罪者になっちまうな」

大木はうなじをさすった。

「そういう次第だからさ、ポンちゃんも気になって、で、高田堀公園に行きたがってるのかと思ったんだ」

「残念でした。それは考えすぎ」

「みたいだね」

「だけど、聞いた以上は気になるわね。散歩に行こうよ」

「夜は駄目だよ」

「はいはい。昼間でいいわ」貴子はちょっと肩をすくめた。「今のあたしには、何の職務権限も義務もない。たとえあったとしたって、あの力がなくなってしまった以上、もう警察官として皆様のお役に立てることもないんだから」

努めて冗談ぽく、軽く聞こえるように、もうそのことについては諦めもふんぎりもついたんだから平気よという表情で言ったつもりだったけれど、大木は黙って困った顔をしただけだった。

「荷造り、しようよ」と、のそりと立ち上がった。

高田堀公園には新緑が溢れていた。緑が山盛りだろと、大木は言った。

「月曜日の事件の現場検証の時に来てさ、ややっぱり春はいいねえなんて言ってたんだけど、そしたらトリさんがね、この時期の緑は、夜になると匂うんだって言ってさ」

「匂う？」

「うん。独特の、ホルモンみたいな匂いを放つんだっていうんだ」

「森林浴に関係あるヤツのことかしら」

「どうかな。で、トリさんの説では、その匂いが、一部の危ない人々に働きかけて、心のねじを緩めちまうんだって。だから木の芽時は怖いっていうんだ、匂うからって」

ふたりは、すっかり葉桜となったあの桜並木まで、のんびりと歩いた。貴子の足取りにあわせると、自然とそうなるのだ。数日前から始まったことなのだが、左足がしびれるような感じがして、歩きにくい。傍目（はため）には、捻挫（ねんざ）でもしたかのように見えることだろう。

それでも、気分は悪くなかった。めまいや立ちくらみが怖くて、このところずっとひとりでは外出しないように心がけていたので、貴子にとっては久々の外気と日差しだ。うんと背伸びして頭上に手を伸ばすと、痩せてこわばった筋肉と一緒に、心まで少しほぐれるような気がした。

「鳩笛草はどの辺に咲いてたの？」

貴子は、大木の手を引っ張って、桜並木のはずれの植え込みまで連れていった。その途中で、今初めて大木と手をつないだのだと気がついた。大木の方はとっくにそれと意識していたらしく、貴子が振り向くと、照れたような笑顔を向けてきた。

「ここ。この木の根本に、花が三つくらい咲いてたの」

よく茂ったスズカケの木の下だった。大木はしゃがみこみ、雑草に覆われた木の根本のあたりを見回した。

「花が落ちちゃうと、わからないわね」

貴子も並んでしゃがみこんだ。

鳩笛草は、花だけでなく葉の形もりんどうに似ているが、りんどうよりは貧弱で、茎の高さも短い。花が終わると、それで使命を終えたというように、葉も茎もへたりと枯れてしまい、根っこの近くに双葉のようなぺたりとした葉が数枚残るだけだ。元気な野草の群のなかから見分けることは、やはり難しそうだった。

「見てみたかったなあ、花」と、大木が呟いた。

「来年、ここに来てみれば？　運がよければ、歌も聴けるわ、きっと」

そう言いながら、貴子は野草を手でかきわけてみた。たんぽぽの葉の上を這（は）っていた蟻が数匹、仕事中を邪魔されたという風情で、急いで葉の裏に姿を消した。

「そうだな、きっと」大木は言って、貴子を見た。「ポンちゃんも一緒に来ようよ」

貴子は聞こえないふりをした。

「あ、これかな？」わざとらしく声をあげて、野草のひとつを指さした。「なんか、こんな感じの葉っぱなの。違ったかな」

もう一度見たかったな、あの花——と思っていた。大木は立ち上がり、スズカケの木の後ろの方までのぞきこんでいる。貴子は、野草の群のなかのどこかに小さく息づいているはずの鳩笛草に向かい、大木には聞こえないように、小さく「バイバイ」と言った。


遊歩道を、甲州庵の方角へ向かって歩いてゆくと、右手に真新しい立て看板が見えてきた。白地に黒の文字、ところどころに赤字の太字。所轄の誰が書いたのだろう？

「あそこが月曜日の事件の現場ね」

大木はため息をついた。「教えるまでもないもんなあ」

立て看板は、ここを歩く人々に事件の概略を知らせ、情報提供を募ると同時に注意を呼びかけるものだった。出没する不審人物（つまりはヘンタイ男のことだ）の特徴は、年齢は二十歳代前半、身長一七〇センチ前後、やせ形、髪は長め、白いレインコートを着用。刃物等を所持している場合もあるという部分が、朱書きしてある。

貴子は日差しに目を細めながら辺りを見回した。ショックから立ち直ったアベックの片割れの男性は、木立を縫って逃げる男の後を追い、いちばん近くの出口から外へ出て、そこで見失ってしまった――

ここからいちばん近い出口は、石島（いしじま）二丁目に通じている。しもたやや小さな町工場の多い、建物の立て込んでいる一角である。犯人は、またもやそこにまぎれこみ、土地鑑を活かしてするすると逃げていったのか。

貴子は目をつぶり、軽くかぶりを振った。やめとこう。考えても無駄だ。もう、あたしには何もできない。

気がつくと、大木がこちらを見ていた。

「気分でも悪いか？」

「ううん、大丈夫よ。まぶしいだけ」

遠慮がちに、彼は訊いた。「現場検証によると、今ポンちゃんが立ってるあたりに、ヤツはいたんだ」

貴子は足下を見おろした。

「何も感じないか？」

目をあげて、貴子は首を振った。大木はうなずいた。

「昼飯にしようや」

「うん」

ふたりがゆっくりと歩き出したとき、遊歩道の反対側から中年の女性がひとりやってきて、ちょうど貴子たちとすれ違ったあたりで足を止めた。何となく、貴子は振り向いた。中年の女性は立て看板の前で立ち止まり、顔を仰向けて、看板の文字を読んでいる。

小柄な、地味な印象の女性だった。白いセーターに灰色のスラックス。淡いグレイのサロンエプロンをかけて、右手にスーパーのビニール袋をさげている。買い物の途中に通りかかったというところだろう。

ああいう立て看板も捨てたものではないのだ、と思っていると、大木が低く言った。

「あのおばさん、このあいだもいた」

「え？」

問題の女性からそれほど遠く離れているわけではないので、貴子も小声で聞き返した。中年の女性の方は、こちらの動きに気づく様子もなく、まだ一心に看板をにらんでいる。

「いつ？」

「先週の火曜日。つまり事件の翌日。現場の見取り図を書くために、俺、もういっぺんここに来たんだけど、そのときにもああやって——」

大木はさりげなく中年の女性から視線をそらすと、ポケットに手をつっこんだ。

「看板をにらんでた」

貴子は両手をあげ、ああ気持ちいい、と伸びをしているような動作をした。横目でずっと、中年の女性を観察しながら。

食い入るように看板を見つめている。何度も読み返している。そして、ちょっと頭をかしげるような仕草をすると、まるでたった今ここが公共の場所だと気づいたみたいに、こそこそっと周囲を見回した。貴子たちがいるのを見て——気のせいかもしれないが——ビクついたようにも見えた。

中年の女性は歩き出した。これも気のせいかもしれないが、来たときよりも足早になっている。貴子たちから遠ざかってゆく。

複雑なことを考えるよりも先に、貴子は言った。「尾けてみない？」

大木がポケットから手を出した。

「俺もそう言おうと思ってたところ」

高田堀公園から、十五分と歩かなかった。小坂みちるの事件の急報があったとき、タクシーを停めておいて署に連絡した、あの公衆電話の前を通り過ぎ、二つ目の交差点を右に折れて四軒目。木造瓦葺モルタル塗りの、築三十年は経っていそうな二階家だ。近年になって、窓枠とドアだけは取り替えたらしい。ひびの浮いた外壁には不釣り合いの、洋風のしゃれたドアを鍵で開けて、中年の女性は姿を消した。

表札は、金属製の枠に手書きのカードを差し込むタイプのものだ。黄色くなったカードの中央に、遠慮がちに小さく「小川(おがわ)」と書かれている。風雨にさらされてすっかり薄くなり、消えかけている。が、そのすぐ下に、それよりもずっと太く黒い文字で、違う筆跡で「浅井祐太朗(あさいゆうたろう)」と書き足されている。

貴子は家の正面に立ち、頭上を見あげた。二階の窓に洗濯物が干してある。二本の物干竿に、間をあけて点々と。派手なチェックのトランクスが二枚。大判の白いTシャツが一枚。男物のソックスが何組か。ブルーのバスタオル——何かロゴが入っているが読みとれない。だいぶヨレヨレになったジーンズが一本。これも男物だとすると、胴回りはやや細目だが、丈は標準サイズだ。

ほんの十五分足らずの歩行とはいえ、さすがに貴子は疲れてきた。家の外壁に手をつき、ちょっと休んだ。そのあいだにするすると離れて行った大木が、しばらくすると家の反対側から姿を現した。

「自転車がある」と、天気の話をするみたいな口調で言った。「わりと新しい。しかも男物だな」

「男物の自転車？」

「モトクロス用の派手なヤツ。さっきのおばさんが乗り回してるとは思えないだろ」

今の段階では、これ以上、直接どうこうすることはできない。ふたりは歩き出した。大木が手を貸してくれたので、堂々とアベックみたいに腕を組んだ。だいぶ歩きやすくなった。

「所番地は頭に入れた」と、大木が言った。「表札から見ると、あの家には、あのおばさんと、おばさんの家族と、そのほかに同居人がいるってことになる」

「あの女性に家族がいるかどうかはわからないわよ。表札には名字しかなかったから。女性ひとりかもしれない」

「そうかな……」

「それに、あの洗濯物」と、貴子は続けた。「ひと家族分だとすると、量が少ないわ。今日はこんないい天気なのに」

「何回かに分けて干すことだってあるだろ」

「そりゃ、ね。だけどその場合だって、もうちょっと詰めて、一度にたくさん干すわ。しかも、あそこに干してあったのは若い男性のものばっかりだった。下着も靴下もジーンズも。家族の洗濯物なら、もっとまぜこぜになるんじゃない？　息子の靴下と父親のシャツとか、息子のTシャツと母親のエプロンとか。分けて干すのは、家族じゃない人の洗濯物の場合——」

大木が貴子の顔を見た。

「てことは、あのおばさんは一人暮らしで、浅井祐太朗ってのは間借人かな」

「わかんない……でも、表札が書き足してあるってことは、郵便物を受ける可能性がある人物だってことよね。それにあたし、浅井祐太朗は若者だと思う。名前が気になるの」

「名前？」

左足を苦労して押し出しながら、貴子は大木を見あげた。

「祐太朗って、若い名前よ。今三十歳以上の人には、あまりないと思うわ。ホラ、女の子でもそうでしょう。タレントっぽい洒落た名前の娘って、だいたい十代か二十代よ。世代の差が出てるのよ。浅井祐太朗は若者よ」

ふたりは足を止めた。大木が肩越しに小川家を振り返った。人の気配はなく、洗濯物が春風に揺れている。

「どのみち、引っかかるな」と、大木が言った。「息子なのか間借人なのか、息子と間借人両方なのか知らないけど、あの家には若い男がいる。で、その若い男と一緒に暮らしている母親だかおばさんだかが、例の白いレインコートの事件のことをえらく気に病んでる――ように見える」

気に病んでいる、身近な誰かの行状を不安に感じ、疑いをかけている。

貴子は大木の腕を引いた。「甲州庵に行く前に、お願いがあるの」

「なんでござるか」

「小川の家に住んでいるあの中年女性の職業を確かめたいの」

わずかな間をおいて、大木の目が光った。

「ポンちゃん……」

「もしかして、電気やガスの検針員だったら――」

言い終えないうちに、大木は貴子を引っ張るようにして歩き出した。

当たりだった。小川家から十メートルほど先にある商店街のクリーニング店の女主人が、小川さんとは町内会の婦人部で一緒だとかで、実に楽しげに教えてくれた。

――小川景子(けいこ)さんでしょ。ご主人に先立たれてずっと一人暮らしだったんですけど、去年からだったかな、妹さんの息子を預かって下宿させてるんです。大学受験するってんで、上京してきたんだけど、なんだか二浪が決まったって噂ですよ。

――そうそう、小川さんは、もう長いことガス会社に勤めてるの。あの商売もなかなか大変らしいね。そうなのよね、受け持ち地区が変わると、覚えるまで面倒だって、地図と首っぴきでさ。いろいろ書き込んで、虎の巻だとか言ってたわね。

慎重な捜査と聞き込みを経て、城南署の捜査員が小川景子方に下宿している甥の祐太朗を訪問したのは、貴子たちの遭遇から四日後のことだった。刑事の訪問と聞くと、浅井祐太朗は、彼にあてがわれていた二階の六畳間から、窓を破って逃走を図った。が、たまたま二階の窓に干してあった大判のシーツに視界を遮られ、もたついているところを押さえられた。

彼の部屋の押入を改造したクローゼットには、白いレインコートがかけられていた。左のポケットに、真新しい果物ナイフがあった。

浅井祐太朗を署に連行し、その夜、大木は妙に赤い顔をして貴子の部屋にやってきた。飲んでいるのではなく、興奮しているらしかった。

「倉橋がさ、伝えてくれって」

「何を?」

「高田堀公園のヘンタイ野郎の身近に、ガスや電力の検針員がいるんじゃないかってアイデアを最初に出したのは、ポンちゃんだったよな?」

「……」

「一本とられた、参りました。『上総』で好きなものを奢(おご)るって、さ」

不覚にも、貴子は涙ぐんだ。もうそんなことなどあるまいと思っていたのに。

「千里眼の力なんかなくたって、ポンちゃんはポンちゃんだ」と、大木が言った。「立派にポンちゃんなんだ。わかったろ?」

連休が明け、世間も道路交通事情も平常に戻ったところで、貴子は実家に向かって出発することになった。忙しい城南署の面々は、誰も見送りにはこなかったけれど、貴子を実家まで運んでゆく役目を担い、

「レンタカーだけど、新車だぞ」

と、意気揚々とやってきた大木は、全員からの伝言を言付かっていた。

「言うことは、みんな同じさ。早く戻ってこい。で、脇田のおっさんが吐き捨てるように付け

加える。『このクソ忙しいときに長期休暇なんかとりやがって、だから女は困るんだ』」

貴子は、前日からめまいが頻繁に起こるようになっていて、ひどく気分が落ち込んでいたのだけれど、このときだけは声をたてて笑った。笑いながら、目尻を拭った。

「そうだよ、その調子」と、大木は言って、車を出した。「東京と、しばしのお別れだよな」

住み慣れた、思い出のしみついたアパートが遠くなってゆく。後部シートに横になり、揺れる車窓から青空を見あげながら、貴子はぼんやりと考えた。考え続けた。

能力が消えたあとも――もし、生きていられたら、貴子には、新しい人生があるだろうか？

もしも、それができたら、貴子は貴子でいられるだろうか？

（生き直すことができたら……）

そしたら、東京へ帰ってくる。城南署に戻ってくる。そしてあの人に連絡してみようか。あの人に、なんと言おう。いろいろあったけど、あたしは生きてます、お元気ですか、と言ってみようか。

歌わなくても、鳩笛草は、地味だけどきれいな花ですよね、と。

電話できるといいな。そう思った。生き残れたら、この能力なしで、生きていくことを一から始めることができたら。もしかしたらそれができるかもしれないと、考えてもいいのじゃないか。

そんな思いが、初めて形を持った。まだまだ小さく、弱い苗だけれど。

「着いたら、なんて挨拶するかな」と、大木が言った。貴子は吹き出した。また少し、辛いめまいが襲ってきたけれど、笑っているうちに、その波は過ぎ去っていった。

一九九五年九月　カッパ・ノベルス（光文社）刊

解説

大森望（評論家）

淳子はこちらに背を向けて、駅の改札を通り抜けてゆく。小さな、華奢な、無防備に見えるその姿。

頭のなかに火炎放射器を持ってる。

真っ黒な、ひと塊の灰になってしまった犬。

ふと、一樹は思った。人間は、装塡された銃として生き続けることなどできるものだろうか。どこかで銃を捨てるか、人間を捨てるか、どちらかを選ばなければならなくなるのじゃないか、と。

――「燔祭」より

「わたしは装塡された銃みたいなもの」――みずからそう語る超能力者、青木淳子の登場は衝撃的だった。念力放火（パイロキネシス）という特殊な能力を隠し、目立たない契約社員として暮らしながら、武器である自分を使ってくれるだれかを探し求める女……。

超能力SFなら腐るほど読んできたつもりの僕も、この設定には驚いた。こんな超能力者、見たことない。

「燔祭」の初出は、雑誌《EQ》の一九九五年一月号。初出誌はすでに休刊したが、青木淳子の物語は、その後、長編『クロスファイア』に発展。二〇〇〇年六月には銀幕にも青木淳子が登場する（金子修介監督、矢田亜希子主演。詳細はwww. cross-fire. net/ 参照）。〝装塡された銃〟という設定がいかに魅力的だったかの証拠かもしれない。

本書『鳩笛草／燔祭／朽ちてゆくまで』は、青木淳子の記念すべき初登場作品となった「燔祭」に、予知能力をめぐる「朽ちてゆくまで」、リーディング能力を持つ刑事を描く「鳩笛草」の三編を収めた中編集である。三編とも、いわゆる超能力者（最近では、サイ能力者とかサイキックとか呼ばれることのほうが多いようだ）の女性が主人公。それぞれの能力自体は、過去のSFやモダンホラーで見慣れたものだが、料理の仕方はひと味もふた味も違う（**以下、収録作の内容に言及します。未読の方は次の一行あきまで飛ばしてください**）。

読後に忘れがたい印象を残す「燔祭」にしても、話の骨格自体はありふれている。直線的な時系列にしたがって愚直に書けば、平凡な物語にしかならないだろう。〝装塡された銃〟を文字通りの銃に置き換え、主人公の性別を入れ換えれば、「トカレフを隠し持つヤクザ上がりの男が、肉親を殺された職場の女性にかわって復讐を申し出る」みたいな、ごくあたりまえの(?)話なのである。

しかし、宮部みゆきは、この平凡な骨格を分解し、色づけし、組み立て直すことで、まったく違う種類の小説に変貌させてしまう。こうした語りの技術は、宮部作品すべてに通底する。「宮部みゆきは旧来の小説が終わった時点から物語をはじめる」と喝破したのは北上次郎だが(新潮文庫『魔術はささやく』解説より)、その指摘は「燔祭」や「朽ちてゆくまで」にもそのままあてはまる。

「燔祭」は、視点人物の多田一樹が、夕刊の見出しを目にして、すべてが終わったことをさとる場面からはじまる。復讐が果たされたところからはじまる復讐譚。〝武器〟である青木淳子の名が一樹の回想に出てくるのは小説の後半になってからだし、作中の現在に青木淳子が登場するのは結末のワンシーンだけ。それなのに——いや、だからこそ、というべきか——青木淳子には(『火車』の不在のヒロインと同様)強烈な存在感がある。

一樹の回想は、妹である雪江の生前のエピソード、雪江の死、青木淳子の意外な申し出と未遂に終わった復讐劇——と、時間軸の中を自在に行ったり来たりする。その合間に作中の「現在」が挿入されるという複雑な構成が採用されているが、読者がとまどうことはない。映画「市民ケーン」の〝薔薇のつぼみ〟さながら、ゆらめくキャンドルのイメージが錯綜する複数の時間を貫き、小説全体に完璧な統一感を与える。

巻頭の「朽ちてゆくまで」も、終わったところからはじまる物語だ。祖母の死をきっかけに、主人公の智子(ともこ)は、八歳のとき事故で世を去った両親が遺した段ボール箱を開く。パンドラの匣(はこ)を開けることで過去へと誘われるというのはありがちなパターンだが、宮部みゆきはここにも転倒を用意している。発掘された過去とは、智子自身の未来予知を記録したビデオテープなのである。過去として甦る未来。ラベルに書かれた日付と、ビデオに映る新聞が示す撮影日時とのズレ。魅力的な謎を発端に、智子は自分自身の過去／未来と向き合うことになる。

それにしても、なぜ超能力なのか。

「能力」というものの不思議さと理不尽(りふじん)さは、わたしにはとても興味深いテーマに感じられます。どういう能力でも、それは必ず、便利さや楽しさと背中合わせに、厳しさや辛(つら)さを隠し持っているはずだと思います。たとえその能力がいわゆる「超能力」と呼ばれる種類のものであったとしても……。ＳＦという形に思い切ってジャンプせずに、ミステリーや恋愛小説のなかでこのテーマを書くことはできないか、と考えているうちに、本書が生まれました。

これは、本書のカッパ・ノベルス版カバー袖に記された〝著者のことば〟だが、宮部みゆきファンなら先刻ご承知の通り、超能力をモチーフにした宮部作品は本書がはじめてではない。

日本推理作家協会賞を受賞した『龍は眠る』はリーディング能力を持つ慎司(しんじ)と直也(なおや)を主人公にした超能力SFだし、日本SF大賞受賞のタイムトラベルSF、『蒲生邸事件』でも、時間の遡行(そこう)は一種の超能力(特異体質)によって実現する。『震える岩』『天狗風』など、時代小説の《霊感お初捕物控》シリーズのヒロインお初は、時代こそ違うものの、「鳩笛草」の貴子(たかこ)と同じく、超能力探偵として活躍する。

ちなみに、お初の初登場は《歴史読本》九一年八月特別増刊号に掲載された中編「迷い鳩」(新潮文庫『かまいたち』に収録)。しかし、同文庫のあとがきによれば、初稿が完成したのは、著者がまだプロデビューする以前の八六年だという。

つまり、宮部みゆきは、その作家歴のいちばん最初から、特殊な〝能力〟を持つ人間の物語を書きつづけてきたわけである。

超能力というモチーフを選んだ理由のひとつは、現代最高の娯楽小説家、スティーヴン・キングの存在だろう。青木淳子のパイロキネシスは、キングの『ファイアスターター』の主人公、チャーリーの能力に由来する。デビュー作の『キャリー』から、最近作の『グリーン・マイル』まで、節目節目で超能力物を書いてきたキングの足跡をなぞるように、宮部みゆきも超能力者にまつわる物語を語りつづけてきたわけだ。

僕にとっては、『ファイアスターター』も『クロスファイア』も、『鳩笛草』も『デッドゾーン』も立派なSFなので、前出の引用にある「SFという形に思い切ってジャンプせずに」という発言には異論がある。しかし、伝統的なサイエンス・フィクションが書いてきた典型的な超能力ＳＦと、スティーヴン・キングや宮部みゆきの超能力ＳＦとの間に、いくらか方向性の違いがあるのはたしかだろう。超能力を〝大きな物語〟として描くか、〝小さな物語〟として描くかの違いだといってもいい。

　前者は、超能力を通じて世界の変革を描くタイプ。超能力の仕組み自体はブラックボックスだとしても（サイコキネシスやテレポーテーションに疑似科学的な説明をつけることは不可能に近い）、もし超能力が実在すれば、それは個人的な問題にはとどまらず、世界を変えてしまうはずだ。伝統的なジャンルＳＦでは、こういう理屈に立って書かれた小説が多い。シオドア・スタージョン『人間以上』や、小松左京『継ぐのは誰か？』、オラフ・ステープルドン『オッド・ジョン』などの古典的名作群では、超能力者＝新人類とみなし、人類の進化を大テーマに選んでいるし、アルフレッド・ベスターの『虎よ！　虎よ！』では、テレポーテーション技術の発見が太陽系の勢力地図を一変させる。Ａ・Ｅ・ヴァン・ヴォートの『スラン』から、半村良の『岬一郎の抵抗』、飯田譲治『NIGHT HEAD』まで脈々とつづく、超能力者を〝迫害される受難者〟として描く系譜もある（ちなみに、現代的な意味での超能力ＳＦがサブジャンルとして定着したのは、Ｊ・Ｂ・ラインの超心理学研究書『超感覚的知覚』が一九三四年に刊行されて以降だが、すでに一九二〇年代から、超能力を福音ではなく呪いと見る小説が書かれている）。

一方、〝小さな物語〟派は、あくまでも個人の問題として超能力を描くタイプ。〝人類〟とか〝地球〟とか〝文明〟とかの大きな物語が小説の中でリアリティを持ちにくくなった七〇年代以降は、「特殊な力を手に入れた個人が、その力とどうつきあっていくのか」というドラマを描く超能力SFが増えている。筒井康隆の『家族八景』をはじめとする《七瀬》シリーズ、父親に虐待されていた少年がある日とつぜん瞬間移動能力を獲得するスティーヴン・グールドの『ジャンパー』、時間を止めているあいだに女性の服を脱がせるニコルソン・ベイカーの『フェルマータ』、時間を遡って何度も人生をやりなおすケン・グリムウッドの『リプレイ』などが代表例。最近の日本では、高畑京一郎『タイム・リープ』、若竹七海『製造迷夢』、西澤保彦『七回死んだ男』『瞬間移動死体』（《神麻嗣子》シリーズはちょっと違うかも）など、このタイプの超能力物がたくさん書かれている。

「個人の問題として描く」ことは、SFの文脈からは超能力テーマの矮小化と見えなくもないが、本書を一読すればわかる通り、むしろ宮部みゆきは、超能力を「だれにでもある特殊な能力のひとつ」ととらえることで、読者が共感できる普遍的な問題として描いているというべきだろう。人間だれしも、それぞれ特殊な事情があり、それとつきあっていかなければならない。「鳩笛草」の貴子は、特殊な力を仕事に利用することで、刑事として出世してきたわけだが、彼女が感じる不安やうしろめたさは、コネとか容姿とか人柄とかを最大限に活用して世間を渡ってゆく〝ふつうの人々〟のそれと変わらない。リアルな日常的ディテールと圧倒的な語りの技術で、宮部みゆきは超能力者を身近な存在に変える。『鳩笛草／燔祭／朽ちてゆくまで』は、特殊な力を持つふつうの人々の物語なのである。

光文社文庫

傑作推理小説
鳩笛草(はとぶえそう) 燔祭(はんさい)/朽(く)ちてゆくまで

著 者 宮部(みやべ)みゆき

2000年 4月20日 初版1刷発行
2002年 3月15日 8刷発行

発行者 濱井 武
印 刷 堀内印刷
製 本 榎本製本

発行所 株式会社 光文社
〒112-8011 東京都文京区音羽1-16-6
電話 (03)5395-8149 編集部
8113 販売部
8125 業務部
振替 00160-3-115347

落丁本・乱丁本は業務部にご連絡くだされば、お取替えいたします。
ISBN4-334-72985-1 Printed in Japan

お願い　光文社文庫をお読みになって、いかがでございましたか。「読後の感想」を編集部あてに、ぜひお送りください。

このほか光文社文庫では、どんな本をお読みになりましたか。これから、どういう本をご希望ですか。

どの本も、誤植がないようつとめていますが、もしお気づきの点がございましたら、お教えください。ご職業、ご年齢などもお書きそえいただければ幸いです。

光文社文庫編集部

光文社文庫　好評既刊

十三角関係　山田風太郎
夜よりほかに聴くものもなし　山田風太郎
棺の中の悦楽 悽愴篇　山田風太郎
戦艦陸奥 戦争篇　山田風太郎
天国荘奇譚 ユーモア篇　山田風太郎
男性週期律 セックス&ナンセンス篇　山田風太郎
殺意の宝石箱　山前 譲編
恐怖の化粧箱　山前 譲編
秘密の手紙箱　山前 譲編
燃えた花嫁　山村美紗
京友禅の秘密　山村美紗
花の棺　山村美紗
京都・バリ島殺人旅行　山村美紗
京都・グアム島殺人旅行　山村美紗
ラベンダー殺人事件　山村美紗
向日葵は死のメッセージ　山村美紗
清少納言殺人事件　山村美紗

失恋地帯　山村美紗
高知お見合いツアー殺人事件　山村美紗
殺人を見た九官鳥　山村美紗
神戸殺人レクイエム　山村美紗
愛の危険地帯　山村美紗
長崎殺人物語　山村美紗
京都花の艶殺人事件　山村美紗
夜の京都殺人迷路　山村美紗
夜の都大路殺人事件　山村美紗
京都新婚旅行殺人事件　山村美紗
シンガポール蜜月（ハネムーン）旅行殺人事件　山村美紗
獅子の門 1 群狼編　夢枕 獏
獅子の門 2 玄武編　夢枕 獏
獅子の門 3 青竜編　夢枕 獏
混沌（カオス）の城（上・下）　夢枕 獏
妖樹・あやかしのき　夢枕 獏
ハイエナの夜　夢枕 獏